応仁悪童伝

木下昌輝

時代小説文庫

角川春樹事務所

目次

序章　熒惑星(けいこくせい)　9
一章　土一揆　59
二章　御霊(ごりょう)合戦　120
三章　牙旗(がき)　173
四章　足軽奔躍(はんやく)　214
五章　疾足(はやあし)踏歌(とうか)　267
六章　西陣南帝　300
七章　その業、修羅のごとく　351
八章　天下を破る　377
終章　彼方へ　447
解説　田口幹人　460

応仁悪童伝

主な登場人物

一若　元河内の住人。早くに両親を亡くし、姉とも離れ離れになり堺の慈済寺へ。具足能の手ほどきを受けている中稚児。

熒　幼い頃、実父に慈済寺へ預けられた美貌の上稚児。絵を学んでいる。熒の名は熒惑星（火星）からつけられた。一若と同じ歳。

真板　馬に乗り人馬一体の芸を披露する女騎。熒の知人。

一花　京の町の外れで行き倒れていたところを一若が熒と一緒に救った女童。一若の妹分。

駒太郎　矮軀の少年。貧乏殿原の嫡男だった。両親を亡くし剣術で汚れ仕事をしている。一若の仲間。

千　京で魚屋を営んでいた両親を亡くし、流民に。無口だが力は強い。一若の仲間。

池田筑後守充正　摂津国池田城の城主。細川勝元の家臣でありながら、高利貸しを営む。

湯川宣阿　堺の貿易商。寄合衆の一員。

骨皮道賢　京の悪党盗人たちの頭領。今は幕府の侍所所司代の下で治安を守る側にいる。

日尊　門跡（皇族が住職を務める寺。また、その住持）のひとり。稚児を好み、熒を寵愛している。

応仁の乱

西軍の主な武将

〈総大将〉
山名持豊(宗全)　室町幕府四職の家柄で侍所頭人。但馬、備後、安芸、伊賀、播磨の守護大名。宗全入道、赤入道と呼ばれていた。

斯波義廉　室町幕府の管領。越前、尾張、遠江の守護大名。義敏と家督を争い、応仁の乱の一因を作った。

畠山義就　河内、紀伊、山城、越中の守護大名。従兄弟の政長と家督を争い、応仁の乱を引き起こした。

大内政弘　博多を含めた筑前や長門など西国四ヶ国の守護大名。文化にも造詣が深い。

東軍の主な武将

〈総大将〉
細川勝元　室町幕府の管領。土佐、讃岐、丹波、摂津、伊予の守護大名。細川京兆家十一代当主。山名持豊とはもともと協力関係にあったが、後に対立した。

斯波義敏　越前、尾張、遠江の守護大名。斯波氏十代当主。

畠山政長　室町幕府の管領。河内、紀伊、山城、越中の守護大名。

赤松政則　加賀半国、播磨、美作、備前の守護大名。山名氏によって一度滅ぼされた赤松氏宗家の家督を継いだ。

足利家家系図

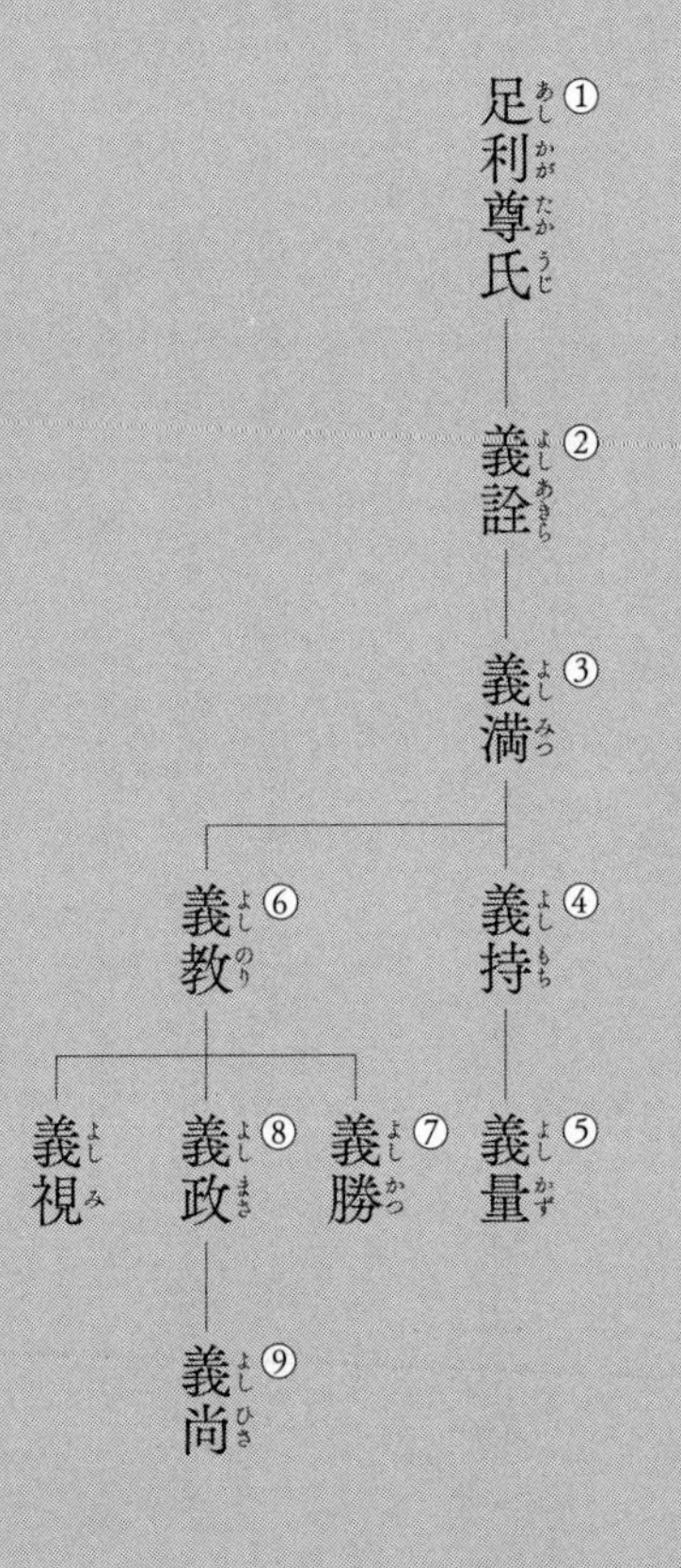

①足利尊氏（あしかがたかうじ）
②義詮（よしあきら）
③義満（よしみつ）
④義持（よしもち）
⑤義量（よしかず）
⑥義教（よしのり）
⑦義勝（よしかつ）
⑧義政（よしまさ）
義視（よしみ）
⑨義尚（よしひさ）

序章　熒惑星

一

天照大神、春日大明神、梵天、帝釈天……

文字をほとんど知らぬ一若にも、神官が頭上に掲げた起請文にありとあらゆる神々の名前が記されていることがわかった。

「これより落書裁きを行う」

厳かな神官の声に、村人たちの体が強張る。幼い一若の目から見ても、異様な緊張が漂っていた。夜空を焦がす篝火が熱く、時折灰が目に入る。手でこすると、姉のお輪が「強くこすらないで」と手拭いで拭ってくれた。桜色の花弁の紋様の入った手拭いだ。

「姉ちゃん、おれ、怖い」こすった目から涙がこぼれる。

「大丈夫よ」

だが、頬をなでる姉の掌は氷のようだ。神官が起請文を火に焼べる。大人の村人全員が署名したので、何枚もある。両親を早くに亡くした一若の家は、姉のお輪が名前を記していた。大量の白い灰が鉄の皿の上に山をつくる。井戸から汲んだ水の中へと入れた。水をかき混ぜると、薄い灰煙が立ち上がり、一若の鼻に灰の嫌な臭いが届く。

漆塗りの盃が村人に渡され、神官が灰で濁った水を注いだ。村人が硬い顔で呑み干し、盃を隣に回す。また神官が灰濁りの水を注ぎ、村人が呑む。お輪にも盃が回り、神官が濁った水を満たす。無言の神官に促され、姉は恐る恐る呑んだ。

「神水を全員が呑んだ。みな、見届けたな」

神水とは、起請文を焼いた灰を混ぜた水のことである。霊力を持ち、偽りをいった者を恐ろしい病に罹患させる。

神官が、頭上で御幣を振った。紙垂が羽ばたくような音をたてる。

落書裁き――三犯と呼ばれる放火、殺人、盗みの重罪を犯した下手人が見つからない時の神事だ。村人たちが、犯人と思う人物を札に書く。それを神官が集計し、有罪の人間を決める。

一若の村だけの儀式ではない。どこにでもある、ありふれた方法だ。焼けた鉄や煮たった湯に体を触れさせ、火傷の有無で有罪を決める火起請や湯立神事に比べれば、穏やかな下手人のあぶり出し方ともいえる。

「なお、先例に基づき、実証の札十枚で、次郎殺しの実犯とする。風聞の札ならば、三十枚で同様とする」

　実証とは、下手人として間違いがないと思う時に書く札だ。罪を犯した人の名前をただ書くだけでいい。風聞は、確信はないが推量で下手人を書く方法だ。この時は、名前の上に〝風〟の文字を記す。

「言うまでもないが、札に偽りや何も書かないのは起請文によって禁じられている。これを犯せば、日ノ本中の神祇(じんぎ)からたちまち罰がくだるであろう」

　起請文を違(たが)えれば、生きながら腐る病にかかるといわれている。誰(だれ)もそんな目にはあいたくない。紙と筆が、村人たちの間に配られる。震える姉の前にも来た。恐る恐る受けとる。「ごめんなさい」と一若にだけ聞こえるように呟(つぶや)いた。きっと、これから名前を書く人に謝ったのだろう。姉が札に筆を走らせた。字をほとんど知らない一若には、誰の名前かはわからない。ただ〝風〟と思(おぼ)しき字が最初にあったから、風聞の札を書いたのだろう。

　集められた札は折りたたまれ、三方(さんぼう)の上に山積みにされた。神官が御幣を厳かにふり、祝詞(のりと)らしきものを唱える。

「まず、一枚目、実証の札で――」村人たちが唾(つば)を呑む。

「お輪」

　耳を打った神官の言葉に、一若の体がびくりと反応する。

「つづいて、これも実証で……お輪」

目差しを感じた。そっと辺りを見る。お輪と一若の姉弟を、村人全員が睨めつけていた。

「次、これも実証でお輪」

神官が次々と札を開き、名を読み上げる。二枚に一枚は、お輪の名前だった。

ち、ちがう、と叫んだつもりが声にならなかった。お輪は下手人ではない。次郎が亡くなった夜、姉は一若と一緒に俵を編んでいた。

「次、実証の札、お輪」

どよめきが起こる。「これでお輪に八枚の実証だ」そんな声も聞こえてきた。一若が抱きつくお輪は——操り手を喪った傀儡のように呆然としている。

「次は……実証の札で、お輪」

突然だった。悲鳴が聞こえてきたのだ。頭をかきむしるお輪が、顎が外れんばかりに叫んでいる。

「お輪、落ち着け」「これは神事だぞ」「やましいことがなければ九枚で必ず止まる」

村人たちの言葉を理解したとは思えないが、お輪の叫びが止まった。まぶたを大きく開き、音が鳴るほどに震えている。

続けて二枚引かれたが、お輪とはちがう名が呼ばれた。

「次の札、お輪っ。ただし、これは風聞の札」

湧きあがったどよめきには、失望の色が濃く出ていた。

「さあ、次の札は――」

誰かが乱暴に一若の腰に腕を回した。無理矢理に抱きあげられる。見ると、お輪だった。一若の見る風景が激しく揺れだす。お輪が走っているのだとわかった。

「ど、どこへいく」

村の男たちが叫ぶ。札を手にしたまま狼狽える神官の姿が、どんどんと小さくなる。

「逃げるのか」「やっぱり、お輪が実犯だ」「罪人を捕まえろ」

村人の声には、殺気と狂気が過剰に籠もっていた。

弾けるような叫びが、あちこちで起こる。逃げるお輪と抱きかかえられる一若に、怒号が飛んでくる。黒いものがいくつも飛来した。ひとつが一若のこめかみに当たり、頭蓋を揺らす。見れば、いつも遊ぶ年上の童だった。石を握り、こちらへ投げつける。

「逃げるな、罪人」

礫を投げつける童の目は、怪しい光で彩られていた。

「そうだ、神妙に捕まれ」「お前なんか死んでしまえ」

次々と石を投げてくる。とうとう姉が倒れた。一若をかばったのか、礫のほとんどをその身に受けていた。着衣の上からも、血があちこちで滲んでいるのがわかった。

「姉ちゃん、立って」

手を差し伸べて、全力で起こす。その間も、礫は雨のように投げつけられていた。

二

今日は昼から、星がひとつ見えていた。青い空を針でうがったかのようだ。熒は立ち止まり、しばし見上げた。水干と稚児髷が風に揺れる。潮の香りが、幼い熒の鼻腔をくすぐった。

あの星を、熒はよく知っている。

「さすがは堺の港だな」

「兵庫や博多の港ほどではないが、よく繁盛しておるわ」

旅人たちの声が熒の耳を撫でる。水夫たちが、船から荷を下ろしていた。見物人や取引を望む商人が大勢いる。

「港もさることながら、寺がこれほど多いとは」

そんな感嘆の声もあちこちから聞こえる。堺は泉南仏国の異名をとり、あらゆる宗派の寺が集うことで知られていた。

「ほお、熒殿、お使いかな」

声をかけたのは、湯川宣阿という堺の商人だ。ここ堺でも有数の財をなした男である。三十代で顔は精悍だが、髪には白いものが目立つ。

「いえ、今日は私の用事です。よい水墨画があれば、購いたいと思いまして」

「ああ、これは失礼。上稚児の熒殿が、下稚児のように雑用を言いつかる訳がなかったな」

いいつつ宣阿が、ひしめく群衆をどけて先導してくれた。

「宣阿の旦那、まだ荷を下ろしている最中だぜ。購いたかったら、明日にしてくれ」

髭面の船頭が笑っている。

「わしではない。慈済寺の上稚児様が購いたいものがあるそうだ」

「それは断れば後難が怖いな。上稚児様、何をご所望でしょうか」

「水墨画があれば見たいんだ。銭は慈済寺につけてくれればいい」

熒はまだ数えで十二歳と幼いが水墨画をよくする。

「それは豪儀な上稚児様だ」

手を叩き、商人を呼ぶ。画商が一幅の掛け軸を持ってきた。

「博多の港で、面白い絵師を見つけましてな」

「それは明国の絵師かい」

「いえ、日ノ本の絵師です」

本当は明国の水墨画が欲しかったが、無下に断るのも悪いと思い、掛け軸を広げてもらった。淡麗な筆致で、滝と老松のある風景を活写している。港にただよう潮風に、松の香りが混じっているような錯覚さえ受ける。

「博多の絵師で、拙宗という方の筆です」

「拙宗、聞かない名前だね」

「京の相国寺で学んでおられたそうです。今は大内様の庇護を受けております」

大内政弘は、博多を含めた筑前や長門など西国四ヶ国の守護大名だ。

「今度の遣明船で、拙宗殿は明国へ渡ると耳にしました」

遣明船の一団は二年前の寛正五年（一四六四）に、正使が京をたった。摂津国の兵庫の港から船に乗り、瀬戸内海を通り、九州で博多の船団と合流し、順風を待ってから明国へ渡るという。明国へ渡れば、この拙宗という絵師の作は入手し難くなる。

「わかったよ。じゃあ――」

「悪くないな」

焚の頭の上から声が降ってきた。ぎょっとして振り返る。頬のこけた武士が立っていた。奇妙ななりだった。男なのに首飾りや腕輪をしている。唐物だろうか、翡翠や真珠、紅玉が光を放つ様は、まるで虹を巻きつけるかのようだ。背後には従者が数十人は控えており、胸をはだける小袖姿は戦帰りの雑兵を思わせた。

腕輪を鳴らして、男が絵に腕を伸ばす。まるで焚などおらぬかのような所作だ。

「何をされるのですか」

抗議の声を上げるが、無視して絵を取り上げた。

「幾らするんだ。わしが買ってやるぞ」

「お武家様、それは無体でしょう」

画商も恐る恐る熒の味方をしてくれた。

「なぜだ。この稚児に売ろうとしたではないか。生臭坊主の慰みものの稚児には売れて、わしには売れぬというのか」

「熒様は下稚児ではなく、さる高貴な御方より堺南荘（さかいみなみのしょう）の公界（くがい）のひとつ慈済寺に預けられた上稚児であります」

僧侶（そうりょ）の世話をする稚児には、上稚児と中稚児（ちゅうちご）、下稚児がある。下稚児はこの侍がいうように、僧侶たちの男色（なんしょく）の慰みものだ。一方の上稚児は高僧の身辺の世話はするが、男色の相手はしない。

「それがどうした。金ならあるぞ」

野武士然とした従者に声をかけると「おう」と太い声がした。袋を胸の前にかざしたかと思うと、銭を地にばらまく。銭差（ぜにさし）で束ねることもしておらず、水をこぼしたかのようだ。

「重くて辟易（へきえき）してたんだ。さっさと拾ってくれ」

従者が足で蹴（け）りつつ、散らばった銭を集める。

「あなたは……何者でございますか」商人が恐る恐る訊（き）く。

「細川（ほそかわ）家被官、池田筑後守（いけだちくごのかみ）」

場に緊張が走った。池田〝筑後守〟充正――摂津国池田城の城主だ。管領家である細川勝元の家臣でありながら、高利貸しを営むことで有名だ。月々の利は、一千貫を超えるとも噂されている。将軍義政の寵臣の真蘂をして「富貴無双」といわしめたのは熒の耳にも入っている。

「しかし、ここ堺は和泉国でありますれば、摂津国の被官の方のお願いには」

「詭弁を弄するな。堺は半分摂津国であろう」

堺の町は北荘と南荘に分かれ、北荘は摂津、南荘は和泉と二ヶ国にわたる港だ。

「足らぬなら、この倍を出そうか」

この男――池田充正が銭を貸すのは百姓ではない。僧侶や公家、武士、領主たちだ。彼らに高利で貸し、返済できないと見るやあらゆる手段でもって領地や権益を奪う。目的のためには衝突を一切、恐れない。同じ細川家被官の薬師寺家とも、激しい係争を繰り広げたと聞く。

「じゃあ、もらっていくぞ。釣りはいらん」

荒く丸めた水墨画で肩を叩きつつ去ろうとした。

「お待ちください」

立ちはだかったのは、湯川宣阿だった。怜悧な表情がさらに研ぎすまされている。

「細川家被官の池田殿ならば、知らぬはずはありますまい。ここ堺は地下請けの町。非法は許されませぬ」

地下請けとは、町の有力者の手で検断といわれる自治を行うことだ。税というのは、ふつう守護や荘園主が代官を惣村に派遣して取り立てる。地下請けは代官を置かない。かわりに町衆が税を集め、毎年定額を払う。守護や荘園主にしてみれば、代官を派遣する必要がない。豊作凶作にかかわらず、一定の税収が見込める利もある。かわりに、守護や荘園主は、惣村の自治に干渉できない。治安の維持や裁判など、検断はすべて町衆の手で担われる。

「堺が地下請けなのは知っている。その上で、この絵を買うといっているのだ」

充正は足元にあった銭を蹴り、宣阿へと近づけた。

「できかねるといっております。それを許せば、堺の検断が混乱します」

わらわらと集まってきたのは、湯川宣阿の雇っている野武士たちである。検断を自らで担うということは、自衛のための武力も持つということだ。こちらは池田充正の手下とちがって、みな小袖と袴を綺麗に着込んでいた。

「あんた名は」と、殺気を楽しむように充正が訊く。

充正と宣阿の手下たちが睨みあう。

「湯川宣阿だ」

「ほお、寄合衆のひとりじゃないか。大物だな。今日はあんたの顔をたててやる。ほれ、坊主」

肩を叩いていた水墨画を放り投げた。熒は「あっ」と声をあげた。飛び上がるが取れない。わざと手の届かぬところに投げたのだ。水墨画が地をはね、砂にまみれる。

「じゃあ、今日のところは退こう。童よ、気が変わったら、この池田のもとまでその水墨画を持ってこい。砂まみれでも高く買ってやる」

ばらまいた銭をそのままに、充正らは去っていく。

宣阿が、膝を折って水墨画の砂を払う手伝いをしてくれた。

「これを購います」

「よいのですか」

「構いません。少々汚れていますが、運筆を学ぶことはできます」

「なら、そのまま持っておいきなさい。お代はいりません」

商人は、充正が置いていった銭に目をやった。十分な額になると踏んだのだろう。

「けど、どうしてあの人はこんなことを」

「池田殿は兵庫の港に進出するつもりらしい」

兵庫と堺はどちらも摂津国にあり、貿易港として鎬を削っている。池田充正は、その一方の兵庫の港の利権を得ようとしている。堺が繁栄することは、肩入れする兵庫の斜陽につながる。騒動を起こし、堺の港に揺さぶりをかけるつもりだったのだ。「富貴無双」と呼ばれる充正が、いかな手段を弄して財を築いたかが容易に想像できる。

「堺は地下請けの町だ。こういうことが起これば自力でなんとかせねばならん。また、寄合での難題が増えたわ」

不平口の宣阿とともに、熒は歩きだした。目指すのは港からすこし離れた場所にある慈済寺だ。熒はそこで稚児をしている。また、寺の一角には経堂があり、そこで堺の町衆はいつも寄合をして、検断を衆議している。

「あのぉ」と声がかかった。見ると、襤褸を身に纏った流民たちだった。数人いる。みな手足が痩せて汚れている。頭には虱も湧いていた。

「堺の南荘は、公界と聞いたのですが、どちらにいけば」

「この先だ。すぐに経堂が見えてくる。駆けこむ者は、まず経堂へいく決まりだ」

宣阿は無表情で指さした。こんもりとした古墳があり、寄り添うように大きな堂宇がいくつもそびえている。周囲を囲むのは、深い堀と高い塀だ。

「公界を目指しているということは」

「はい、惣村にはおられなくなりました。もう公界しか行くところがありませぬ」

公界——罪を犯した人や逃亡者らが駆けこむ場所だ。公界に入れば、いかな権力者とはいえ手出しができない。無縁とも呼ぶ。

「何を犯したのだ」

厳しい口調で宣阿が訊くが、口ごもって誰も答えない。

「銭は持っているか」

両手を椀にして見せたのは、稗や粟の雑穀だった。持つ財産の全てという意味だろう。

「確かに、堺は公界だ。逃げこめば罪には決して問われん。だが、楽土ではないぞ」

宣阿がすごんだが、大袈裟ではない。守護や荘園主はおろか幕府や帝でさえ、公界に逃げこんだ罪人を追及できない。では、それを忌々しく思っているかといえば違う。公界は、治安を乱す者を幽閉する牢屋でもあるからだ。被官や郎党を動員し、争い事を仲裁し解決の道をつけ、悪しき者を捕らえ罰する——膨大な手間がかかる。それを考えると、公界に逃げこんでくれた方が助かるのだ。

公界や無縁に逃げこんだ人々が餓死するのはざらだ。豊作の年でも、だ。持っている銭が少なければ、公界では最下層の暮らししか送れない。公界目当てに駆けこんだ人々は、堺の寄合所の経堂に向かわせる。そして寄合で罪状と財産の有無を確かめてから寺へと閉じこめる。かくいう熒のいる慈済寺も公界寺のひとつだ。男は熒のいる慈済寺などに、女は比丘尼寺などに放り込まれる。若い女や童ならば、無一文でもなんとかなる。歩き巫女や旅芸人、職人として鍛えてくれるからだ。

見れば、男たちは随分と歳を食っている。十中八九、公界に入れば、今年のうちに餓死するだろう。よくて、港の水夫として使役される一生だ。

経堂に男たちが吸い込まれていく様子を、熒と宣阿は黙って見送った。

三

「や、やめてください」

押し殺した悲鳴が聞こえてきた。熒が、慈済寺にある本坊の長く暗い廊下を歩いている時だ。立ち止まり耳をすました。

「お願いです。許してください」

涙に濡れた幼い声だった。熒は足音を消し、ゆっくりと進む。

「静かにしなさい」

小さいが、鞭打つような大人の声も聞こえる。襖の前で熒は足を止めた。

「小室や、いるのかい」息を呑む気配が伝わってきた。

「どうした。そこにいるんだろう」

強い言葉で、再度、熒は訊ねた。

「は、はい。おります」

衣をなおす音がして、しばらくすると襖が開いた。年下の稚児が現れる。稚児髷が崩れている。その奥には、若い僧侶がひとりいる。経を読むふりをしているが、袈裟に皺がいくつも入っていた。数珠も床に放り投げられている。何をしていたかはいうまでもない。

まだ日も昏れていないのに、だ。

「小室や、頼まれてくれないか。港で絵を購ったので、臨模（模写）をしたいんだ。絵筆と画材を用意してくれ」

「け、けど……」ちらちらと背後の僧侶を見る。

「私は構わない。今は経を読むのに忙しい。行ってあげなさい」

僧侶がこちらに顔を向けた。青白い肌をしているが、唇だけは血色がよい。

「申し訳ありません。身の回りの世話をする者を、私ごとき者のために使ってしまい」

「おや、それは皮肉かい」

何が嬉しいのか、唇を吊り上げた。

「それはそうと、熒は大きくなれば得度するのかい」

湿った目差しが、熒の肌の上をはう。

「はい、そのつもりでおります」

僧侶たちの慰みものの下稚児は、成長すれば寺から放逐されるか運が良ければ寺男として雇われる。上稚児は成長すれば実家に戻るか、あるいは得度して僧侶になるのが決まりだ。

「私も熒と同じだ。上稚児から得度して沙弥になった」

沙弥とは僧侶見習いのことだ。

「稚児上がりとよく莫迦にされたもの。そうだ、今宵、私の部屋に来なさい。唐物の仏像が手に入った。鑑賞させてあげましょう」

　下手な誘い方だった。

「お心は嬉しいですが、今夜は臨模したい絵がありまして」

「怖がることはない。よき先達に導かれれば、稚児灌頂は素晴らしい修行となる」

　灌頂――本来は人が仏になった時、その頭に水を注ぐ儀式だ。日ノ本では、高位の仏僧にいたる時の儀式に転じて、花と水を頭頂に注ぐ。

　だが、今の稚児灌頂はそれとは異なる儀式だ。色に狂うことを禁じられた僧侶が、稚児を抱くための方便である。稚児灌頂の儀を行うことで、稚児は生きながらにして観音菩薩の化神となる。稚児ではなく神を抱くのならば、それは色に狂ったことにはならない。僧侶たちの夜伽をする公界寺の下稚児たちも、最初に抱かれる夜はみな稚児灌頂の儀を受ける。

「これは名誉なことなのだよ。熒や、そなたは美しい。宝玉のような瞳、花びらのような唇、熟れる寸前の桃を思わせる肌……」

　僧侶の気味の悪い目差しが、熒の体をはう。

「興福寺にある稚児観音像よりもずっと美しい」

　興福寺の子院に稚児観音菩薩像があるのは有名だ。若くして死んだ稚児が、寵愛を受けた僧侶の前に黄金の十一面観音菩薩に変化して現れた。奇瑞に心打たれた僧侶は、その姿を仏像にした。僧侶たちの慰みものになることは、稚児にとっても名誉なことだと信じられている。

「私でなくとも——」

「私はそなたと一緒に愛でたいのだ」

「では」あえて間をとると、僧侶が身を乗り出してきた。

「私の父の名前を教えていただけますか」

僧侶が何かを呑みこむような顔をした。

「今、ここで教えていただければ、今宵、喜んでお部屋に参ります」

僧侶の頬が強張っている。焚の父を知ってはいるが、名を口にするのも恐ろしいという風情である。

「もうよい。そなたではなく、別の稚児と仏像を愛でる」

手で去れと命じられた。

絵筆と画材の支度が整うまでの間、焚は境内をぶらついていた。横に長い僧房のようなものが、いくつも建っている。異様なのは、壁が全て太い格子でできていることだ。牢屋である。公界のひとつである慈済寺に逃げこんだはいいものの、銭を払えなかった者や、三犯などの手の施しようのない悪事を働いた者を収容する。老若ごとに入る牢が決まっている。女は別の比丘尼寺で、同様の牢に閉じこめられる。一刻（約二時間）ほど前にあった流民も、銭がなかったがためにここに閉じこめられたと聞く。牢屋に背をむけて、熒は歩みを再開した。境内には大勢の人たちがいる。皆、慈済寺にかかわりを持つ者たちだ。僧侶や僧兵、寺男の姿がよく目につく。大きな広場にいるのは、大人の能役者たちだ。数十人の童たちに鞭をふりつつ稽古をつけている。

容赦なく肉を打つ音が、熒の耳にも届いた。

公界に放りこまれた童たちは、中稚児か下稚児かに振りわけられる。下稚児は、僧侶たちの夜伽の世話だ。一方の中稚児は、芸能の徒として鍛えられる。能、連歌、博党（博徒）、三昧聖（葬送僧）、算置（陰陽師）、桂女（遊女）、歩き巫女など、寺によって育てる芸能の徒が決まっている。成長した中稚児は諸国を放浪する。公界往来人と呼ばれる人々だ。公界往来人は誰とも主従の契りを結ばず、どこの惣村にも属さない。ここ堺南荘の慈済寺では、能役者を育てるのに定評がある。中稚児は、まず能の手ほどきを受ける。が、体力壮健でないと務まらないのが能だ。特に堺の慈済寺は、具足能といって本物の刀や鎧、生きた馬を使う激しい能が看板である。稽古の途中で命を落とす童は、毎年、何人もいる。運良く怪我をしなくても、素質がないと断ぜられた童は下稚児として僧侶たちの慰みものだ。

中稚児として命がけで能を学ぶか、それとも下稚児として夜伽をして大人になってから捨てられるか——どちらがよりましな地獄であるかは上稚児の熒にはわからない。

ふと足を止めた。熒と同じ歳の中稚児が立っている。腕に鞭で打たれた痕があるが、あれだけなら少ない方だ。汗ばんだ体を拭かずに、空を見ている。一点を凝視していた。

「一若、何をしてるんだい」

熒が声をかけると、ゆっくりとこちらへ頭を向けた。

「ああ、なんだ、熒か」

抜けたばかりの歯をみせて、一若が破顔した。陽に灼けた肌は、すでに少年の趣きがある。吊り上がり気味の双眸が、意志の強さを感じさせた。もともと河内国の住人で、両親を早くに亡くし姉と一緒に暮らしていたという。村内で起こった殺人で落書裁きが行われ、姉が実犯となった。姉弟は命がけで逃亡したが、運が悪かった。今もそうだが、当時の河内は戦乱のまっただ中だ。河内国守護の畠山家でお家騒動が起こり、義就と政長という従兄弟同士が軍を率いて互いに争いあっている。その戦乱に、逃亡した一若姉弟が巻き込まれた。一若は姉——確か名前はお輪といったか——と離れ離れになり、たったひとりでここ堺の慈済寺へと逃げこんできた。

「何をぼんやりしてたんだい。一若らしくない」

「ああ、うん」と、一若が空を指さした。

「星が見えたんだ。昼なのに。なんて星だろう」

「へえ、君も見えるのかい」

「熒もか」

熒は、一若よりも三年ほど早く慈済寺へと来ていた。上稚児の熒と中稚児の一若とは境遇が全くちがうが、歳が同じこともあり親しくしている。

「あの星はね、熒惑星(けいこくせい)（火星）っていうんだよ」

「けい、こくせい……なんか、熒の名前の響きと似ているな」

「まあね」と小さくうなずく。熒の名は、熒惑星からきているらしい。

「熒惑星ってどんな星なんだい。神童の熒なら知っているだろう」

「惑(まど)う星さ。とても不思議な動きをする。火夏星(ひなつぼし)ともいうね。聖徳太子(しょうとくたいし)の御代(みよ)に、人に化けて歌を唄(うた)った伝説がある。この近くの住吉(すみよし)の浜でだ」

「じゃあ、いい星なんだな。安心した。昼から見えるから、悪いことの前触れかと思った。ああ、そろそろ、おれの稽古の番だ。熒よ、またいつでもいいんで絵を描(か)いてくれよ」

　一若が腕の筋肉を伸ばしつつ去っていく。

「熒惑星は、凶事を伝える星なんだよ」

　小さくなる一若の背中につぶやいた。聖徳太子は人に化けた熒惑星の正体を暴き、近々兵乱があると予言した。そういえば、と思い出す。都の公家たちの間で、今、聖徳太子の予言がたびたび話題になっているという。

聖徳太子未来記――聖徳太子が未来を予言したと伝わる書物である。楠木正成がこの書にある鎌倉幕府滅亡の未来を読み、挙兵したのは有名な逸話だ。

――吾入滅の後七百余歳に当り
――君臣迄を失ひ父子礼に違ふ
――君を殺し、親を殺し、邪をたて非をたつ
――僧は僧に非ず、俗は俗に非ず

聖徳太子の入滅から、すでに八百年以上がたっている。今まさに聖徳太子のいう予言が現出するのではないか。そう京の公家たちが噂しているのだ。

四

熒と別れた一若は、小走りで稽古の一団へと戻る。随分と汗はひいた。さっきの稽古で鞭打たれた腕は痛いが、いつものことである。

「次っ」と、大人の能役者が怒鳴った。

「はい」と、ひとりの童が立ち上がる。櫓のような木組みの高い台がふたつあり、その間に何本もの太い綱を渡している。

「秦始皇の荊軻暗殺の段よりはじめろ」

大人の能役者の声にうなずいた童は、恐る恐る綱の上へと足を置く。手に持つのは両刃

の剣だ。日ノ本にある片刃の刀でないのは、秦の始皇帝を題材にした能だからだ。陽光を鋭く反射する様子から、本身の剣であるとわかる。

　本物の刀剣や馬をつかう具足能は、多武峰様能と呼ばれている。大和国の多武峰（談山神社）では、毎年一回、八講猿楽が催され、そこで具足能が舞われるからだ。秦始皇はその時の演目である。

「ああ、落ちるな、あれは」

　一若の後ろの童がつぶやいた。たわみ揺れる綱の上で、童が舞っていたのは最初のうちだけだ。今は両手を広げ、均衡をとることしかできない。がくりと大きく体勢が崩れ、足が綱から離れた。あっという間もなく大地に叩きつけられる。大人の能役者が近づき、童へと手をやる。取り上げたのは、童が持っていた剣だった。

「気をつけろ、稽古用とはいえ安くはない」

　うずくまった童は立ち上がれない。よく見ると、足首があらぬ方向に曲がっている。

「あれじゃ、使いものにならねえ」

「あいつは終わったな」

　ひそひそと童たちがささやく。

「次」と怒鳴られ、一若が立ち上がった。両刃の剣を受け取る。赤いものがついているのは、先ほど転落した童のものだろう。高台に登り、綱へと躊躇なく足をかけた。ぐっと沈みこむ。大人の能役者のひとりが、鼓がわりの張扇で木を叩き拍子をつける。頭の中で音曲を思い出し、一若は舞った。ほとんど平地で舞う所作と変わらぬ動きで、剣を素早く閃かせる。描いた円弧は、切っ先が綱に触れない紙一重の軌道だった。

「よし、それまで」

声がかかり、一若は両膝を勢いよく折った。綱が沈みこむ。反動をつかって飛び、宙で一回転した。そのまま綱の上へと降り立つ。さすがに何歩かよろめいたが、踏み外すことなく耐えた。

「見事だ。お前ならどこの国にいっても通用するだろう。希望の国はあるか」

年が明けて十三歳になったら、一若たちは慈済寺を出る。大人の能役者について旅をして暮らす。といっても全国を行脚するわけではなく、拠点となる国を決めその周辺を興行するのだ。

「和泉か摂津がいいです」

「なんだ、大和や山城じゃないのか。そっちの方が何倍も稼げるぞ」

「稼ぐなら、今ください。綱の上の宙返り、できたら五十文と前にいってた」

右手を突き出した。

「可愛げのない餓鬼め。ほら、ただし最後によろめいたから半分だ」

渡された銭は二十数枚しかない。

「堺銭じゃなくて、明銭（みんせん）か宋銭（そうせん）がいい」

一若のもらった銭には、文字や紋様が全く入っていない。無文銭といわれるものだ。ここ堺では銭の鋳造（ちゅうぞう）も行っており、それが今一若の掌の上にあるものだ。ただし一枚一文の価値はない。博多商人が力を持つ九州などでは、鐚銭（びたせん）として銅屑（どうくず）扱いだ。

「贅沢（ぜいたく）いうな。ちゃんとした銭が欲しけりゃ、一人前になってからだ」

大人の能役者は一若から剣を受け取り、「次」と順番を待つ童を怒鳴りつけた。

「誰が宙返りしろといった」

忌々しげに口にしたのは、大人なのに冠（かんむり）も烏帽子（えぼし）もつけていない能役者だ。さらに顔の下半分には痛々しい火傷の痕があった。名を酉鬼丸（ゆうきまる）という。一若同様に、童のころに罪から逃れて寺に入り、能役者として鍛えられ今は中稚児を教える立場だ。酉鬼丸という童名と烏帽子をかぶらない露頂（ろちょう）頭は、元々の身分が低いかららしい。

「できたら、五十文という約束だったので」

「あんな汚い技で五十文か。得したな」

逆らっても殴られるだけなので、黙っていた。

「わしがお前の歳のころなら、倍の高さで宙返りしてやったぜ。そうだ、一若、一緒に剣舞をしねえか。秦始皇の趙王（ちょうおう）剣舞の段だ。あの綱の上で、だ」

趙王剣舞の段は互いの切っ先がかする間合で舞う。恐ろしく危険な舞だ。

「まあ、すぐにとはいわないさ。三日後でいい。しっかりと仕舞を覚えておきな」

嫌らしい笑みを残して、酉鬼丸は一若に背を向けた。


童たちの足元から伸びる影が長くなるころ、稽古は終わる。

山菜や鳥肉が入った羹(あつもの)（汁物）、そして粥(かゆ)を炊く匂いが境内に満ちる。

一若はもらった堺銭を給仕の寺男に握らせたおかげで、両手の椀には粥と羹がたっぷりと盛られていた。歩きながら、どちらも半分ほど平らげた。座らないのは、ここに来た最初に年長の童に飯を奪われたからだ。歩きつつなら、飯を持って逃げやすい。残った羹を粥の中にいれてかき混ぜた。こうすると米に山菜や鳥肉の味が染みて美味(うま)くなる。

お堂の入り口に集まった僧侶たちがざわついている。いつもならお気に入りの稚児を我先にと夜伽に迎えるため、こそこそと歩き回っているのに。どうやら、慈済寺に急な来客があったようだ。その対応に追われている。逆に下稚児たちは暇を持て余している。境内の隅で見つけた蛇の巣穴に、棒を突っ込んで遊んでいた。

一体、誰が来たのだろうか。いや、そんなことよりも——

三日後どうするか、と一若は考えた。ぬるい舞をすれば、半殺しにされる。かといって、一若の技量では酉鬼丸の舞の速さにはついていけない。無理をすれば大怪我をするだろう。最悪、死ぬ。能(あた)うかぎりついていくしかない。少々殴られるのは覚悟しよう。

　どんな屈辱を受けても、死ぬわけにはいかない。

　落書裁きを受けた時のことを思い出す。無実なのに、姉と一緒に村を逃げた。惣村の追手はなんとかまいたが、一若姉弟の住んでいた河内国は、畠山義就と畠山政長の家督争いの真っ只中だ。あちこちで軍勢が戦を繰り広げ、野武士が村を焼き、賊が旅人に矢を射かけていた。

　戦乱に巻き込まれずに、一若姉弟が逃げきることなどできるはずもない。

『一若、逃げて』

　脳裏に姉の絶叫が蘇り、五体が硬く強張る。

　あの時の恐怖が、一若の心を冷たくさせる。


　燃える廃村の中を、お輪と一若は必死に逃げていた。あともう少しで、河内国を抜けられるというところで、賊に襲われた。廃村に隠れるが、野武士たちは躊躇なく火を放った。

　あちこちで、残酷な叫びが湧き上がっていた。

　人を狩ることを楽しむ野武士たちの快哉だ。

「女は拐え。男は殺して構わん」

　野太い声が、一若とお輪を襲う。具足の音が、急速に姉弟に近づいてきていた。

　胸が破れそうなほどに、一若の心臓が激しく鼓動する。手首を摑む姉の手は、氷のように冷たい。それでも姉は一若を守ろうとしてくれた。

「いたぞ、女だ」

炎の向こうの人影が叫んだ。手槍（てやり）を持った男たちが、火を飛び越えてくる。遊び半分で、次々と矢を射かけてくる。一若とお輪の体に何本もかすった。

「莫迦、女に当てたら、罰銭だぞ」

「童はいらん。当てろ」

「女だ。女は売れる」

一若の膝を矢が抉（えぐ）った。たまらず、転ぶ。姉もつられて前のめりになった。はうようにして起き上がった時だ。

「そんな……」

行き止まりだった。太い木で組んだ柵（さく）が、道を遮っている。

「一若」と姉が抱きかかえた。木組みの隙間（すきま）に押し込む。

「姉ちゃん、何をするの」

「あなたなら、抜けられる」

血が凍りついた。あなたなら——

「じゃあ、姉ちゃんは……」

「逃げなさいっ」

「いやだ、おれはいやだ。姉ちゃんと離れたくない」

「いって」

とうとう柵の向こうへ押しやられた。

「見つけたぁ」

「もう逃げ道はないぞぉ」

ふざけた声が近づいてくる。

「いやだぁ」

こちら側に残っていた姉の腕にしがみつく。

「一若、堺へいって」

木組みの柵の隙間から、姉の顔が見えた。目が真っ赤になっている。白い歯がかちかちと鳴っていた。

「一若、堺へ逃げて。堺は公界だから、きっと助けてくれる。どんな罪を背負っていても」

「嫌だ。姉ちゃん、離れたくない」

「あたしも堺へ行く」

姉の強い言葉が、一若の耳を打った。

「あたしも堺へ行く。どんな境遇になっても、どんな目にあっても。必ず堺へ行く。だから、一若、今は逃げて」

　一若が抱く姉の腕は、ぶるぶると震えていた。

「一若っ、行きなさい」

　もう一本の姉の腕が、一若の体を乱暴に突いた。抱いていた腕がずるりと抜ける。

「一若、堺へ。あたしも必ず――」

　お輪の言葉は途中で悲鳴に変わる。

「こっちへ来い」

「観念しろ」

「姉ちゃん」

　木組みの柵に駆け寄った。隙間から光るものが見える。鈍色(にびいろ)の矢尻(やじり)だった。鳴弦(めいげん)の音とともに矢が放たれた。焼けた鉄を埋め込まれたかと思った。右肩が熱い。あまりの痛みにうずくまる。

「一若ぁっ、いやあ、やめて」

　姉の悲鳴が耳に流れこむ。

「どうだ。やったか」

「さあな、けど静かにはなった」

　品のない笑いがつづく。

一若は動けない。痛みと恐怖が全身を支配していた。

姉の悲鳴がどんどんと小さくなっていき、やがて聞こえなくなった。

紙を焼く匂いがして、一若は回想から引き剝がされた。灰が目の前を通りすぎる。僧侶のひとりが、反故紙を火に焼べていた。

一若は姉と約束したのだ。堺で再会する、と。懐から、桜の柄の入った手拭いを取り出す。少し端の方がほつれている。姉が持っていたもので、離れ離れになった時、木組みの柵の根元に落ちていた。顔を近づけると、ほんのかすかに姉の匂いがした。鼻に押しつける。大丈夫だ。絶対に、姉ちゃんと再会できる。絶対にする。覚悟が鈍りそうになった時、厳しい稽古で挫けそうになった時、いつもやることだった。

足を引きずる音がして顔を上げる。昼の稽古でしくじった童だ。飯をかきこむ仲間を見つけては「一口でいいから分けてくれ」と懇願している。あの足ではもう能役者になれない。年が明ければ十三歳になるはずだ。なんとか寺男の仕事につければいいが、でなければ今のように一生、仲間に恵みを乞い続けるしかない。

「一若ぁ」足を引きずる童が近づいてきた。

「ねえ、頼むよ。飯を少しでいいから」

「よせよ。お前、昔、おれの飯を奪ったろう」

「あ、あれは……」

これみよがしに飯をかきこんだ。ざまあみろ、と内心で毒づく。が、なぜか頬張る飯に味がしない。砂を嚙んでいるかのようだ。

「今日の飯はまずい。食えたもんじゃねえ」

椀を放り投げる。足を引きずる童が飛びつき、椀に残った粥を必死に貪った。

五

拙宗の絵を、焚はじっと凝視していた。名前しか知らぬ男が、どうやって運筆したのか。筆跡から必死に汲み取ろうとした。力加減や筆の速さが、脳裏に次々と浮かぶ。

しばらくしてから、墨をすって筆先を浸した。ゆっくりと紙の上に筆を持ってくる。滑らかな墨線が走った。

「すごいな」とつぶやく。たった一本の線を引くだけで、拙宗との技量の差が如実にわかる。気づけば、差し込んでいた夕日はすでになくなっていた。紙燭の明かりが存在を増している。

「焚、住持様がお呼びだ」

襖の向こうから声がした。顔をしかめる。渋々と筆を置いて、襖を開けた。青白い顔をした若い僧侶だった。唇を吊り上げて笑っている。素っ気なく礼だけ返して、廊下を歩む。

「住持様、熒です。何用でございましょうか」

「うむ、入りなさい」

　熒が襖を開けると、枯れ枝を思わせる住持が座していた。法会にでも参加するかのような美しい袈裟を身につけている。膝元には清水が湛（たた）えられた鉢があり、その隣には籠（かご）いっぱいに盛られた花弁があった。

「美しくなったな」

　突然、野太い声が聞こえてきた。驚いてこうべを巡らす。老いた僧兵だろうか、頭を剃（そ）り上げた逞（たくま）しい男がいた。肌は白磁のように白く、深いしわが刻まれている。僧衣は着ていない。かなり大身（たいしん）の武家の身なりだ。横には、拵（こしら）えの見事な太刀（たち）が置かれていた。

「ど、どこかでお会いしたでしょうか」

「あったとも、八年前だ」

　八年前――と口の中だけでつぶやいた。八年前ということは、熒がこの慈済寺に預けられた年ではないか。

「ま、まさか――」

「美しく、そして気高く育ったな。慈済寺に預けたのは間違いではなかったようだ」

　男は美味なるものを口にしたかのように満足気だ。と同時に変化も現れる。白い肌が赤らみはじめたのだ。肌の下を、血が急速に駆け巡っているのだとわかった。

「それは……その痣は……」

熒は、男の首元を指さした。足のある蛇というべきか、男の首元から胸にかけてには、奇妙な形の痣がある。熒は慌てて自分の首元に手をやる。そこには、目の前の男と同じ痣があった。

「熒よ、お主の体にも同じものがあるのはわしも知っている」

「で、では、あなたは私の……」

いや、歳が離れているから祖父なのか。

「わしはお主の父だ」

熒の疑問を察したのか、男がいう。

熒の見える風景がぼやけ、つうと一条の水滴が頰を走った。

「名を、御名をお聞きしても……」

「名前か」

男は戦場で鍛えたと思しき胴間声でつぶやいた後、天井を見上げた。

「そんなものは、お主には必要あるまい」

一瞬、何をいっているか理解できなかった。

「観音菩薩に父母がいるなど聞いたことはない。ならば、名前を名乗る必要はあるまい」

「かんのん……ぼさつ」

「そうだ。熒よ、お主は今この時から観音菩薩の化神となるのだ。わしは仮初である俗世の父にしかすぎぬ」

熒の目が限界まで見開かれる。

「か、観音菩薩の化神とは、いかなる意味なのですか」

「いわねばわからぬのか。稚児灌頂だ。お主は今より稚児灌頂の儀を受けて、人ならぬものに生まれ変わるのだ」

巨大な槌で頭を殴られたかのようだ。耳鳴りの音がひどく大きく木霊する。

「七年前からはじまった飢饉以来、世が乱れているのは知っていよう。いずれ、日ノ本を二分する大きな乱がやってくる。近い将来だ。わしは朝敵の血を乗り越え、あらゆる恐怖を超克せねばならない。そうなることを、この籤に誓った」

男が太い指でつまんだのは小さな紙片だった。〝義圓〟と墨書されている。

「熒よ、生きながらにして仏となれ。そうすることで、わが礎となれ。お主に流れる貴き血は、きっとわが宿業と悲願を成就させる」

歌が聞こえてきた。目だけを動かすと、枯れ枝を思わせる住持が歌っていた。あれは、稚児灌頂の歌だ。籠を傾けて、鉢の中へ花弁をいれる。ゆっくりと近づいてきた。

いやだ、と頭の中で誰かがいった。やめてくれ、と誰かが今度は胸の中で悲鳴をあげた。構わずに住持は近づいてくる。

籤を指で弄ぶ男はまぶたを閉じ、歌に聞き入っている。

やがて、熒の頭頂から水が滴った。花弁が頬に貼りつく。

熒の中で助けを乞う声は、阿鼻叫喚と呼ぶにふさわしい響きにまで成長していた。にもかかわらず、熒の喉と唇は凍りついたままだ。指もぴくりとも動かない。

その間も、水が髪を容赦なく濡らし、花弁が顔のあちこちに貼りつく。

横目で見える父の肌は、血の色をさらに濃くし、まるで燃えるかのようだった。

六

どんなに息をしてもなお、熒は水の中にいるかのようだった。立ち上がろうとして、ぬるりと手が滑った。熒の裸身が冷たい床に打ちつけられる。肩にべったりと血がついていた。

稚児灌頂を受けたのが、数刻ほど前か。扉の向こうで舌なめずりして待っていたのは、熒を呼び出した僧侶だった。抵抗するたびに、殴られた。所詮、力でかなうはずがない。

目差しを感じて顔を上げると、黄金の観音菩薩像が睥睨している。手に柔らかいものが当たった。目をやると、青白い顔をした僧侶が寝転んでいる。まぶたは開き、瞳にはもう光は宿っていない。刺さった短刀の柄が、喉から飛び出すかのようだ。何かに似ている、と思った。そうだ、九相図だ。死体が腐り朽ちて最後は土に還る様を、九つの場面で描いた仏教の絵巻。死にたての骸の絵とそっくりだ。

短刀を抜こうとして、途中で莫迦らしくなってやめた。裸で何をやっているのだ。笑おうとしたが上手くいかない。

背の高い燭台の火が、やけに眩しい。いや、灯りを反射する観音菩薩の黄金が疎ましいのか。転がった白衣を取り上げたが、重い。いつのまにか半分ほど血溜まりに沈んでいる。諦めて、素肌の上に水干だけを身につけた。

火のついた燭台を掴み、杖がわりにして戸口へと歩む。酒は呑んだことはないが、酔ったらこんな気分なんだろうか。右足が何度も左足を蹴る。

観音堂を出て、よろよろと進む。夜空にはいくつもの星が瞬いている。裏手へと回った。杖にしていた燭台を突き出す。蠟燭の火を柱へとかざした。火が焦がす様をじっと見る。

そういえば、ここ十日ほど雨は降っていない。

そっと燭台の火を離したが、柱には赤いものが残ったままだった。乾いた柱は思っていたよりずっと火の回りが早そうだ。隣の柱へと歩み、また燭台の火をかざす。蠟がぽたぽたと地面に落ちた。

燃え移った火が、大きくなる。炎が熒の体を洗うかのようだ。

顔が熱いな、と考えた。火の粉が体に降りかかる。明日になったら、あちこちが水膨れになるだろう。隣の柱にも燭台の火をかざした。

そのころには、炎は音をたてて観音堂を食(は)んでいる。

「熒、何をしている」

叫び声がした。後ろを向くと、肩で息をする一若が立っている。

「ば、莫迦、何をしているんだ。燭台を離せ、正気か」

一若に飛びつかれ、熒は倒れた。燭台も奪いとられてしまった。蠟が飛び散り、熒の肌を灼く。

「お前、何をしたかわかっているのか。三犯の罪は、獄門首だぞ」

一若の目は血走っている。

「火事だ」

「観音堂が火を吹いているぞ」

大人たちの叫び声が聞こえてくる。幾つもの足音が急速に近づいてくる。

「お前たち、何をしている」

十人ほどの寺男と僧兵たちだった。

「一若、持っているものは何だ」

「え、これは」一若は己が握る燭台にやっと気づいた。

「一若が火をつけた」

間髪(かんはつ)をいれずに、熒は叫んでいた。

「お、お前……何を」

こちらを見た一若の顔から血の気が急速にひいていく。

「私は見た。一若が、観音堂に火をつけるところを」

「一若、まことなのか」

寺男と僧兵が、じりじりと間合いを詰めてくる。

「ちがう。おれじゃない。信じてくれ」

一若が放り投げた燭台は、ちょうど枯れ草があったところに落ち、わっと火柱が立ち上がる。

「一若が、また火をつけたぞ」

僧兵が絶叫した。

「ちがう、おれじゃない」

「そういえば、一若の姉も三犯の罪人だ」

「ち、やはり、そうか」

「罪人の血はあらそえぬな」

じりじりと寺男と僧兵が一若に近づいてくる。

「逃がさない」

熒は一若に組みついた。が、力でかなうはずもない。あっさりと一若に投げ飛ばされる。

「くそう」

一若は枯れ草を燃やす燭台を手にとった。逃げ道はない。が、観音堂に背をむけ、塀へと走る。

「逃げたぞ」「火付けの罪人を逃がすな」

一若の左右から男たちが迫る。行く手を遮る高い塀へと、全力で一若は駆けていく。

「あ」と、男たちが叫んだ。一若が跳躍している。塀よりも遥かに高く、夜空へと吸いこまれる。見ると、塀に燭台が立てかけてあった。足場にして蹴ったのだ。

「くそ、罪人が外に逃げた」

包囲しそこねた男たちが、一斉に門へと向かって走っていく。

紅蓮に変わる観音堂の横で、熒はその様子を黙って見ていた。

七

熒は堺の町を出た。重い厨子を背負っているので、肩が痛い。それ以上に厄介なのが、切れた口の中だ。まだ血の味がする。殴られた頬も熱を持っていた。目指すのは、街道を遠く外れたところにある大きな一本杉だ。足下には、鬱蒼とした藪が広がっていた。背負っていた厨子を下ろし、辺りに目をやる。

「一若、いるかい」

風が吹き抜ける音しかしない。

「いるんだろ。出てきてくれ」

がさりと音がした。背後からだ。見ると、一若が藪の中からはい出てくる。

「よかった、私の言葉をちゃんと聞いててくれたんだ」

近くにあった石に腰をかける。観音堂に火をつけ、一若に罪を着せた時、熒は逃亡を阻止するふりをして組みついた。一若を捕らえるためではない。一本杉で会おうとささやくためだ。

「よくも、おれを罠にはめたな」

飢えた狼を思わせる目だった。

「別にいいじゃないか。まさか、慈済寺に戻りたいのかい。あんな地獄に何の未練があるんだ」

「うるせえっ。おれは堺に帰るんだ」

一若は恐ろしいほどの怒気を発していた。明らかに冷静さを失っている。

「お前を捕まえる。そして、堺へ連れていく。何をやったか、全部白状させる」

「無理だよ。私が本当のことをいうわけがないだろう。何より、私は上稚児だ。中稚児の君のいうことと、どっちを信じると思う」

もう上稚児ではないが、一若は知らないはずだ。案の定、顔を歪め一若が狼狽える。

「もう手遅れだよ。解状（げじょう）がでた。君にかけられた勧賞（けんじょう）は二十貫文だ」

解状とは、逃亡した下手人に勧賞という賞金をかけた旨を記した文書だ。燚は、解状の写しの紙を放り投げた。一若がむしゃぶりつく。文字はほとんど知らないだろうが、自分の名前と数くらいはわかるはずだ。

解状を持つ手が、激しく戦慄（おのの）いている。

「どう、諦めた」

「なら、なおさらだ。お前を堺に連れていって、何としてでもおれの無実を証（あか）させる」

「実はね、堺の何人かは一若がやったんじゃないってことを知っている」

「なんだって」

「私がやったと知っている」

「じゃ、じゃあ……どうしておれの首に勧賞がついてんだ」

「嘘（うそ）をついていたことを謝るよ。私はもう上稚児じゃない。親に捨てられて、下稚児に堕（お）ちた。私に色目を使っている僧侶が多かったのは知っていたろう」

「それが、この解状と何の関（かか）わりがある」

「私がさらし首になったら、夜伽をさせることができないだろう。だから、かわりに一若が罪をかぶせられたんだよ。まあ、解死人（げしにん）みたいなものさ」

人々が求めているのは、事件の咎（とが）を誰かに負わせることだ。そのために、解死人という役がある。罪を犯した人間のかわりに、その咎を負い死んでもらう役だ。大切なのは真実ではない。事件や紛争を、誰かの命で贖わせることなのだ。

「火付けの罪を償うのは、別に私じゃなくたっていいんだよ。一部の人にとっては、私じゃない方がよかったのさ」

火付けだけでなく、僧侶殺害の罪も加わっていることは黙っておく。

「そ、そんなぁ」

「けど、ものは考えようだよ。公界から解放されたと思えば」

「うるせえ」

石が飛んできた。熒の額をかすする。

「おれは帰るんだ。堺へ戻らなくちゃいけないんだ」

半狂乱になって叫ぶ。

「じゃあ、さっさと戻ればいい」熒は冷たくいい放つ。

「どうしたんだ。帰りなよ。私は止めないよ」

一若がうずくまった。くそ、くそと無茶苦茶に地面を殴りだす。

これでは話ができない。冷静になるまで待とうと思ったが、一若の拳がどんどんと血で染まっていく。

「帰る方法なら、ひとつだけあるかもしれないよ」

らちが明かないので、そういった。一若の拳が止まる。

「本当か。嘘じゃねえだろうな」

少し考えた。口から出まかせをいうとばれそうだ。うん、これならいいか。舌で唇を湿らせてから「お金を貯めて船の権利を買うんだ」と言葉を紡ぐ。

「船の権利だって」

「それを堺に持っていけば、どんな罪でも許してくれる。特に宣阿様は、喉から手がでるほど欲しいはずだ。宣阿様が口をきいてくれれば、まず大丈夫さ」

「また、騙す気か。宣阿様は、もういくつも船を持っているだろう」

「ただの船じゃない。遣明船の権利を買うんだ」

ぽかんと一若は口を開く。やがて「お前、莫迦か」と言葉を絞りだした。遣明船は、幕府が主宰する船団だ。原則は、十年に一度だけ明国に派遣される。

「遣明船の権利なんて、買える訳がないだろう」

「買えるよ。二年前、遣明船が出港しただろう」

摂津国の兵庫港からだ。

「あれは幕府の船という名目だけど、本当はちがう。細川家と大内家の船さ。幕府は銭欲しさに遣明船の権利を売ったんだ。兵庫の港から出た二隻は、細川家が権利を買った船。九州の博多からもう一隻出るけど、これは大内家が権利を買った船だね」

「けど、高いんだろう」

「当たり前だよ。一隻につき、三千貫だ」

一若が目を剝く。

「そんな銭が用意できるか。稼ぐのに、何百年かかると思ってんだ。おれはできるだけ早く堺に帰らないといけないんだ。じゃないと、姉ちゃんが……」

「けど、三千貫で遣明船の権利を買えば、間違いなく罪は赦されるよ。堺の港は明国と交易したくて仕方がないからね。遣明船に食い込めないから、兵庫や博多の商人の後塵を拝しっぱなしだ。本当に三千貫で遣明船の権利を買えれば、大手柄さ。罪を赦してもらえるだけじゃない。堺の寄合にも加われる」

堺の検断を取り仕切る寄合に加わるということは、堺を自分の好みの町に変える力を持つということだ。

「三千貫なんて尋常の方法じゃ無理だ。盗みでもしないと。罪人になっちまう」

「君は莫迦なのか。堺は公界だ。三千貫の盗みをしても、堺へ逃げれば罪には問われない」

しばし、沈黙が流れる。恐る恐る、一若が口を開いた。

「本当だろうな、その話は」

「嘘はいっていないよ。過去に、宣阿様は遣明船を三千貫で買おうとしたけど銭を集めきれなかった。そういって悔しがってたよ」

「三千貫あれば……堺へ帰れる」

「どうやら、その気になってくれたみたいだね。そこでだ。一若、私と一緒に京へ行かないか。さっきもいったように、私は下稚児に堕とされた。僧侶たちの慰みものの一生なんて、耐えられない。京ならば、いや京じゃないと三千貫もの銭を稼げない」

平然と話しているつもりだが、焚の掌が自然と拳をつくる。恐怖と怒りが拳を硬くした。堺には戻ってはいけないのだ。今だって、荷物を担いで公界寺を抜けるのにひどい苦労を強いられた。もう騒ぎになっているかもしれない。戻れば半殺しの目にあう。

逃げ切ってやる——そう心中で念ずると、指が掌に食い込んだ。

ふと空を見る。青空に星がひとつある。熒惑星だ。なぜか震えが止まる。握っていた指も嘘のようにほどけた。

「一若、一緒に京で一儲けしよう。君の度胸と私の知恵があれば——」

「断る。本来なら、お前の首を百回斬っても足りないぐらいだ」

焚に背を向ける。

「行っちゃうのかい」

「もう話しかけるな」

「迷惑かけたお詫びにあげるよ」

厨子から荷をひとつとり、投げた。気配に気づいた一若は、振り返り受け取る。具足能で使う、両刃の剣だった。

「ちっ、大人用の剣じゃねえのかよ」

「使い慣れた方がいいと思って。あと、これももらっていけばいい。市（いち）で売ればいい金になるはずだよ」

取り出したのは、拙宗の絵だ。一若は乱暴にひったくり、中身を確かめず帯に挟む。地をけり、脱兎（だつと）のごとく駆けていく。姿が小さくなり、すぐに見えなくなった。熒はしばらく風を味わっていた。馬蹄（ばてい）の響きが聞こえてくる。どんどんと大きくなる。振り向くと、一騎が急速に近寄らんとしていた。乗り手は、豊かな髪を後ろへとなびかせている。細い腰と胸のふくらみで、女だとわかった。

「真板（まいた）、早かったね」

「なんだい、熒様ひとりかい。従者がもうひとりいるっていってたのに」

「ああ、供のあてがあったけど逃げられた」

女は馬からひらりと飛びおりた。すらりとした四肢（しし）は熟練の舞手のようだ。

「で、私のような女騎（じょき）に何の御用で」

女騎――女芸能のひとつだ。女性が馬にのり、人馬一体の芸を披露する。二代前の将軍で、籤引（くじびき）将軍の異名をとる義教（よしのり）が愛好した芸能だ。

「私を京へ連れていってほしい。真板は堺の次は、京へ行くといっていたろう」

真板の目が険しくなる。

「供もつれずにひとりで……ということは堺の町で聞いた噂は本当なんですね」

焚はあえて何もいわない。

「上稚児ではなく、下稚児になったと」

「ああ、父に捨てられた」

「ちっ」と、真板が露骨に舌を打った。

「なら、はなから教えな」がらりと口調が変わる。「あんたに優しくしてやったのは、上稚児だからだ。下稚児のくせに、気安く呼びつけるんじゃないよ」

秀麗な顔だけに、悪態をつく真板の言葉の毒気は内臓をえぐるかのようだ。

「京へ連れていってくれないかい」

「堺に突き出さないだけ、有り難く思いな」

「前に真板が持っていた仏像だけど、あれは盗品だよね。形からするに、山科(やましな)の寺からのものだろう」

鐙(あぶみ)に足をかけようとした真板の動きが止まる。

「それがどうした。徳政(とくせい)の土一揆(つちいっき)に加わって得た戦利品さ」

土一揆に女性が参加するのは決して珍しくない。

「徳政は、前の持ち主に返すことだよ。真板は、仏像の前の持ち主じゃないだろう」

「あたしを脅す気かい」

「私なら高く売れるよ」

「信用できないね」

「絵ほどじゃないが、仏像の目利きもできる。盗人市(ぬすっといち)で、もっと値が高くつく絵と替えることもできる」

真板は額に手をやり、美しい前髪を指で摘(つま)んだ。どうやら考える時の癖らしい。

「ふん、大人と組むよりも害はないかもね。いいだろう、乗りな。けど、あんた京にいって何をするつもりなんだい。お公家様の稚児にでもなるのか」

「それも悪くないけど、一番の目的は復讐(ふくしゅう)だよ」

「捨てた親にかい」

「いや、もっと大きなものさ」

鞍(くら)に乗り、真板の後ろに腰をあずけた。

「大きなものってなんだい」

空を見上げる。熒惑星が青空に穿(うが)つ穴が、大きくなったような気がした。

「この世の中さ。この世界のすべてを滅茶苦茶(めちゃくちゃ)にしてやりたい」

「つまんないねえ」

真板が馬の腹を蹴った。馬蹄が高らかな音を奏でる。

「あんたが手を下すまでもなく、もうとっくの昔にこの世は壊れてるさ」

真板の馬が、さらに力強く駆ける。蹄が大地を削り、焚の見る風景が後ろへと勢いよく流れだす。大きな風に乗っているかのようで、焚は目を閉じて真板の腰にしがみついた。

一章　土一揆

一

一若は雨の中、歩いていた。人影が見えたら、街道を外れ草むらの中に隠れた。そんなことを繰り返しているので、体は泥だらけだ。熒からもらった絵と剣は、途中で拾った布に包んで抱いている。顔を打つ雨がやわらぐ。雨雲が切れようとしている。光があちこちに差し込む。

すぐ間近で、虹が空に橋をかけた。

「虹が出た……ということは」

一若は走りだす。泥が跳ねるのも構わない。

「おい」と背中から声がした。蓑を着た男たちが、こちらを指さしている。

「怪しい童め、止まれ」

「どこの惣村から来た」

止まるわけにはいかない。一若には二十貫もの勧賞がかかっているのだ。

「おい、もしかしたら、堺の火付けじゃないか」

「解状が三日前に回ってきていたぞ」

怖くて振り返れない。ただ、足音と声が背中からどんどん襲ってくる。必死に逃げた。窪みに足をとられて、前のめりに倒れる。後ろを向くと、蓑を着た男が十人ほど駆けよらんとしていた。ずっと後ろだが、馬に乗った男もいる。

「畜生っ」一若は立ち上がり、また走る。横腹が痛くなってきた。抱く荷物が落ちそうになる。

虹の根元までいけばあるはずだ。けど、虹の根元なんてあるのか。見たことさえ、ない。もう、呼吸をするのさえ苦しい。顎があがり、よだれと汗が混じりあう。

「あったぁ」

人々が集まり、即席の市場ができている。茣蓙をしき、扇や壺、硯などが並べられていた。虹の根元に市ができるという噂は本当だった。

「いかん、市だ」

「くそ、捕まえろ」

飛び込むようにして、市へと駆け込んだ。足がもつれ、派手に転がる。

「なんだ、童、もっとゆっくりと入ってこい」

若い男が睨めつけた。ふたりいる。それぞれ、藍と朱の小袖を身につけている。見ると、追手たちは市の手前で立ち尽くしていた。

「なんだ、追われていたのか。厄介ごとを持ち込みやがって」

藍の小袖を着た若者が忌々しげにいう。

「そ、そうだ。助けてくれ、ここは市だろう」

若い男ふたりは、追手たちに目を移した。

「どちらの惣村の方たちでしょうか」

朱の小袖を着た若者が、丁寧な口調で追手たちに問うた。

「この先の瓜生の惣村のものだ。主人は細川家の被官の西村という」

「ほう、それはそれは、ご苦労様です」

朱の小袖を着た若者は礼儀正しく低頭するが、どこか人を食った所作だ。

「そこの童を寄越してもらおうか。きっと勧賞首だ」

「お前ら、莫迦か」藍の小袖を着た若者が吐き捨てた。「市は無縁の場だぞ。捕らえたければ、この童が市から出るか、この市が三日後に終わってからにしろ」

無縁——公界と同じく、いかな罪人も断罪されない場所だ。特定の土地や惣村、毎月決まった日に開かれる市の場合もあれば、虹が出た時だけ開かれる日市（臨時の市）やあるいは一揆などもそうだ。

「市といっても、守護や代官の許しがあるわけではなかろう」

「お許しなど必要でしょうか。古来、虹の根元では市が開かれるもの。平安の世に藤原道長公の邸に虹が立ち交易の市が開かれた故事を知らぬわけではありますまい。その先例にのっとっただけ」

虹は神と人の世の架け橋とされ、市などを開いて神々を喜ばせなければならない。

「先例とは、また偉そうなことを。どうせ、盗人市だろう。偉そうな口をきくな」

「そうともよ。虹の根が生えたというが、その証はたてられるのか」

追手たちが凄む。確かに、はるか先に消えかかった虹が見える。

「お前らだって殿原だろう。でかい口を叩くな。この童を差し出したら、我らの面目にかかわるんだよ」

「殿原だと、無礼な口をきくな。我らは細川家の被官ぞ」

殿原とは、下級武士のことである。

「待ちなさい、藍峯」と、朱の小袖の若者が丁寧な口調で制した。

「我らは、骨皮道賢様に任されてこの市を開いている。たとえ細川様の家来衆といえど、無体は認められませぬ」

「ほ、骨皮道賢だと」

追手たちがたじろいだ。一若も聞いたことがある。骨皮道賢——京の悪党盗人たちの頭領ともいうべき人物だ。今はその人脈を活かし、幕府の侍所所司代の多賀高忠の下で治安を守る側についている。

「そういうことなれば、今すぐここから立ち去ってもらえないでしょうか」

朱の小袖の若者は言葉こそは丁寧だが、睨む目つきと発する気は藍峯と呼ばれた藍の小袖の若者よりも剣呑だった。だが、追手たちも退かない。腰を落とし、何人かが刀に手をかけようとさえした。

「待て、待て、若者ども」

割って入ったのは、首飾りや腕輪を過剰に身につけた武士だった。装身具は豪奢だが、身なりそのものは質素なのが奇妙である。ひとり、野武士然とした従者をつれていた。

「なんだ、お主は」追手が、男の胸ぐらに手をかけようとした。

「やめろ、わしはお主らと同じ細川家被官よ」

伸びていた腕がぴたりと止まる。

「おい、藤七、わしの名前を教えてやれ」

「はあ、なんでおれが」ついてきた従者が半顔を歪めた。蓬髪頭に薄い髭がだらしなく伸びている。

「お前はわしの従者だろう。わしほどの身分の男が、なんで自ら名乗らないとならん」

従者は蓬髪を掻きつつ、面倒臭そうに口を開いた。

「この方は、池田筑後だ」

「莫迦野郎が。ちゃんと、摂津国池田城城主、池田〝筑後守〟充正様、といえ。なんだ、池田筑後って。横着すんな」

散々に従者を罵倒した後に、充正が追手に向き直る。

「そういうことだ。無縁や公界で無粋な真似をすると、名前を落とすぞ。ひいては細川家の看板にも傷がつく。今日は退いとけ。ちなみに、この童の勧賞はいくらだ」

すでに追手たちは及び腰になっている。池田充正と名乗るこの男、どうやら本当に池田城の主らしい。

「に、二十貫です」

「なら、ここまで追っかけた駄賃だ。半金やる」

充正が首をひねり、藤七という従者に出せ、と命じた。

「けちな城主様だぜ。半金だってよ。お前らも呆れてるだろう」

蓬髪頭の藤七が、銭の束を渡した。一若の目からも鐚銭ばかりだとわかる。

追い払われた犬のように、追手たちが去っていく。

「あ、ありがとうございます」一若は、慌てて頭を下げる。

「別にお前を助けたんじゃないさ。懐に抱いている、そいつに見覚えがあってな」

気づけば、剣と水墨画を包む布が解けていた。充正が無造作に腕を伸ばす。

「やっぱり、そうだ。藤七、こいつは、わしが堺で横取りされた水墨画よ」

「へえ、絵が好きだったとは知らなかったぜ」

「そんな訳あるかよ。嫌がらせにいって、たまたま目についた品さ。挨拶(あいさつ)がわりに難癖つけただけだ」

充正が、一若を見る。

「お前、これを盗人市に持ち込んだってことは、あのいけすかねえ野郎たちから盗んできてくれたんだな。やるじゃねえか。気に入ったぜ」

乱暴に頭を撫(な)でる。あまりの力に、一若の首が折れそうになった。

「盗んだんじゃねえ。もらったんだ。絵を返してくれよ」

「返すだって。莫迦言うな、買ってやるよ。売るために盗人市に来たんだろう。値はそうだな……お前の勧賞首と同額だ。おい、藤七、払ってやれ。鐚じゃなくて善銭でな」

「へえ、珍しい」

「難癖つけたけど、あんまり堺の奴(やつ)らは応(こた)えてなかったようでよ。むしゃくしゃしてたんだ。それを、この童が盗んできてくれた。実に愉快だ。奴らの悔しがる顔が目に浮かぶぜ」

「むしゃくしゃするのはいいけどよ、部下を半殺しにするのはよくねえぜ」

「してねえよ。行儀ができてなかったから、耳を削(そ)いだだけだ」

藤七がぴかぴかの銭の束を二十束取り出し、それを一若に無理やりに抱かせた。

「こ、こんなにも」

「それが、お前の命の値だ。安いか高いかは知らねえがな。おい、藤七、いくぞ。折角見つけた市だ。掘り出し物を買おうじゃねえか」

充正と藤七は市の奥へと入っていく。

安堵するように息を吐いたのはふたりの若者――藍峯と朱昆だった。額に汗をかいている。

「あ、守ってくれて、ありがとうございます」一若が頭を下げる。

「礼には及ばない。道賢様から市を任された私たちの役目だ。しかし、あの池田という男」

「ああ、えげつねえな」

ふたりがまた汗を拭う。

「えげつないって」一若が思わず問うた。胸に押し付けられた二十貫を見る。

「銭のことじゃねえ。あいつら、いつでもこっちを斬れる場所に立っていた。おれたちも腕に覚えがあるのに、容易くやってのけた。あのとぼけた従者が一番危うい。きっと、かなりの達人だ」

藍峯が顔をしかめた。

「池田の方も何度かこちらを見ていたが、あれは狩人や調菜人（料理人）の目だな。どう斬るかを思案してやがった。きっと、人を殺すことを何とも思ってないはずだ」

朱昆が忌々しげにいう。そういえば、機嫌が悪いと部下を半殺しにする、と藤七は池田充正のことをいっていた。あれは冗談ではなかったのかもしれない。

「あれで、富貴無双の長者っていうんだからな」「きれいな商いはしてないはずさ」

「富貴無双」と、一若は訊き返す。

「城主だが高利貸しもしていて、一月の利が一千貫だともっぱらの噂だ」

息を呑んだ。一千貫……一若の目指す三千貫の三分の一を、たったの一月であの男たちは稼ぐのか。首を巡らす。池田充正と藤七の背中が、群衆の中に隠れそうになっていた。慌てて後を追った。ふたりは茣蓙をしいた行商の前で、品物を手にとっている。扇売りのようで、美しい絵付けがされた扇が並んでいる。

「仮にも池田城の主なんだ。盗人市なんかで購うなよ」

薄い髭を撫でつつ、藤七が充正を窘めている。

「莫迦野郎。歳暮やなんだで銭がかかるんだ。贈り物の刀や扇なんてのは、このへんので間に合わせておけばいいのさ」

充正は、筵の上の扇を乱暴な手つきであさっている。その様子を、藤七が呆れ顔で眺めていた。ゆっくりと近づいていくと、突然、一若の鼻先に鞘の先をつきつけられた。いつのまにか、藤七が腰から刀を外している。

「童、何用だ。まさか二十貫で不服な訳ではないだろうな」

「あ、あの教えて欲しいんです。どうやったら、銭を稼げるかを」

「銭を稼ぎたい、だと。二十貫では不服か」威に満ちた藤七の声だった。

　米に換えれば二十年分の量になる。

「お、おれ、三千貫稼ぎたいんだ」

「三千貫とは豪儀だな」笑ったのは、充正だ。「稼ぐなんて簡単さ。一貫文稼ぐ仕事があったとして、一方は悪いことをしなきゃなんない。もう一方は悪事を働かなくてもいい。お前なら、どっちを選ぶ」

「そりゃあ……悪事をしない方を」

「それじゃ、駄目だ。百貫だって稼げない。善い事か悪い事で一貫文稼ぐなら、悪事を選べ。できればより悪い方がいい。地獄行きが間違いないくらいのな。そういう仕事には、余禄が必ずついてくる。選び続けていれば、わしみたいに一月に一千貫稼げる」

　品のない笑みを、池田充正は口端に蓄えた。

「わしの稼ぎの一例を教えてやろう。荘園代官や領主に銭を貸して、返せないように仕向けて土地と民を奪う。実に簡単だろ。汗水流して購った品なんて、どんなに値がはっても心が湧きたたねえ。お前も盗人ならわかるだろう」

「あんたに売った絵は盗品じゃねえ」

「じゃあ、なんで盗人市なんかに顔を出してやがる。そもそも、罪人だから勧賞首になったくせに。ああ、そうだ。童よ、三犯の罪を犯す勇気はあるか。その度胸があるなら雇ってやる。一仕事は、そうだなお前の命の値と同じ二十貫文だ」

いつのまにか、充正の双眸には蛇を思わせる光が宿っていた。

「どうした、怖いのか」

かちんときた。怖いものなどない。公界である慈済寺にいる時も、命がけの稽古を、毎日こなしてきた。だが――

「おれは罪を犯さない」

一若は決して罪人ではない。生き別れた姉もそうだ。

「綺麗ごとをいうな。本当は怖いんだろう」

いつのまにか、充正の声が低くなっている。

「旦那、よしなよ。ここは無縁の市だぜ」

莫蓙をしいた売り手が声をかけた。長い手拭いで頬被りしている。

「そうだ。無粋なことはよせよ」

「わしが悪者みてえじゃねえか。まあ、いいや。童よ、臆病者じゃなくなったら摂津の池田城にきな。銭を稼がせてやる。ただし才覚がなけりゃあ、こなせねえ荒仕事だがな」

一若から購った水墨画で肩を叩きつつ離れていく。はあと、一若は息を吐いた。なるほど、市を取り仕切る藍峯と朱昆のいった通りだ。あの池田充正という男は、一若を殺しかねない眼光で見ていた。どこをどういたぶって殺すかを思案する目の色だ。童だからといって決して躊躇（ちゅうちょ）も同情もしない。そんな気性がありありと伝わってきた。

「一若よ、三千貫稼ぎたいんだって」

扇売りの男だった。頰被りを慣れた手つきでとく。歳の頃は、まだ二十代と若い。

「ちょっと待て、なんで、おれの名を知っているんだ」

「なんでって、ここは盗人市だぜ。店や客の半分以上が、人に明かせない働きで暮らしている奴らさ。お前の騒動も、あっという間に広がる。名前が一若で、二十貫文の勧賞首だってのもな。驚いたか。物好きな奴が、去っていく細川家の被官を追いかけて聞き出したんだよ」

ということは、今、一若が懐に二十貫を持っていることも知っているのか。

「瓢簞（ひょうたん）から駒（こま）とはいえ、あの富貴無双の池田から二十貫文せしめたのは大したもんだ。ツキを持っているのかもしれねえな。どうだ、一緒に稼がねえか。その強運をわしにも分けてくれ」

「どうせ、三犯の罪を犯さなきゃならねえんだろう」

「荒仕事だが、その必要はねえ。お前みたいな命知らずにはぴったりさ」

気が乗らなかった。去る口実をなんとか探そうとしていると――

「三千貫稼ぎたいんだろう。生きているうちに。なら、わしの話にのるしかないぜ」

「じゃあ、あんたは三千貫稼いだのか」

「さすがにそれはない。けど、ツキのあるお前と組めば、そう難しいことじゃないはずだ」

男は破顔する。意外にも、愛嬌のある笑みが目や口元を彩る。

二

「この世は、穢れに満ちている」

両目が潰れた老僧が絶叫していた。皮膚がただれており、饐えた臭いが一若の鼻をつく。

日は暮れかかっていた。市で出会った男――名を御厨子某という――について一若は歩き、ある惣村へと至ろうとしていた。街道の脇で、老僧が杖をふりかざしている。

「土地が哭いておる。苦しんでおる」

老僧は痩せさらばえているが、声は驚くほど大きかった。

「ちょっと、ここで待ってろ。まず、皆にお前が来ることを知らせてくる」

惣村の外れにある一軒家へと、御厨子某は小走りに行く。

「そこにおるのは誰じゃ」

老僧が突然、潰れた目をこちらに向けてきた。瞳（ひとみ）が白濁している。見えなくても目やにはたまるのか、黄色いものが目の下辺を盛り上げていた。

「誰でもいいだろう。旅の者だよ」

「旅の者よ、いいことを教えてやろうか」

「興味ねえよ。少し黙っててくれ」

「なぜ、この世がこれほど穢れに満ちているかわかるか」

一若のいうことを無視し、こちらに近づいてくる。

「人と土地は、契約を結んでいる。土地には霊が宿り、その霊と人は呪式（じゅしき）で結ばれる」

どろりと目やにが溶けて、老僧のしわだらけの頰（ほお）を流れる。

「物や財もしかりだ。だが、その契約を断ち切らんとする者どもがいる。契約が切れればどうなるか。永きにわたり契約した人と土地が断絶されれば、妖孽（ようげつ）（凶事）が世に満ちる。政（まつりごと）は欺瞞（ぎまん）に満ち、疫病が蔓延（まんえん）し、飢餓が日ノ本全土を満たす。今の世がそうだ。因果は、すべて土地と人との契りを絶ったことにある」

「おい、一若、入りな」

やっと声がかかり、老僧から離れることができた。薄暗くなった囲炉裏（いろり）を、十数人の男たちが囲っていた。百姓、野武士、僧兵、職人、殿原、貧乏被官など様々である。共通するのは、腰刀や薙刀（なぎなた）など、皆、なにがしかの武器を身に帯びていることだ。

「で、どうやって銭を稼がせてくれるんだ。まっとうな方法じゃなかったら、おれはやらない」

囲炉裏に座りつつ、一若は機先を制して訊いた。集まった男どもの顔ぶれを見れば、荒事であるのはすぐに理解できた。何人かが苦笑を漏らす。

「簡単なことさ。土一揆を起こし、京にある土倉や酒屋を襲う」

土倉や酒屋は、京で高利貸しを営んでいる。百姓や武家に土地や物を担保に銭を貸し、返済が滞れば容赦なく奪う。

「ちんたら働いて稼ぐより、よっぽど早い。なんせ、土倉や酒屋には溢れるほどの銭があるからな」

「おれは罪を犯さない。そういったろう」

「土一揆で土倉を襲うのは、罪にはならねえ」

「けど、盗みだろう」

「おいおい、正気か。土一揆は、徳政令を出させるためにするんだぜ」

徳政令とは、借りていたものを前の持ち主に返す法令のことだ。土一揆は、この徳政令を求めて決起する。土倉や酒屋にある流れた質——土地や財を前の持ち主に返す。徳政令の根拠となるのが、土地や財は持ち主との間に霊的な繋がりがあるという考え方だ。しかし、借金の担保となり土地や財が持ち主から引き離されると、霊的な繋がりに断裂が生じる。断裂は、穢れや災厄に変わると信じられていた。特に持ち主から引き離された土地は死んだ土地で、穢れに満ちた結果、地神が災厄の神に変わる。質を持ち主に返還することは、徳のある行いとされた。それ故に、徳政令と呼ばれているのだ。

「道端の汚い坊主もいってたろう。人と土地が断絶されれば、妖孽が世に満ちるって。わしらは土一揆を起こして、徳政令を幕府に発布させる。そうすれば、断絶された土地と人とが繋がりを取り戻す。徳に満ちた世に戻る、というわけだ」

「借金の質を取り戻したぐらいで、災厄や穢れが治ったりするもんか」

そもそも借銭を踏み倒す行為にしかすぎない、と一若は思っている。

「じゃあ、今の世の中をどう説明する。まさか、いい世の中なんていうなよ。惣村の民のほとんどが、土倉や酒屋の借金で首が回らない。次々と土地を手放して、奴隷のように働かされている。挙句は、土地を捨てて流民になる。流民になれば、最悪だ。わしらが徳政を勝ち取っても、前の持ち主が消えちまうんだ。田畑は穢れたままだ」

確かに、田畑を手放さざるをえないほどの暴利を課す土倉が、正義かといわれれば困る。

「窮状は百姓だけじゃない。公家や被官、殿原もそうだ」

一若の向かいに座る武家がいった。困窮を苦に自殺する公家や武家も多いという。今、土一揆の一味として集まった人々にも、武家と思しき男が何人かいる。

「土一揆を起こし、倉を襲って銭や質流れした宝物を奪う。別に罪には問われねえ。どうせ、徳政令が出るからな」

「徳政令は、前の持ち主に返すのが定めだろう。倉から奪って、自分のものにしたら盗みと同じだ」

「わしらは奪ったものを、前の持ち主に返すんだ。返礼の銭はもらえる。命がけで倉を襲うから、大体、半金が相場さ。持ち主が死んでたら万々歳だ。全部、わしらのものだ」

一若は腕を組んで考える。

「それに将軍様だって喜ぶ。分一銭をとるからな」

分一銭とは徳政令で借財を帳消しにする際、債権額の一割を幕府に納めることをいう。

「けど、首謀者は磔や晒し首だろう」

「阿呆ぅ、そんなの建前だ。大体、土一揆では一揆側も何人か必ず死ぬ。祭りの時に死人がつきもののようにな。なんだ、その顔は。お前とこの祭りじゃ、人は死なねえのか。京の祇園祭じゃ、大怪我や死者は当たり前だぞ。菖蒲祭りの石合戦の遊びでもだ」

石合戦は、五月五日の菖蒲の日に必ず行われる童の遊びだ。死者が出ることも珍しくないし、それが村同士の戦に発展することもある。

「首謀者を出せって言われたら、死んじまった運の悪い奴の骸を侍所に出せばいい。侍所ってのはあれだ、お前が絵を売った盗人市を仕切ってる骨皮道賢だよ。奴は侍所の目付だ。奴に、一揆側の死体を何体か持っていけば上手く話をつけてくれる。確かに、幕府の軍とも小競り合いはある。けど、その軍を采配するのは守護大名だ。実は、守護大名の被官も土一揆に多く加わっている。はなから大きな戦にはならない。大名たちが本気で一揆を鎮圧したら、自分の被官を殺すことになるからな」

一味の中に加わっている被官と殿原がうなずいた。

「土一揆は誰も損はしない。一味のわしらも潤う。借銭している惣村も助かる。分一銭で、幕府も儲かる。守護大名たちも、被官の借銭が帳消しにできて万々歳だ」

「けど、童のおれでも稼げるのか」

「そりゃ、最初はわしら一揆一味の下働きだ。で、働きがよければ株をやる」

「株だって」

「一揆寄合の株だ。一揆を起こす際に、どの土倉を襲うか、わしらは賭ける。ちょぼ（サイコロ）でな。賭けに勝てば、一番懸かりだ。ああ、一番懸かりってのは選んだ土倉に一番に攻め懸かれる役目だ。合戦の先鋒みたいなもんだな。その賭けに参加できるのが、一揆株を持っている奴さ」

御厨子某は懐に手をやり、首にかけていた紐を見せた。先に木片があり、一若の読めぬ字が書かれている。見れば、同座する男たちは皆同じものを首から下げている。どうやら、これが一揆株を持っている証らしい。

「一年前にも土一揆があったのは知ってるだろう。賭けに勝って一番に襲う土倉を選んだけど、それがとんだ貧乏籤でな。倉の中がすっからかんで、ほとんど儲けがなかった。そこで、お前を雇うことにした。ツキのある奴がいれば、賭けでいい土倉を選べ――」

一若は話の途中で立ち上がった。

「なんだ、やらないのか」

「気が進まない」

「怖気づいたんだろう。正直にそういえ」

一味の中の殿原が侮蔑の笑みを向ける。

「まあ、いいさ。気が向いたら、わしを訪ねてこい。ただし、お前のツキが落ちる前までにな」

一若は家から出た。すっかり暗くなっている。老僧がまだいる。星にむかって、枯れ木のような腕を伸ばしている。

「おお、あれに輝くは熒惑星だ。盲いた、わがまなこにもくっきりと見えるぞ。なんと不吉な光であることか。これぞ、巨大な妖孽が近づきつつある証じゃ。土地と人が引き裂かれた因果が、凶事に変じようとしている」

突然だった。老僧が歌い出したのだ。

――百王の流れ、ことごとくつき
――猿犬英雄を称す

――星流れて野外に飛び
――鐘鼓(しょうこ)国中にかまびすし
――青丘と赤土、茫茫(ぼうぼう)として遂(つい)に空と為(な)らん

何の歌かはわからない。少なくとも楽しい内容でないのはわかった。

三

これが京なのか……。一若は呆然(ぼうぜん)と立ち尽くす。土一揆の一味と別れ西国街道を北へと進み、やっと京の南の玄関口ともいうべき東寺(とうじ)の五重塔が見えてきた。都に入る前から人が溢れている。栄えているわけではない。人々は流民だ。生い茂る藪(やぶ)よりもはるかに多い。

二十貫文を抱く一若は、恐る恐る街道を歩いた。流民たちは頬がこけ、目だけがギョロリと剝(む)き出ている。青い血管が浮いた肌が不気味だ。食べているのは、根だろうか。行き倒れも多い。蠅(はえ)がまとわりつき、鼠(ねずみ)が皮膚をかじっている。半ば空いた口から、虫が何匹も這(は)い出てきた。

幸いにも関所はなかった。昨年の土一揆で壊されたままだという。道の脇に、どけられた瓦礫(がれき)だけが残っていた。

町へと入ると、土埃(つちぼこり)が充満している。さすがに流民の数は少ないが、あばらが出た犬があちこちをうろついている。「ひっ」と、言葉が一若の喉(のど)から絞りだされる。犬が咥(くわ)えて

いるのは、人の腕だ。痩せた人の腕を、必死に犬が齧っている。

車輪が転がる音がして、後ろを向いた。牛車が通ろうとしている。一若は道の端によけた。酒の臭いが鼻につく。牛車から濃く漂っている。

「止まれ」と、牛車の中から声がした。御簾が乱暴に上がる。青白い顔をした僧侶だった。道に顔を突き出し、何をするかと思っていたら突然、嘔吐しはじめた。汚物が跳ねて、一若の足につく。

背後から同乗者らしき人物が手を出して、懐紙を渡す。僧侶は受け取って口元を拭いた。何が愉快なのか、「はははは」と場違いな笑いを撒き散らす。

「呑み過ぎてしもうたわ。鶯飲みが過ぎたかのう。おい、水を持ってこい」

僧侶は声高に命令する。酒の早飲みを競う遊戯――鶯飲みや十度飲みが流行っているとは聞いていたが……。一若は呆然と立ち尽くす。牛車のそばに犬たちが集まり、吐瀉物を必死に舐めている。

従者が持ってきた水で口をそそぎ、「これはもういらんわ」と牛車の中にあった食べかけの餅を捨てた。どこに隠れていたのか、童たちがわっと出てきて、犬と奪いあう。

「行け」牛車の主が床を叩いて、出発を促した。御簾はあげたままで、嫌らしい目で人と犬が餅を奪いあう様子を見ている。一若の前を通りすぎる時に、僧侶の奥の人物が見えた。稚児髷の頭に、切れ長の目、形のいい唇。

「け、焚か」

思わず声を発してしまった。だが、牛車の主たちには聞こえなかったようだ。そのまま、路地を奥へと進み、土煙の中へと消えていった。

この京で、一若は銭を稼がなくてはいけない。頼りになるのは懐に抱く二十貫文だけだ。これを元手にして、なんとか三千貫に増やさなければいけない。懐にしまった銭の束を抱く。胸が軋(きし)むように痛んだ。

気づけば、都の外に出ていた。入ってきた東寺口ではない。きっとその東にある竹田口(たけだ)だろう。

尻餅(しりもち)をつくようにして座った。

「どうしたらいいんだ」

手でぶちぶちと草をむしる。もうすぐ日が暮れるが、宿を探す気にはなれない。宿などに泊まったことはない。どうやって探すのか、どうやって泊まるのか、何も知らない。そもそも、一若のような粗末ななりの童がいって、相手をしてくれるのかもわからない。

視界の隅で蠅が飛んでいた。顔を向けた時、驚いた。一若と似た年頃(としごろ)の童の体が、ふたつ寝転がっている。男と女だ。兄妹(きょうだい)だろうか。ぴくりとも動かない。たかっている蠅の数から、死んでいるのは明らかだ。そっと近寄る。死体は新しいのに、皮と骨ばかりで肉付きはあまりにも薄い。餓死したのだ。頭に昔話がよぎる。平安の頃の話だったか、老婆が女の骸から髪の毛をあさる話だ。かつらの材として売るためだという。骸の髪の毛をじっと見つめる。目が離せない。兄の方は短いが、女童は肩ぐらいの長さがある。

おれは、三千貫稼がないといけない。

心中で唱えると、躊躇は消えた。手を伸ばし女童の髪をそっと取る。綺麗だな、と思った。

「お……兄」

刹那、心臓が止まった。すぐに猛烈な勢いで鼓動が再開される。声は今、髪を持つ女童から聞こえてくる。首がゆっくりと動き、掌の上の黒い髪が流れ落ちる。

「お兄ちゃん」と、弱々しい声でまたそういった。顔を持ち上げて、こちらを見る。こけた頬が頭蓋の輪郭をなぞるかのようだ。

「お兄ちゃん、どこ」

女童は首を上げて、また問う。すぐ前に兄の骸があるというのに。

「どこ、真っ暗で見えない」

女童はそういって、今度は一若の方を見た。いや、一若ではない。そのずっと先を見ようとしている。

町で購った握り飯を持って、一若は駆けた。女童のところへと急ぐ。うずくまっている。

死んだのでは、と背が冷たくなった。一若が近づくと、肩が動いた。

「大丈夫か。握り飯だ」

一若が寄り添った。片手で抱くと、骨が皮膚にあたる。驚くほど軽い。

「ど、どこ」と、震える手を伸ばそうとする。

「待ってろ」

握り飯を取り出して、口へと近づけようとした。

「食べさせちゃ、駄目だ」

背後から叱声が飛んだ。あまりのことに、握り飯が手から落ちる。少女の体が崩れそうになって、胸と片腕で挟みこむようにして止めた。この声を忘れるはずがない。

「焚っ」

夕日を背にする童を睨めつけた。稚児髷を結った人物は、怯むことなく一若の眼光を受け止めた。

「ど、どうした……の」戸惑う女童を、そっと地面に置く。

「よくも、おれの前に姿を現すことができたな」

「牛車の中から、ちらりと見えたからね。絵は高く売れたかい」

「お前だけは許さない」

「なんだ、復讐するつもりかい。けど、いいのかい。そんな暇はないだろう」

熒の目差しは、一若を通りこしていた。きっと女童を見ている。剣を抜こうとして止めた。

「どっかへ行け。お前の相手をしている暇はない」

幸いにも、落とした握り飯はひとつだけだ。あと三つ残っている。

「その子を救いたいなら、握り飯は食べさせちゃ駄目だ。飢えた人に、米の飯は毒になる。粥だ。できれば粟粥がいい。うんと薄めたやつだ」

「本当か」

「それからそっちの骸は、その子の縁者かい。すぐに引き離すんだ。死穢が生じるぞ」

言いなりになるのは癪だが、嘘をいっているようには思えない。女童を抱きかかえ、できるだけ揺らさないように走って、骸から離れた場所に寝かせる。

「粟粥を買ってくるといい。それまで、その子の面倒は私が見る」

躊躇はしなかった。熒は堺の公界寺にいるころ、明国の医術書も読んでいた。無知な一若がそばにいるよりはましだ。ただ、指図されっぱなしというのが気に食わない。

「握り飯だ。それ食って待ってろ」

放り投げるや、一若は駆けた。粟粥を購い大急ぎで戻ってくると、女童の額には濡れた手巾が当てられていた。横には、ふたつに減った握り飯がある。

「早かったね」

熒を無視して、女童に近づく。粥を匙ですくい、女童の口元へ持っていった。女童はほとんど噛まなかった。喉を鳴らすようにして、呑みこんでいく。

「よかった」と、一若は息をつく。椀の中の粟粥が半分ほどになった頃に女童は寝息をつきはじめる。空には、星がいくつか瞬いていた。

「目だけど、食をちゃんと与えていれば見えるようになるよ。飢えがひどいと、目が見えなくなることがある。滋養のあるものを食べさせれば、きっとよくなる」

熒が手を差し伸べた。握り飯だ。思わず受け取ってしまい、くそっと心中で罵る。そもそも、自分が購った握り飯ではないか。口の中に放り込んで、あっという間に食べる。

「この子には縁者はいるのかな」指についた米粒を舐りながら、ついそういってしまった。

「一若を待っている時に、色々と聞いたよ。誰も縁者はいないらしい。浄土真宗だったけど、比叡山の焼き討ちにあって家財を失ったらしい」

浄土真宗の本願寺は、もともと比叡山延暦寺を本山とする天台宗の末寺だったが、不安定な世情のせいか近年は急速に力をつけた。それゆえに警戒され、昨年は本山のはずの比叡山から仏敵とみなされ、坊舎を焼かれる迫害を受けた。女童の家族はその被害にあったのだ。

「仕方がないから、この子の親は土倉に金を借りた。けど、返せなかった」

昨年は、厄災が次々と襲ってきた年だ。六月に大旱魃があり稲がほとんど枯れ、やっときた雨は恐ろしい大豪雨だった。

「土倉に土地を奪われ、流民になった。もう帰るところはないって言ってたよ」

「そうか――」おれと同じだな、とつぶやく。

「運が悪かったのかな」

「運が悪いだって。おめでたい言い草だね。きっと、大旱魃や大豪雨がなくても、この子の一家は離散していた」

「どうしてだよ」

「京の土倉のほとんどは、比叡山延暦寺の子飼いだよ。きっと比叡山は、浄土真宗が目障りだったんだ。だから、本願寺を焼いた。そして、手先の土倉をつかって、困窮した浄土真宗の信徒に貸し付けた。とんでもない高利でね」

「そんなひどいことが許されるのかよ」

「もう少し世間を知ったほうがいいよ。そんなひどいことが横行しているから、周りはこんなことになっている」

　流民たちの群れに、焚は目差しを移す。

「飢渇(けかち)祭りって知っているかい」

　焚は説く。土倉や酒屋は、飢渇祭りという祈禱(きとう)を行っている。そこで祈るのは、豊作ではない。凶作だ。

「土倉や酒屋は、集めた銭で各地から米を買いあさっている。その米を高く売るためにはどうすればいいと思う」

一若には見当もつかない。

「飢饉だよ。飢饉になれば、米の値段がはね上がる」

実際に、約三十年前の永享三年（一四三一）、飢饉で人々が苦しんでいた。この時、処罰されたのが米商人たちだ。六人の商人が捕らえられた。彼らを調べたところ、米価を高騰させるために諸国の米運送の道を塞ぐだけでなく、飢渇祭りを三度にわたって催す呪詛行為があったという。

一若の脳裏をよぎったのは、池田充正の言葉だ。悪事に手を染めねば銭は儲からない、といっていた。正気の沙汰ではないが、不幸や凶事を食い物にする輩はいるのだ。

「六年前の飢饉でも飢渇祭りが行われたそうだ。案外、この子の親たちも米商人や土倉たちが米の値を吊り上げたから没落したのかもしれない。助かる見込みがあるとしたら、昨年の土一揆だったね。徳政令が出れば、この子の一家は助かったろうけど」

一若の耳がぴくりと動く。

一年前も土一揆が起きた。だが、徳政令は発布されなかったという。

「私はそろそろ行くよ。一若が復讐を思い出したら怖いからね。この子には、しばらく粟粥を食べさせたらいい。きっと、よくなるよ」

「焚よ、ひとつだけ教えてくれ。土倉が、この子の兄や親を殺したのか。一体、誰が悪くて、こんなことになった」

「世の理を善悪だけで割り切れれば、こんなに流民や飢民は生まれないよ」

「この子の親たちの仇を討ちたかったら、どうすればいい」

焚が口元の微笑を深くした。

「土倉は手先にしかすぎない」焚が語りだした。都にある土倉や酒屋のほとんどは、比叡山延暦寺や相国寺などから銭の出資を受けている。この子の親を苦しめた土倉に誅罰を科しても、親玉の比叡山や相国寺にとっては数多ある土倉のひとつがなくなるだけだ。痛痒を感じることはない。

「やるとしたら、土一揆かな。大きな土一揆になれば、壊す土倉も多くなる。比叡山や相国寺にとっても痛手になるだろう」

嘉吉元年（一四四二）に京や近江で起こった土一揆は、近江守護の六角家が煽動したという噂がある——そう焚は教えてくれた。六角家はたびたび嗷訴する比叡山延暦寺の力を削ぐため、土一揆を煽動し、延暦寺の息のかかった土倉を多く襲わせたのだ。

「土一揆か」と、口の中だけで一若はつぶやく。もう一度、拳を握りしめた。

四

青天の霹靂——その言葉がふさわしい衝音だった。

御所の正門前に集まった野次馬も、驚愕のあまり声もでない。肝を潰されたという言葉がしっくりとくる。それは、熒も同様だ。

御所の正門が開き、琉球の使節団が中へと戻っていく。衝音を鳴らした琉球の楽士たちも、鉄の楽器を担ぎ門の中へと消えた。

「真板、凄い音だったね」

「すごい、なんてもんじゃないよ。耳がまだ鳴ってる」

女騎の真板が秀麗な顔をしかめた。

京に琉球使節団が到来し、将軍義政と謁見したのだ。十年に一回の日明貿易とちがい、琉球ならばその制約はない。幕府にとって重要な財源となる交易の使節だ。将軍側近と琉球使節が何度も折衝をしていたのは、熒の耳にも入っている。相当難しいやり取りがあったようだが、両者合意にいたり、祝いの音曲を琉球使節が奏でるというので、真板と一緒に見物に来ていた。

「月鼓は厩に置いてきてよかったね。さっきの音を聞いたら、逃げ出してたね」

月鼓は、真板の愛馬である。最近は熒が世話をしてやり、懐きはじめたところだ。

「まったくだよ。ああ、まだ鳥やカラスが騒いでいる」

かきむしった髪のように、小枝が揺れていた。ひらりと風にのってやってきたのは、一枚のお札だ。天狗（てんぐ）の絵が描（か）いてある。

「天狗の落とし文だ」焚は拾いあげた。

何年か前から続く、不思議な文だ。空から天狗が文を落とすという言い伝えである。落とし文には、予言が書かれている。これから死ぬ公家や武家、僧侶などの名前が書かれていることが多い。事実、焚が手に持つ天狗の落とし文には「近日冥界呼集之衆（めいかいこしゅうのしゅう）」と書かれていた。

「ああ、何日か前に落とし文が降ったって誰かが言ってたね」

「空から降る時に木の枝にひっかかったんだね。さっきの音で落ちたんだ」

空気が揺れるほどの大衝音を思い出す。耳鳴りがぶり返すかのようだ。

「あんた、そんなもんを信じているのかい」

「真板は信じてないの。天狗の落とし文は予言の書で、降る時はかならず日ノ本に大きな災いが起こるんだよ」

「すでに、この世は地獄みたいなもんさ。これ以上は悪くなりようがない」

「けど、今年の六月には彗星（すいせい）が京の外れに落ちた」

真板の表情が曇った。焚らが堺を出る少し前のことだ。流れ星が落ち、すさまじい鳴動ともに大地が揺れた。昨年にも同じようなことがあり、人々は天狗流星と恐れ、これを重く見た朝廷が陰陽師の安倍一族に占わせたところ大凶という卦がでた。

「それに、また大きな争いが起きそうだよ」

越前尾張などの三ヶ国守護の斯波家でお家騒動がおきたのだ。当主の座を争う義敏と義廉が、互いに京へ兵を呼びこまんとしている。

「斯波家だけじゃない、畠山家もきな臭くなってきている」

畠山家は政長という男が家督を継ぎ、それに反対する従兄の義就と争っている。義就は大和国の吉野に逼塞しているが、虎視眈々と反撃の機会を窺っている。斯波家畠山家とも三管領家といって、幕府の中で最も家格の高い守護大名である。

「あたしは賢くないから、世の盛衰はわからない。けどね、どんな政変が起こっても、そんなのあたしたちには係りないことさ。はるか天上でやってる喧嘩だ」

真板は首をめぐらせる。目差しの先には、御所の横にある相国寺の七重塔があった。

「あの七重塔のてっぺんで喧嘩してるようなもんさ。下界の民の知ったこっちゃない」

「けど、都が戦に巻き込まれるかも」

「毎年のように土一揆が起こってる。合戦なんてあれと同じさ。血の気の多すぎる祇園祭みたいなもんさ。土倉や酒屋は燃やされるだろうけど、残念ながらあたしは燃やされて困る倉なんか持っちゃいない」

「合戦と土一揆はちがうだろう」

「違わないね。畢竟、どっちも溜まった不平不満の捌け口さ。誰かを殴りたいだけ。殴り終われば、鉾を収める」

確かに、過去に幕府に反逆し討伐された大内家、山名家、赤松家は、今も守護大名として権益を保持している。反旗を翻しても、いつかは赦される。守護大名たちは、そうたかを括っている節がある。

御所の門に集まっていた人々がまばらになっていた。

「それより、真板、ちょっと一月ほど出かけるよ。その間、月鼓の世話ができないけど」

「またかい。なんの用なんだい」

「ちょっとしたおまじないさ」

「そんなこともできるのかい」

「まあ、寺にいたからね。祈禱の真似事ぐらいはできる」

「天下泰平を祈るとか、そんなことはやめておくれよ」

逆である。この世を呪い、滅茶苦茶にするためのおまじないだ。

「そこにおるのは、熒ではないか」

野次馬を押し除けるように、牛車が近づいてきた。御簾がするすると上がる。

「これは日尊様」

姿を現したのは、一若と再会した時に牛車に同乗していた僧侶だ。

「熒も琉球使節の見物に来ていたとはね。それも女連れかい」

日尊が真板に目をむける。

「はい。女騎の一団にお世話になっております」

日尊が真板を覗きこむような仕草をした。一方の真板は「誰だい」と耳打ちをする。

「門跡のお一人だよ。無礼がないように」

門跡とは、皇族が住持を務める寺のことだ。また、その住持のことも同様に門跡という。

「あんた、そんな方々と面識があるのかい」

「日尊様は、何度か堺の慈済寺を訪れたことがあるのさ」

「それはそうと、熒や」日尊がふたりの会話を遮った。「最近、つれないじゃないか。何度も使いをやったのに来てくれない。最後に会ったのは、いつだったか」

日尊が考えるふりをした。たっぷりと間をとってから口を開く。

「半月ほど前だったか。あの時、熒は私にとても美しい絵を描いてくれたね」

うなじが粟立つのがわかった。そうだった。最後に会った日は、絵を描いただけだ。抱かれはしなかった。ただし、一糸まとわぬ姿で絵を描かされたのだ。日尊がいいというまで、筆を止めることは許されなかった。

「半月か。あれから随分とたったような気がするけどねえ」

ねっとりとした目差しが絡みつく。日尊は、熒が慈済寺を逃亡したことを知っている。報せないかわりに、稚児になれと脅されたのだ。

「申し訳ありません。実は泊まっている宿坊で、急に女が産気づいたのです。放っておくこともできませんでした。おかげで穢れを潔斎しきるまでに時を要しました」

嘘である。この言い訳ならば、角が立たない。出産は産穢という穢れを伴うゆえに、上下を問わず民は家ではなく大通りから外れたところにある産所で産む。産穢があけるまで、産婆や安産祈願の巫女以外はできるだけ人と接触させないためだ。

「そうであったか。私はまた別の男のところに通っているとばかり思っていた。産穢ならば仕方あるまい」

言葉の割には、瞳には妬心の光がぬめっていた。熒は内心でほくそ笑む。日尊は、熒の体に溺れつつある。脅されるふりをして、逆にこの男を支配してやるのだ。この世を破壊するために、日尊をとことん利用しつくしてやる。

「では、次はいつ寺に来られる」

「お許しをいただけるなら、明日にもお伺いしようと思っていました」

日尊の口の端が吊り上がる。熒の言葉に満足したようだ。御簾が下げられ、ごろごろと牛車の車輪が鳴る。去りゆく様子を、真板とふたりで見送った。

五

野犬の遠吠(とおぼ)えが夜空に響き渡る。熒は、灯(あか)りも持たずに歩いた。幸いにも雲はなく、満月ではないが明るい。風上にいるおかげで、腐臭は薄い。鋸(のこ)を握りしめた。

腰に巻きつけた袋を確かめる。狼(おおかみ)の糞(ふん)が入っている。野犬避(よ)けだ。効果のほどはわからないがないよりはましだろうと思って、昼に猟師から購った。

「よかった。今夜は、野犬が少ない」

盛り上がった土の上から見ると、流民たちの骸が敷き詰めるようにしてあった。ゆっくりと足を踏み入れる。腐臭がきつくなる。明日は、あの日尊のところへ行く。強い香を焚(た)かねばなるまい。うめき声が聞こえた。顔をやると、まだ息のある男がいる。肌のあちこちが変色している。肉付きは悪くないから、疫病にかかったのだろう。身内に捨てられたのか。あるいは死期を悟り、動けるうちに自らここへ来たのか。

「だ……誰かぁ」

男の瞳に、熒の姿が映る。

「私に何かできることがあるかい」

「念仏を……上げて……。題目……でもいい」

慈済寺で稚児をしていたので、念仏ぐらいは唱えられる。

「わかった。けど、お願いがあるんだ。あなたが死んだ後のことだけど」

聞いているかどうかはわからなかったが、願いをいう。かすかに男のまぶたがめくれた。

声は出さなかったが、口の動きで「わかった」といったような気がした。

鋸を置き、地に膝をつき、手をあわせる。念仏を静かに唱えた。

終わる頃には、男はこと切れていた。

「じゃあ、約束通りもらうよ」

病で変色した足を手で押さえ、鋸をあてた。ここに通ってもう何日にもなるが、許しをもらって骸を斬るのは初めてだった。幾分か心が軽くなっている。ということは、やはり己はこの行いに罪悪を感じていたのか。

鋸を引いた。まだかすかに温かい血が流れるが、勢いはない。額が汗ばむころになって、必要な分はとれた。大きな袋にいれて担ぎ、よたよたと歩いた。

馬のいななきが聞こえた。

これは――月鼓のいななきではないか。足を止め、こうべを巡らせる。

「真板、いるんだろう」

声は夜の闇に溶けるかのようだ。馬のいななきがまた聞こえてきた。やはり月鼓だ。

「隠れてないで出てきたらどうだい。私は逃げないよ」

岩だと思っていた影が動いた。長い髪が夜風に流れている。月明かりが顔の半面を浮かび上がらせており、表情が硬い。当たり前だ。熒が骸を斬るところを見ていたのだから。

「なぜ、骸を漁ってるんだい」

「儀式のためだよ。熒惑星に捧げる贄さ」

「正気かい」

「正気だよ。死体を集めるのは、別に珍しいことじゃない。過去には歌人の西行が骸を集めて、死んだ人を蘇らせようとした。密教では髑髏を使った秘法もある。人の髑髏を使う時もあれば、犬の髑髏の時もあるようだけど」

「集めて何をするつもりなんだい。誰かを蘇らせるのか」

「西行はそうしたらしい。そして、出来損ないの人ができた。けど、私はちがうよ。誰も蘇らせない。いったろ、熒惑星に捧げるためさ」

「なんだい、その熒惑星って」

「惑う星さ。不吉大凶の前兆の星さ。私の名前の熒は、熒惑星からとった。熒惑星が妖しく光る時、兵乱が起こるといわれている」

侮蔑の笑みを真板は浮かべるが、多分に強がりが含まれていた。

「もっとわかりやすく教えな。あたしは知ってもいいはずだ。堺から逃げるのを手伝ってやった」

「前にも教えたろう。この世の中を滅茶苦茶にしてやるんだ」

「熒惑星の申し子としてか」

「申し子――か、真板にしては詩興に満ちた言い方だね。気に入ったよ。私もやったことはひどいことだと思う。死者たちは怒っているだろう。けど、仕方ないんだ。熒惑星の儀式のためには、どうしても必要なんだ。けど、安心して。私は西行とはちがう。出来損ないの人間を造るようなへまはしない。しっかりと、この世が滅茶苦茶になる呪いを完成させてみせる」

　真板の腕が素早く動き、構えた。手に握るのは短弓だ。矢はすでに番えられている。

「動くなっ」鋭く一喝した刹那、鳴弦の音が突きぬける。背後で、人ならぬものの悲鳴がする。首をねじると、野犬の首に深々と矢が刺さっていた。

「助けてくれたのかな、それとも」まさか、外したわけではあるまい。

「次はあんたに当てる」

「それは勘弁してほしい」

「その愚かな行いをやめると誓うんだ。呪いなんかで、国が滅ぶと思っているのかい」

「真板は呪いを信じないのか」

「童が使う呪術で、世の中が変わるわけがない。笑わせるな」

目尻を過剰なまでに吊り上げて、真板は矢尻を熒の胸板にむけた。

「呪いが怖くないというなら、ここにくればいい」

熒は足元を指さした。うずくまるかのような骸が何体もある。

「穢れが怖くないなら、この荷を持つこともできるはずだ」

骸がいっぱいに入った袋を突きつける。真板の頬を汗が一条流れる。

熒は一歩二歩と近づいた。同じだけ真板が下がる。

「ほら、真板もやっぱり信じてるじゃないか。死の穢れや呪いが怖いから、私に近づけないんだろう」

また一歩近づく。真板が一歩下がった。そのことに、彼女自身が驚いたようだった。

「それでいいんだよ。近づかない方がいい。人が死ねば甲穢が発生する。穢れは容易く人を呪い殺す」

穢れには、甲乙丙丁の四種がある。一番災厄を濃くはらむ甲穢は、骸そのものにあるといわれている。骸に触ったり近づいたりすると、乙穢に冒される。乙穢に冒された人に触れたり近づいたりすると、今度は丙穢に冒される。そして丙穢の人に近づくと、丁穢に蝕まれる。

穢れは次々と人を冒していく。だから、骸を都や町から離れたところに安置する。今、熒と真板が対峙する鳥辺野のようなところにだ。

真板は、汗をびっしょりとかいていた。

「じゃあ、今夜はここまでだね。この間合いなら、きっとまだ真板は穢れには冒されていない。心配なら、七日ほど潔斎することだね。冒されているとしたら、丙穢だろうから」

甲穢を払うための潔斎の期間は一月必要とされ、焱が冒されているであろう乙穢の潔斎は半月を要する。丙穢は七日、丁穢は四日の潔斎がいる。

「私も潔斎が終われば、また帰ってくるよ」

そうはいったが、こんな気味の悪い姿を見て真板が歓迎するとは思っていない。焱は骸たちの体の一部を背負い直して、歩みを再開した。

六

「一若兄ちゃん、よかったね。お使いが無事終わって」

秋の気配がする街道を歩く一若に、女童が声をかける。

「お使いじゃねえ、使者だよ」

一若は一揆一味の御厨子某の下働きをしている。他の惣村の一揆株を持つ者たちへの使者の役目が終わり、京へと帰るところだ。稼ぎは知れているが、幸いにも二十貫文は大金なので、暮らす分には不自由はない。念仏を唱える行脚僧と何度かすれ違う。

「そういえば一若兄ちゃんは、念仏とか全然唱えないねえ」

女童が足を速め、肩を並べる。焱と一緒に救った女童は、当初は目が見えなかったが、粥をあげているうちに徐々に回復してきた。もう目に映る風景に問題はないようだ。団栗(どんぐり)

のような丸い目に真っ赤な頬が愛らしく、一若も妹のように思っている。

「念仏とかは嫌いだ。おれは公界寺にいたけど、僧侶にろくなやつはいない」

「そうかな。あたしは嫌いじゃないよ。南無阿弥陀仏というだけで、救われるんだって」

「そういうのが胡散臭いんだよ。一花の宗派は浄土真宗だろ」

女童の名前は、花といった。救ってもらったことに感激して、一若の一の字を頭につけて一花と改名した。まるで武家の偏諱（本名の一字授与）みたいで、こっぱずかしいというのが正直なところだ。

「南無阿弥陀仏を唱えたら悪人でも極楽にいけるなんて、おれのいた慈済寺でもそんな図々しいことという坊主はいなかったぜ」

話しているうちに、都が遠くに見えてきた。

「なに、あれ」最初に気づいたのは一花だった。京の町の方から黒煙がいくつも上がっている。喊声もかすかに聞こえてきた。

「まさか、戦が起こったのか」

斯波家の御家騒動は、悪化の一途をたどっている。斯波義敏を推す政所執事の伊勢貞親や将軍腹心の真蘂らが、政争の場において大攻勢を仕掛けたのだ。結果、斯波義敏が三ヶ国守護となり、斯波義廉が窮地に立たされた。形勢が逆転したのは、今出川殿と呼ばれる将軍義政の弟の足利義視によってだ。次期将軍とも目される義視が斯波義廉に味方した。

そこまでは一若も知っている。その形勢を伝えるための使者だからだ。

すれ違う旅人に、一若が声をかけると、「土一揆だ。徳政を求めて、一揆が土倉を襲った」と答えがあった。

「そんなはずがあるかよ」と、一若は怒鳴りつけた。土一揆は襲う前に、どの土倉を誰が狙(ねら)うかを博打(ばくち)で決める。そう御厨子某はいっていた。まだ、その寄合はない。ならば、襲うはずがない。だが、使者のために旅に出たのは数日前だ。その間に——

「ああ、見てまた」

一花の指さす先に、黒い煙が一本立ち上がった。下の方ではちろちろと赤いものが見える。「土一揆だ」と喚(わめ)きつつ、こちらへ何人もが走ってくる。虚言とは思えない。ということは、御厨子某たちが決起したのか。

「畜生、先を越された。御厨子某の奴め」

「兄ちゃん、どこいくの。まさか、町へ行く気」

「そうだ。今から土一揆に参加する」

「御厨子某様が嘘をいったとは決まってないよ。まずは確かめよう。御厨子某様のところに戻ろう」

東福寺(とうふくじ)近くの惣村が御厨子某の寝ぐらだ。すこし考えてから、一若は肯(うなず)いた。一花を連れて、火の手の上がる京へ行くわけにはいかない。かといって、ここに置いていくのも心配だ。一若と一花は駆ける。東福寺は都の東南の端にある。上がる火の手と黒煙がそこからもよく見えた。惣村の入り口では、御厨子某が手下たちと話しこんでいる。

「おい、どういうことだ。土一揆が起こったって聞いたぞ」

「一若か、早かったな。あれはわしらの土一揆じゃない」

「どういう意味だ」

「教えてやれ」と、話しこんでいた手下に声をかける。一若同様に汗をかき、顔のあちこちが煤で汚れていた。

「市中を物見してきた。あの土一揆は、山名家の被官や殿原どもだ」

「守護の手下たちが、どうして一揆を」

山名家は斯波義廉を支援し、伊勢貞親や真蘂と対立している守護大名だ。その領地は一族の大名を合わせると九ヶ国にものぼる。

「別に珍しいことじゃねえ」御厨子某が言葉を挟む。「わしらの一味にも、被官や殿原は多い。山名の領地が多くても、大半は貧乏被官やじり貧殿原ばかりだ。そいつらを、斯波家の家督争いに勝つために分国から呼んだ。ご褒美をあげないとやってられねえのさ」

「じゃあ、山名家の大将も黙認か」

「黙認というより、山名宗全はけしかける方だな」

からからと御厨子某は笑った。また、手下がひとり駆けこんでくる。

「上京していた斯波治部大輔（義廉）の軍勢も土一揆に加わりました。大将は朝倉です」

「まあ、そうなるだろうな」と、御厨子某は平然という。

「襲われているのは、伊勢家や真蘂らの息がかかった土倉だ。昨日、政変があった。政所執事の伊勢と真蘂が近江に逃亡した」

使いに出ていたので知らなかった。聞けば、山名勢の略奪は昨日から始まったことだという。

「どうすんだよ。おれたちの獲物が横取りされちまうぞ」

「あんなもん、土一揆でもなんでもねえ。土一揆のふりをした、ただの物盗りだ。一揆には一揆の流儀がある。一若よ、戻ってきてすぐで悪いが使いを頼まれてくれねえか。伏見稲荷にいってくれ。そこにいけば、骨皮道賢がいる」

「骨皮道賢って、盗人市を取り仕切ってる男か」

「そうだ。そいつに伝言してくれ」

「そいつは不要だな」

遠くから声が聞こえてきた。見ると、一若がたどった道をなぞるように男たちがやってくる。先頭の男は、他を圧するような長身だ。面長の顔は蛇のようで、目はまるで骸の眼球をいれこんだように生気がない。ひどい撫で肩も相まって、偉丈夫というより人外の化物のような雰囲気だ。

「おお、骨皮の旦那じゃねえか。すまねえな、足労させちまって」

御厨子某が笑みをたたえるが、目の光は全く油断していなかった。見れば、長身の骨皮道賢の背後には七人の従者がいて、それぞれ赤　橙　黄など七色の小袖を身につけている。藍と朱の小袖の若者は、盗人市で助けてくれた藍峯と朱昆だ。

「武家どもの下手な土一揆に煽動されたら大事なのでな。面倒だが来てやった」

感情を削ぎ落とした声で、道賢はいう。藍峯が一若に気づいたのか、「おい」と朱昆の肩を叩いている。

「侍所所司代目付の骨皮道賢様のお許しなく、我々は蜂起はせんよ」

「どうだかな。お前がそう思っていても、群衆たちは違う。群衆は、騒動が生じれば容易くひとつになる。そして、間違っているとわかっていても滅びの道を一気に突き進む」

「もう少し信用してほしいな。とはいえ、群衆たちを煽るって点はまさにそうだ。不平不満がたまった民を、土一揆に巻き込むんだ。骨皮の旦那がいうように、狂気と正気の狭間で煽らなきゃならねえ。だからこそ、事前の談合が大切だ」

骨皮道賢はこくりと肯いた。

「こっちの土一揆は武家のが収まりかけた頃にやる。一緒にされちゃかなわないからな。一月ほど暴れさせてもらう」

「一月は長いな。昨年も土一揆が起こった。もう少し短くしろ」

「冗談じゃねえ。昨年は、徳政令が出なかったじゃねえか。今年も私徳政はやめてくれ。こちらの沽券にかかわる」

一若の理解できないやりとりがはじまった。

「ああやって、土一揆の規模や期間を、侍所所司代目付の道賢様と決めているんだ」

教えてくれたのは、赤い小袖を着た朱昆だった。

「どうして、そんなことを」

「無秩序に土一揆を起こして、見通しのないまま討伐しても、ただ混乱が広がるだけだからね。ああやって、京のどの町の土倉や酒屋を襲うか、収束をいつにするか、大体のことを決める」

「そういえば、徳政令が出れば幕府にも金が入ると御厨子某がいってたな」

「分一銭のことだね」

朱昆がさらに教えてくれた。幕府にとっては徳政令を求める一揆が起これば財源が潤う。反面、土倉が潰れすぎると土倉役と呼ばれる貴重な財源がなくなる。過去には土一揆が大きくなりすぎて土倉が多く潰れたり、あるいは小さすぎて分一銭の利益が幕府にほとんどなかったこともあった。土一揆を制御せねば、幕府は潤わないのだ。群衆が集う一揆を制御するのは至難だ。それができるようになったのは、今の侍所所司代の目付に骨皮道賢が登用されてからだ。

「じゃあ、このへんでお互い納得しとくか」

御厨子某の言葉に、骨皮道賢が無言で肯いた。

「わしらの土一揆は、武家どものが下火になってからやる。まあ、二日後の九月九日ぐらいを目安に蜂起して、十三日まで暴れさせてもらう。五日と短いから、思いっきりやらせてもらうぜ」

「場所は一条(いちじょう)から三条に限れ。伊勢家や真蘂様の息のかかった土倉も見逃せ。昨日今日でほとんどが潰れたからな」

「わかっているよ。そのかわり、こたびはちゃんと徳政令をだせよ。二年つづけて私徳政なんて、かっこがつかねえ」

私徳政とは、幕府の法令ではなく一揆側が勝手に徳政令を主張して武力で債権を帳消しにすることである。

「上とはすでに徳政令の話はつけている。あとは一揆の首謀者の首だ」

「心配するな。どんなに大人しくやっても何人か死ぬ。そいつらの首を必ず持っていく」

「五人用意できるか」

「用意できなかったら、骨皮の旦那が誰かの首をちょんぎるだけだろ」

「ならいい」道賢は背を向けた。一若を見る。

「若いな。御厨子某の小間使いか」

「旦那のとこの盗人市で、あの富貴無双の池田から二十貫文せしめた。いいツキを持っているから、お守りがわりに連れていく」

「ほお」と、道賢が嘆息をこぼした。

「じゃあ、あとは手筈通りに進めるさ」

さっさと消えてくれといわんばかりに、御厨子某が手をふった。


まさに、祝祭だった。あちこちに篝火が焚かれている。火の粉が風にのって、一若の目の前で赤い帯となって通りすぎた。巫女たちが半狂乱になって踊っている。何人かは正気を失い、上衣を脱ぎ捨て形のよい乳房を顕にしていた。巫女だけではない。手妻（手品）や傀儡使いなどの芸能の徒も大勢いて、芸を披露している。

土一揆の面々が踊り歌い、意味もない言葉を叫ぶ。

「真板ぁぁ」「女騎ぃ」

声に応じるように、馬に乗った女たちが現れた。美麗な服を身につけている。きっと女騎という馬を使った女芸能だろう。堺にも何度か訪れていて、あの焚もひいきの女騎がいるといっていた。

人馬一体になって、女騎たちが踊りだす。ある女は馬上で笛を奏で、ある女は馬上で琵琶を奏でる。ひとり楽器を持たぬ女がいた。短弓の弦を引き絞り、楽器のように鳴弦させた。それだけで、群衆から大きな歓声が上がる。

「真板」「真板」と、皆が呼ぶ。きっと短弓使いの女騎の名だろう。怜悧な美しさを持った女性だ。篝火を受けて光沢を帯びる肌が艶かしい。

ひとりの男が頭上に掲げたのは、土器だった。「真板」と女騎を呼ぶ。刹那、掲げる土器が弾けた。真板の短弓から放たれた矢が、土器を射抜いたのだ。その間も、人馬一体の踊りは続いている。激しく揺れる鞍の上での神業だった。頭上に掲げた土器を次々と打ち落としていく。そのたびに歓声が大きくなる。

「一若、ここにいたのか。今から株を持っている者で、襲う土倉を決める。ついてこい」

「おれがいる必要あるか」もう少し、女騎たちの芸を見ていたかった。

「お前じゃなくて、お前のツキが必要なんだ。さっさと来い」

途中で能の役者とすれちがった。身がすくみそうになる。あるいは、堺の慈済寺の能役者かもしれない。

「安心しろ。一揆は市と同じで、無縁の場だ。たとえお前を追っかけていても、捕まえることはできない」

一若の緊張を目ざとく悟った御厨子某がいう。

踊り狂う巫女に挟まれるように、莫蓙が敷かれていた。神官の格好をした老人がいる。

「博党のじいさんだ。都の周辺で、ちょぼ（サイコロ）を使った博打を取り仕切ってる。

昔は朝廷にも仕えていたそうだ」

博党——博打の徒は芸能の人でもあった。三代将軍足利義満には、ちょぼの目を自在に操る多胡重俊という博党が同朋衆として仕えていたほどだ。ちょぼの目は神意に通じる。臨月の産婦の出産占いなどでもちょぼを使う巫女——時には博党が呼ばれることもある。

「じいさん、こたびは何で一番懸かりを決める」

「重半（丁半）はどうかね」御厨子某の問いに、老博党は用意していたように答える。

首から札をぶら下げた男たちが円座になる。中央は、博党のじいさんだ。見れば、指が何本かない。ちょぼに神意が宿ると信じられていても、博打に禁令を出す守護や領主は多い。禁令を破ったり、あるいはいかさまが見つかった時、博党たちは己の指を切り落として始末をつける。

一若の背に悪寒が走る。灰の匂いが鼻をついたのだ。御厨子某らが回す水杯に入っているのは、起請文を焼いた灰だ。神水を呑んでいるのだ。いやでも昔を思い出し、肌に粟が生じるのを止めることができない。

「皆、神水を呑んだな。これより先の重半は、すべて神の意志の顕現なり。約定を破れば、その者はたちまち黒癩白癩の病に襲われるだけでなく、死後も無間地獄へと堕ちる」

車座になる何人かが、ぶるりと震えた。

「ではまず一条高倉、辰野屋の土倉の一番懸かりから」

博党の老人が小さな壺に、ちょぼを投げ入れ茣蓙の上に素早く置く。

「重だ」「半で勝負させてもらうぜ」「わしも半だな」

五人ほどの男たちが、思い思いに賭ける。その中に御厨子某もいた。残りの十人ほどは黙しているので、別の土倉を襲うつもりなのだ。老人が壺をあげ「四、重なり」と叫ぶ。

「やったぜ」「畜生」快哉と罵声が同時に弾けた。ふたりが脱落した。再びちょぼが壺の中に投げいれられる。次は半。残ったのはひとりだった。御厨子某である。

「辰野屋の一番懸かり、御厨子某にて定まる」

博党の老人が重い声で宣した。

「やっぱりお前はツキがある。見事に辰野屋の土倉が当たったぜ」

御厨子某は満面の笑みだ。破顔すると土一揆の首領には見えない。辺りに目をやれば、あちこちで様々な座興が行われている。具足能や軽技はやっていないようなので、安堵の息をついた。残念ながら女騎の芸は終わったようだ。馬から降りた女たちが、楽しげに談笑している。

「おーい、真板ぁ、聞いてくれ。辰野屋の土倉の一番懸かりを勝ち取ったぜ」

短弓を操っていた女に、御厨子某が近づく。肩に手をやられているので、一若もついていかざるをえない。

「あんたにしちゃ、上出来だ。一年前みたいな貧乏籤じゃないことを祈るよ」

「大丈夫さ。こたびはこいつがいる。一若っていうんだ。わしの新しい子分さ」

御厨子某が一若の頭を乱暴に撫でる。真板が一若に目をやり、微笑を深めた。篝火をうけてできた顔の陰影が、さらに美しさを引き立てるかのようだ。一若の頰が熱くなる。なぜか、胸の鼓動も大きくなった。

「あたしが世話してやってる童とは、えらい違いだね。見習ってほしいもんさ。あんたの名前は」

「い、一若だ」なぜか過剰に胸を反らし答えてしまう。

「いい名前じゃないか」真板が目を細めた。それだけで胸の苦しさが増すのはどういうわけか。

「おい、真板、聞きずてならねえな。世話してる童ってのは誰だ」

御厨子某がにやけた顔で訊いてくる。

「ちょっと訳ありでね。捨て猫みたいにかわいそうな子がいたから、助けてやったのさ」

「へえ、お前にしては珍しいな」

「面白い絵を描く童だからね。将来が楽しみだと思って」

「なんだ、真板、絵がわかるのか」

「目利きなんかはできないよ。ただ、あたしが気に入っただけさ。もしいっぱしの絵師にでもなったら、あたしの姿をただで描かせてやるのさ。何百枚とね」

「やっぱりおっかねえ女だ。それはそうと、真板よ、こっちの童にも目をかけてくれ。一若が活躍したら筆下ろしの相手をしてやれ」

「そりゃ、いいや」真板は豪快に笑った。「じゃあ、一揆株がもらえるぐらいの働きをしてみせな。そしたら、筆下ろしでも何でもしてやるさ」

「そりゃ、難しいな。一若よ、株をもらおうと思ったら、相当の働きが必要だ。まあ、そんなに安い女じゃねえってことだ。お、襲う土倉はあらかた決まったようだな」

莫蓙の上の男たちは、もう数人しか残っていない。

いつのまにか、皆の目差しがある所に集中していた。舞台のようになった石の上に、盲目の老僧が立っている。風に吹かれて、ぼろぼろの黒衣が揺れる。まるで、骸が僧衣を着ているかのようだ。

月を抱くように、細い両腕を突き上げた。老僧が絶叫した。

「この世が穢れておるのは、何故かわかるか」

「土倉たちのせいだ」「酒屋がおいらの土地を奪ったからだ」

「この世は歪んでいる。それを正すにはどうすればよい」

よろめきつつも、老僧の叫ぶ声はさらに大きくなる。

「土地や財を、前の持ち主に返すんだ」「わしの財を取り戻す」

「穢れを取り除くにはそれしかない」

いくつもの怒号が、老僧の叫びに応える。

「旧き持ち主たちよ」

老僧の「旧き」という言葉に、雄叫びが発生する。先例や旧規——室町の世で最も尊ばれる言葉だ。前例こそが美。慣習こそが規範。新たなものは害、過去と違うことは忌。旧きものこそが徳を生み出し、穢れを浄化する。それが、室町の世の摂理だ。

「新しき持ち主たちは、旧規を破り、この土地に多くの穢れを生み出した」

老僧は「新しき」という言葉にたっぷりと侮蔑の気を込めていた。

「徳のある行いとはいかなることか」

老僧が殴るように細い腕を振り回す。

「新しき持ち主の穢らわしい行いを糾す」

「旧き持ち主が、奪われた財を取り返す」

口々に、群衆が声を発した。

ふと——

間隙のような沈黙が流れる。その直後だった。

群衆たちの声がひとつに収束し、一気に爆ぜたのだ。

「徳政だ」

一若の肌が揺れるほどの大音声だった。

「徳政こそ、正しい政治だ」

「穢れを除き、世を糾すのは徳政しかない」

声があちこちで沸きたつ。老僧の隣に飛び移ったのは、御厨子某だ。手下が持ってきた筵の旗を、御厨子某はひったくる。

「今より、徳政一揆を義挙する。我もと思うものは続け」

大きく旗を振り回した。火の粉が渦を巻き、それが赤く巨大なつむじに変わり群衆を撫でる。

「徳政だ」「土倉を襲え」「正しき行いをなせ」

いつのまにか、一若も叫んでいた。目に獣の光をたたえた群衆たちとともに、京の町へと駆けていく。

「畜生っ、とんだ貧乏籤を引いたぜ」

額から血を流した御厨子某が、瓦礫の隙間(すきま)から現れた。手下たちと一緒に見張りをしていた一若のもとに倒れこむ。

土一揆は、とうとう京の町へと侵攻した。木戸門を次々と壊し、北上し三条通りを越した。夜明けの半刻(はんとき)(約一時間)ほど前のことだ。一番懸かりは、夜明けまでが決まりだ。太陽が顔を出せば、株を持たない一揆衆も土倉へと襲いかかれる。それまでに倉を破らないといけない。一若のような童でもすることはある。守護の軍勢や侍所の郎党が邪魔をするかもしれないので、見張りは必要だ。

一若ら若年者に見張らせて、御厨子某は腕自慢の手下たちとともに辰野屋の土倉を襲うために町の奥深くへと飛び込んだ。が、四半刻（約三十分）もしないうちに戻ってきた。

「どうしたんだ。その傷は」

一若が驚いて訊いたのは、御厨子某が額から血を流していたからだ。

「用心棒だ。恐ろしく腕のたつ奴を雇ってやがった。ふたりほど殺された」

御厨子某は拳を叩きつけた。

「夜明けを待つしかねえ。数で押せば、奴らも逃げる」

「けど、その間に倉にある質を移されるんじゃ。もし、三条より南や一条より北に持っていかれると手がつけられねえよ」

若年の手下が恐る恐る訊く。

「そこまでいうなら、お前がいけ。わしでも敵わないんだぞ」

「わかった」そう答えたのは、一若だった。御厨子某や手下たちが目をむく。

「お前、話をちゃんと聞いてたか。恐ろしく強い用心棒がいるんだ」

「もし、おれが倒せば、そいつをよこせ」首から下げる一揆株の木片を指さした。

「おれは、三千貫、稼ぐ。堺へ帰るためだ。ちんたらしてる暇はねえ」

「好きにしろ。ツキが落ちたのは、お前のせいだ。悪運を運んできた報いだ。勝って戻ってこられたら、株でもなんでもくれてやる」

御厨子某が言い終わる前に、一若は駆けていた。壊れた町屋が道を塞いでいる。数日前の山名や朝倉勢の土一揆の仕業だ。御厨子某らの土一揆が乗り込み、さらに破壊が広がった。それらを飛んで乗り越える。瓦礫の上を跳ねるようにして進む。火の手がいくつも上がっていた。土倉を襲うことに成功した、一番掛かりの土一揆たちだ。辰野屋の土倉が見えてきた。

燃える紙片があたりにただよい、風景を灰色に変えるかのようだ。

鉢巻の男が、手下たちを使って倉から質や銭を出さんとしている。

「なんだ、童、まさか土一揆か」

鉢巻の武者が目ざとく一若を見つけた。四人ほどの骸が転がっていた。土一揆の者も用心棒と思しき者もいる。

「そうだ。お前が強い奴か」訊くまでもなかったが、あえて口にした。体の運び方を見れば、どれほどの手練(てだ)れかはわかる。鉢巻の武者の重心の捌(さば)き方は、熟練の能役者のそれと似ている。

「おいおい、まさかやるつもりか。よせ、わしが幾度、死戦を潜(くぐ)り抜けたと思っておる。百姓たちの土一揆の遊戯とはちがうぞ。鎧(よろい)を身につけ弓馬の技を駆使する、本当の戦場だ」

一若が童ということで、手下と思しき者たちは油断している。質の入った行李に腰かけて、見物の構えを見せていた。まあ、当然だろうと一若は思った。童相手に全員でかかっては、逆に恥をかく。

「そんなに沢山、合戦に加わったのかい」

「命がけの合戦を三十有余も生き抜いた」

瓦礫の上から地面に飛び降り、両手も使って着地する。その時、土を握り締めた。

「へえ、大したもんだ」

いうや否や、握っていた土を武者に投げつけた。そして、逃げる。

「こいつめ」

武者が追いかけた。路地に出たところで、一若はすぐに止まる。瓦礫が行手を遮っていた。

「小僧ぉ、さっきの挑発は高くつくぞ」

鉢巻の武者が、腰の刀を抜いた。そして問答無用で斬りかかる。迷いが全くない。瓦礫が邪魔で一若は左右に逃げられない――そう考えての最短の斬撃だった。

一若は横へ飛んだ。壁として阻む瓦礫に足をかける。反動でさらに強く瓦礫を蹴る。

剣風が足をかすった。

鉢巻の武者のはるか頭上に、一若はいた。

両刃の剣を振りかぶる。

「命がけが三十有余だと」

握る剣に力をこめる。

「その程度で誇るんじゃねえ」

両刃の剣が鉢巻をまっぷたつに割った。落下の力も利したゆえに、額から盛大に血が吹き出す。足元には瓦礫や大きな石が散乱していたが、苦もなくそのひとつに両足を預けた。完全に無音の着地だった。造作もないことだ。堺の公界寺で、軽技と具足能を叩きこまれた。一若にとっては、これしきの瓦礫は平地を歩くのと変わらない。

「命がけが、三十有余といったな」

空中で口にしたことを、再びいう。

「こ、殺せ」額から流れる血は、止まる気配が全くなかった。顔が完全に朱に染まっている。

「それしきの数でいばるんじゃねえ」

一若は七歳で公界寺にあずけられてから、生きる毎日が命がけだった。綱から足を踏み外し、二度と具足能ができない体になり、餓死した童を何人も見てきた。足の位置が半寸ちがえば、いつそうなってもおかしくなかった。

「おれは、糞(くそ)した数と同じだ」

遅れて路地に出た手下が、額を割られた武者を見て悲鳴をあげた。

「七歳で公界寺に入ってから、ずっとだ。毎日が命がけだった」

一若の言葉がきっかけだったように、武者の額から零(こぼ)れる血が勢いを失った。五体から力が抜けて、傀儡のように横たわる。目にはもう何の色も映していなかった。

二章　御霊合戦

一

すすり泣くように雨が降っている。熒が乗る牛車の屋根を叩く音色が心地良い。それほど強い雨ではないせいか、童たちが外で遊んでいる。

歌が聞こえてきた。

――はるか東海にある姫氏の国は

――百世の間、天に代わりよく治まる

今、京の巷で流行っている野馬台詩だ。約一千年前の中国僧、宝誌の作とされる。冒頭の姫氏とは、邪馬台国の卑弥呼を表すとも神功皇后を表すとも言われている。

童たちの歌はつづく。もともとは漢詩だが、歌いやすいように読み下したり表現を変えている。が、大意は原典と同じようだ。姫氏の国の弥栄を美しい詩文で讃えた後、中盤から内容を一変させる。

——谷埋まりて、田畑病む

——魚、凶き翅を生やし、天を冒す

——干戈交わり、世は衰える

——賤虎栄え、白龍水を失う

——王、都を逐われ

——黄鶏、人に代わり宴を喰む

——黒鼠、牛の臓腑に子を孕み

身分の下の者が秩序を乱すと、千年前の予言詩はいう。

——王朝、天命を喪い

——百代の王で滅ぶ

——猿王と犬王、互いに英雄を称す

王朝が滅び、猿犬二王が台頭すると予言して、詩は終盤にいたる。

——星流れて野外へ飛び

——陣鐘軍鼓、全土に轟く

——青丘と赤土、穢れに満ち

——色を喪い空に帰す

へえ、と感心した。原典を変えた部分には稚拙な表現もみられるが、『青丘と赤土、穢れに満ち、色を喪い空に帰す』は上手い。土一揆が満ちる今の世情をよく捉えている。

「百代の王で滅ぶ、か。童どもめ、調子に乗りおって」

忌々しげに口にしたのは日尊だ。門跡の住持である日尊には、皇族の血が流れている。気分のいい予言詩ではない。

「拍子や韻律などには面白いものがあります。口遊みたくなるのもわかります」

「予言詩などは偽りだ。百王で尽きるというが――」

日尊のいう通り、今の帝は百三代目である。

「とはいえ、今の帝や朝廷は偽りということを考えれば、予言詩もあながち嘘ではないやもしれん。正統なる帝脈は吉野にあるゆえな」

栄はあえて無言を貫く。今の帝は、足利尊氏が擁立した持明院統という血脈だ。尊氏と戦った後醍醐天皇の一族は大和国の吉野へ逃れ、大覚寺統と呼ばれている。いわゆる南朝だ。京の北朝と吉野の南朝――南北朝の断絶と戦いは約百三十年にも及ぶ。約七十年前に明徳の和約で南北朝は和解し、南朝方の多くの皇族が帰京した。実は、日尊の父もそのひとりだ。が、明徳の和約の約束事が反故にされ、南朝の皇胤や遺臣たちは再び吉野へと戻った。これが約五十年前のこと。日尊はその血筋ゆえに、南朝こそが正統だと思っている。公言こそはしないものの、南朝に心をよせる公家は多い。

「そういえば、南朝は後亀山天皇の代で途絶えておりましたな」

尊氏と争った後醍醐天皇は九十六代目の帝でこれが南朝初代天皇だとすると、最後の後亀山天皇は南朝四代目であり、全体の系譜から見れば九十九代目である。

「途絶えてなどおらぬ。小倉宮様のご一統が、正統の皇脈を受け継いでおられる」

日尊はいってから、少し後悔したようだ。確かに大和国の吉野では、九十九代目の後亀山天皇の子孫たちがいまだ抵抗を続けている。が、帝を称するまでにはいたっていない。帝を名乗るならば元号を新しくし、三種の神器かそれに匹敵する宝物を保持し、それなりの朝臣——祭祀を行う陰陽師や神官を揃える必要がある。吉野の南朝には、それを為すだけの実体が備わっていない。

「では、その小倉宮様のご一統が百代目の帝になった時、予言が真になるのでしょうか」

「口を慎め」鋭い叱声とともに、扇が激しく焚の手を打った。

「稚児の身で、皇統の今後を語るは不敬。何より大覚寺統が滅ぶなど、戯れでもいうことは許さぬ」

いつもと違う低い声で恫喝する。申し訳ありませぬ、と焚は両手をついて詫びた。

しばらく無言だった。牛車の揺れに、焚は心身を預ける。

「そうだ、焚よ。お主の絵を見たいという御仁がいる」

沈黙に飽きたのか、日尊がぽつりという。目は焚には向いていない。御簾ごしに外を見ている。

「どなたでございましょうか」

「小栗宗湛殿じゃ。面白い絵ゆえ、ぜひ一度会ってみたいとな」

小栗宗湛――将軍義政の御用絵師である。淡麗な筆致で、幽幻の世界を活写する達人だ。

「宗湛様ほどの方が、私の何の絵を見られたのでしょうか」

「潑墨山水図よ」

堺で購った、拙宗という絵師の絵を臨模したものだ。妙味のある構図だったので、焚は今も好んで描いている。

二

東山から見下ろす都は、山に囲まれていて箱庭のようだ。雨で煙る町は、水墨画の一幅を思わせた。柄にもなく、一若はそんなことを考えた。焚ならば、この風景をどんな絵にするだろうかと頭によぎり、慌てて首を横に振った。

大樹の下で、一若は雨が止むのを待つ。雨脚は強くはないが、吹く秋風は冷たい。雨が止み、雲がこじ開けられた。差し込む光芒が梯子を思わせる。

「うわぁ、すごい」歓声をあげたのは、一花だ。光が周囲を満たすころ、京の町にはいくつもの虹が現れていた。七色の橋をかけるかのようだ。

「一若兄、綺麗だね」

「莫迦、お前に見せるために連れてきたんじゃねえよ」

一若は木陰から這い出る。藍と朱の小袖に身を包むふたりの若者がいた。足元には脱いだ蓑がある。骨皮道賢の手下の藍峯と朱昆だ。

「大きな虹がかかっているのは、七条室町と高尾路と麓道場ってとこか」

「そうだな。だが、七条室町は、東寄りの七条堀川にしよう。その方が路地が広い。人も集まりやすいだろう」

「なら、その三つに市をたてるよう手配するか」

朱昆の指示で、藍峯は紙に文字を書き込む。虹の根元にたつ市を記しているのだ。

「一若、よく来たね。これが次にたつ市の場所だ」

紙を渡されるが、一若はほとんど読めない。かわりに一花が受け取る。

「高尾路と麓道場が盗人市だって」平仮名ならば読める一花が教えてくれた。

「開かれるのは、今日からか」

「もうすぐ夕刻だし、どれも明日の朝からだな。繁盛具合にもよるが、二日か三日は開くと思う。いっておくが、一若に教えたことは内密だぞ」

「借りを返したつもりか」

「驚いたぜ。この餓鬼、おれたちと駆け引きするつもりだ」

乱暴な声で、藍峯が割って入ってくる。

「こっちは、一若たちに借りなんかない。土一揆は全て上手くいった。徳政令もだした」

朱昆の言葉は穏やかだが、譲歩を半歩たりともしない気配も伝わってくる。

「よくいうよ。分一銭の件を忘れたのか」

一若が活躍した土一揆は、骨皮道賢と御厨子某の打ち合わせ通りにほぼ進んだ。唯一の誤算は、債権を帳消しにする際に幕府に払う税――分一銭だ。普段なら本銭（債権額）の一割だが、今回は二割だった。御厨子某は約定違反だと怒り、道賢は分一銭を一割にするとは一言も口にしてないと突っぱねた。ために、両者は険悪になっている。

とはいえ、道賢の手下の藍峯や朱昆らは後ろめたさがあるのか、御厨子某の手下の一若に声をかけて、虹が出た時の盗人市の場所をいち早く教えると便宜を図ってくれたのだ。

「少なくとも道賢様は、これっぽちも悪いとは思ってないよ。分一銭の割合を確かめなかったのは、そちらの落ち度だ。御厨子某たちが間抜けだと思っているはずさ。私たちが一若に便宜を図るのは、道賢様の意向でもある。まあ、有り体にいえば気に入られたんだ。その歳で一揆株を持つのは異例だからね」

骨皮道賢の姿を思い出すと、目をかけられてもあまりいい気分はしない。有能なのだろうが、人としての情や温かさが感じられない。それならば、抜けたところはあるがまだ御厨子某につくほうがいい。

「で、一若は市で何を仕入れるつもりだ」藍峯が訊いた。

「武具だな。弓弦や矢、打ち刀、鎧に使う縅糸や陣笠も欲しい」

「ほお、近々、戦があるという噂でも拾ったか。大胆な買い物じゃねえか」

大和国吉野に逼塞する畠山義就が動きだした、そんな報せが入ったのだ。義就は猛将として知られる。きっと大きな戦になる。戦場では、様々な商売を営む輩がいる。弓弦や矢、打ち刀などの武具を売るのは当たり前で、干魚や果実、はては女郎などもいる。

「次の土一揆がいつになるかわからないんだ。稼げる場所を探さないとな」

前の土一揆では儲けたが、三千貫には及ばない。これを元手にして、さらに増やす。

「兵による押し買いや略奪もある。精々、気をつけることだ」

乱暴な口調だが、藍峯は一若のことを心配してくれているようだった。

三

麓道場の盗人市は人々で賑わっていた。一若と一花の背負う大きな籠には、矢や弓弦がいっぱいに入っている。藍峯らのおかげで、市が開くと同時に買い物ができたので、安い値でたっぷりと仕入れることができた。

「おーい」

客をかきわけてやってきたのは、駒太郎と千というふたりの少年だ。親を亡くした流民で、一若が一揆株をもらってから面倒を見ている。ふたりの背負う籠には打ち刀が入っているが、まだ半分ほどしか埋まっていない。

「あなたたち、まだそんだけしか買ってないの」

一花が、手を腰に当てて怒りだす。最初に一若の仲間になったこともあり、一団の中では姉貴風を吹かせている。

「そうじゃねえんだ。茶葉が安く売ってたから、そっちを買うのはどうかなと思って」

駒太郎は一若よりもふたつかみっつほど年長だが、矮躯の少年だ。貧乏殿原の嫡男だったが、五年前の飢饉で両親を亡くした。小さい頃に学んだ剣術で汚れ仕事をしながら、何とか食いつないできたという。愛用するのは背丈に似合わぬ長い刀で、反りが強く細い三日月を腰に帯びるかのようだ。

「なんで茶葉なんかいるんだよ。合戦で売るんだぞ」

「おい、千、お前が説明しろ」

矮躯の駒太郎が隣の少年をこづく。背丈は六尺（約百八十センチメートル）に近い巨漢だ。歳の頃は駒太郎と同じ。両親は京で魚屋を営んでいたが、こちらも飢饉で喪い、千は流民になった。無口だが力は強い。菖蒲祭りの石合戦では、怪力から繰り出す石で何人も失神させた。

「お、お茶を買うのはどうかな」巨漢の割には、小さな声で千はつづける。「一服一銭が流行ってるから。戦場で茶を飲めたら嬉しいだろ」

一服一銭とは、路地で茶を点てて客に飲ませる商売だ。路地売りが繁盛し、店を持つまでになった者もいる。

「はあ、戦場で茶が飲めて何が嬉しい――」

「とても素敵な考えじゃない」

強引に言葉をかぶせたのは、一花だった。

「何が素敵だ。茶なんか、戦場で飲むかよ」

そもそも、一若は茶の味さえ知らない。

「武具を売ろうっていうけど、同じことを考える人は多いはず。同業の人と競いあっても儲けるのは大変よ。戦場の一服一銭は絶対に誰も思いついてない。戦場だからこそ、気を休めたいって思うはず」

まるで戦場を見てきたように一花はいう。

「それにお茶だったら、大将とかえらい人が飲みたいって思うでしょ」

そうだろうか、大将なら茶の道具を陣中に持参しているような気がする。

「手柄をたてた時は、お茶を飲んで祝いたいはずよ」

そんなはずはない。大人なら酒で祝う。事実、土一揆の連中がそうだった。が、一花は一若に反論の隙を与えずにまくしたてる。単に一花が茶を飲みたいだけなのではないか、そう思いはじめた頃――

「一服一銭なら平時でも町で稼ぐことができるじゃない」

なるほど、と思った。土一揆や合戦が起こるのを待つ間の稼ぎも必要だ。

「そういうことなら、一服一銭って奴を試してみるか。じゃあ、茶葉と湯を沸かす釜とかも買わないとな」

「あと、綺麗な器もいる」一花が身を乗り出した。

「じゃあ、茶器も買うか……けど、この中で茶を飲んだことがある奴はいるか。茶会に出たことがある奴はいるのか」

恐る恐る太い手をあげたのは千だ。

「闘茶の会なら何度か……」

闘茶とは、喫した茶の銘柄を当てる会のことだ。公家や僧侶の間で盛んに行われ、銘柄を的中させると賭けもの（賞品）がもらえる。

「本当かよ」

「うん、だから任せて。おれ、いい茶器を買ってくる」

そういえば千の両親の魚屋は「ととや」といって、生前はかなり裕福だったと聞いた。

四

人通りの少ない路地で、一若たちは茶道具を広げる。一花と千は、一生懸命に火を熾していた。矮軀の駒太郎は刀の手入れに忙しそうだ。こちらは気の利いた働きができないので、用心棒といった役回りだ。

「なあ、やっぱり別のところで店をしないか」

門前など、人通りの多いところの方がいい。そう一若は提案するが、千は頑なに拒んだ。ここじゃないと駄目だという。一花も、それに賛成した。門前などは縄張りがあるはずだから、まずは誰にも邪魔されない路地で商いの評判を上げるべきだと悠長なことをいう。

「にしたって、儲けがなさすぎる」

十日ほど店を出したが、売上は芳しくない。茶葉というのは日がたてば味が落ちるらしく、この点も干物と同じように考えていた一若には誤算だった。調子に乗って茶葉をかなり買い込んでしまい、この売上が続くと次の合戦での商いは相当に危険な橋を渡らねばならない。

ため息をつく。遠くに相国寺の七重塔が見える。あそこの下で商売ができれば、と思った。人通りが多いから、きっと儲かるはずだ。

それでもちらほらと客がやってきた。忙しくはないが、千や一花は楽しげに働く。千の茶葉の配合のおかげか、少ない客の中には通いで来てくれる者もいる。

「ああ、いつもありがとうございます」

珍しく千から声をかけた客は、連日ここに訪れる僧体の男である。指に顔料がこびりついているから、きっと絵師であろう。いつもと様子がちがうのは、背後に男たちを何人も連れていることだ。皆、坊主頭だが、僧服は着ていない。腰には刀を帯びている。

「今日は大勢だがいけるか」

「もちろんです」

客たちは木の椅子に腰をかけ、千が茶を点てるのを待った。

「あれは同朋衆じゃねえか」

刀を研ぎ終わった駒太郎が耳打ちする。同朋衆——将軍義政の側に侍る男たちだ。造園、絵画、立花、連歌など、芸術と芸能に秀でた衆である。僧服を着ていない坊主頭が刀を帯びているのは、同朋衆しか考えられない。

「ほお、宗湛殿が言われる通りだ。なかなか面白い試みの茶屋ですな」

「そんな茶屋だなんて、大袈裟です」

同朋衆の言葉に、一花が如才なく答える。まだ年端もいかぬ少女の受け答えが面白かったのか、心地よい笑いが広がった。

「そうでございましょう。普通ならば門前で茶を点てるところですが、あえて相国寺から遠いこの地を選んだようです」

宗湛と呼ばれた僧侶がいう。今日は、指に顔料はついていない。

「遠景で見る七重塔が、これほどの趣きとは」

「近すぎると、少々、建物の気が重くなりますゆえな」

「東山の借景も悪くない。よい場所だ」

客たちは風景を愛でつつ、茶を喫している。

「茶器も面白い工夫をしておる。最近は唐物ばかりが主流だが、こちらは唐物と和物を折衷している」

よくも、茶ひとつでこれだけ話題があるものだ、と一若は呆れつつ聞いていた。

「茶器は、こちらの千が目利きしました」

要所要所で一花が言葉を添える。一若は恥ずかしくて仕方がない。何が目利きだ。盗人市で適当に買ってきただけではないか。

「いや、美味いな。小僧、これは本茶か」

本茶とは宇治の茶のことで、最上級のものと言われている。

「いえ、主に美濃でとれる茶葉を数種あわせました」

「なんと、これが非茶だったとは」非茶とは、宇治以外の茶のことだ。

「まいったな。闘茶だったら見事に騙されていたわ」

同朋衆が、驚きの言葉を口にする。その様子を、一若と駒太郎は胡散臭そうに見る。

「いかがですかな、能阿弥様」

宗湛と呼ばれた僧侶が、一番年嵩の同朋衆に声をかける。歳は七十ほどだろうか。

「うむ、面白いな。次の寄合にぜひ呼びたい」

「わかりました。これ、この店の主人は誰だ」

一花と千が、一若を振り返る。それだけでどきりとした。茶のことなど何もわからない。

「な、なんだよ。おれたちは何も悪いことはしてないぞ」

思わず乱暴な口調で機先を制す。

「そう警戒するな。面白い茶だと思ってな」

「いっておくが、茶葉の配合は教えねえぞ」

「そうではない。今度、我ら同朋衆で寄合を開こうと思ってな。闘茶の会もある。ぜひ、こちらの茶を出したい。どうだ、茶を点ててみんか」

闘茶は百種もの茶を飲み比べ、本茶か非茶かを当てる遊びだ。その中の何杯かを、千たちに点ててほしいという。

「闘茶だけではない。客として庭や水墨画を愛でるもよしだ。目と耳の肥しになるぞ」

「信用できるかよ。おれたちみたいな宿無しを、どうして相手にする」

一若らは、内野（うちの）を寝ぐらにしている。平安の頃には内裏（だいり）があった。今は荒廃してただの野原になり、内野と呼ばれている。

「公方（くぼう）様のご趣味だよ」それまで無言だった同朋衆が口を挟む。よく見れば、能阿弥と呼ばれた男と同い歳くらいかもしれない。日に焼けた肌と引き締まった肉付きから、若く見えた。

「公方様は、身分にはこだわらぬ。一芸に秀でていれば取り立てる。このわしのようにな」

「あなた様は」と、千が恐る恐る訊いた。

「善阿弥(ぜんあみ)という。公方様のもとで庭作りをしておる」

庭は、禅僧が手がけるものだ。善阿弥は庭作りの下働きとして重い岩を担ぎ、土や砂をならす仕事をしていた。将軍になど口をきいてもらえる身分ではない。が、ひょんなことから庭作りの才を見込まれ、同朋衆として登用された。そして、花の御所や高倉(たかくら)御所など数々の名庭を手掛けた。

「公方様は、東山に山荘を建立されようとしている。そこに集う芸術と芸能の才を渇望しておられる。鹿苑寺(ろくおんじ)（金閣寺(きんかくじ)）に負けぬものにしようと思えば、身分という垣根は邪魔になるだけだ」

「聞いていると、公方様ってのは度量が広い訳ではなさそうだな」

「こら、一若」と、一花があわてて制する。美に対する貪欲(どんよく)すぎる業(ごう)ゆえに、将軍義政は卑賤の身分の善阿弥を同朋衆に取り立てたのだろう。目論(もくろ)みは外れていなかったようで、善阿弥はじめ何人かが苦笑した。

「とはいえ、美しき物にあれほど真摯(しんし)に向き合う方は他にはおられぬ。ああ、名乗り忘れていたが私は小栗宗湛という。絵師だ。こちらは能阿弥様で、書画は無論、絵の目利きや茶の湯にも非凡なお方だ。善阿弥殿は、もう紹介する必要はないだろう」

他にも芸阿弥（げいあみ）、相阿弥（そうあみ）は、能阿弥の子と孫だという。ふたりとも書画と鑑定をよくする。ひとり総髪の男は狩野正信（かのうまさのぶ）という絵師で、小栗宗湛の弟子だと教えてくれた。

「こたびの寄合、公方様はお越しにはなられぬ。ならば気も少しは楽だろう。ああ、そうだ。お前たちぐらいの年頃の童も客として呼んでおる。きっと話が合うはずだ」

「ほう、宗湛殿、それは初耳ですな」目に好奇の光を強めて、能阿弥が訊（たず）ねる。

「はい、日尊様のご寵愛（ちょうあい）の稚児が、面白き絵を描きます。我らの名物を目の肥しにしてくれればと考えました」

小栗宗湛は、その童の名前までは明かす気はないようだ。楽しみは後にとっておくという考えの持ち主らしい。

五

闘茶の会で集まった僧侶や商人たちが一斉にどよめいた。

「まさか、六十番と六十三番が非茶だったとは」

「いや、まったくだ。本茶と全く遜色（そんしょく）ない味と香りであった」

客たちは外したというのに、どこか嬉しそうだ。

「当てたのは、焚殿と村田殿だけですな」

商人のひとりが焚に目をやる。

「そのお歳で大したものだ」

「いえ、たまたまでございます」焚は深く頭を垂れ謙遜した。

「さすがは日尊様のご寵愛のお稚児様だ。常日頃からお茶を嗜まれているのであろう」

「身に余る贔屓をいただいております。田舎者の私も目を開くことができました」

茶は、堺の慈済寺にいる時に学んだ。決して日尊の手柄ではないが、顔をたててやるためにそういった。日尊は別の用があり、この場にはいない。日尊の名代という立場なので、貴賓を敬うかのように皆が焚を扱ってくれている。

「とはいえ、ここまで焚殿は三つしか外しておりませんな。このまま全てを当てられると、こちらの顔が潰れます。皆様にはもっと気張っていただかねば」

宗湛の言葉に、皆が破顔した。

「さて、気を取り直して、次の十の茶を当てていただきます。皆様、焚殿に負けぬよう。百番の茶まで残り三十しかありませぬぞ」

沙弥と呼ばれる見習いの僧侶たちが、茶碗を並べたお盆を捧げ持ってくる。それぞれの客の前に置いた。皆が美味そうに喫する。焚は香りを十分に堪能した後に一口含み、手元の紙に本茶か非茶かを書いた。するすると、小栗宗湛が近づいてきた。

「先ほどの六十番と六十三番の非茶、よくぞ当てましたな。才は絵だけではないようで」

「もったいないお言葉です。たまたまです。私も本茶かどうか迷いました」

「六十番から六十五番は、一服一銭の茶でございます」

驚いた。あの茶を路地で味わえるというのか。

「闘茶の会が終わりましたら、そのままお待ちいただけますか。茶を点てた者もお呼びしております。面白い趣向の茶を味わっていただきたく」

「私ごときが呼ばれてもよいのでしょうか」

「絵についてもお話ししたくありますれば」

宗湛が去った後の闘茶を、熒はわざといくつか間違えた。初見の客が一番ではやっかみを受けかねない。最後は公家の男が一番をとった。客たちが賑やかな声をあげつつ、別の間へと移っていく。十度飲みや鶯飲みという言葉が聞こえるから、酒宴が始まるのだろう。

取り残された熒を小栗宗湛が呼ぶ。誘われたのは書院のある間だった。

落ち着いた佇まいの茶人がいる。剃った頭に頭巾をかぶっている。

「一休宗純和尚の弟子、村田珠光と申します」

男が深々と頭を下げる。熒も礼を失せぬように低頭した。確か、先ほどの闘茶でも同席していた。熒と同じく六十番と六十三番の非茶を当てた男だ。

「お待たせしました。こたび六十番からの茶を点てた者をお連れした」

宗湛から善阿弥と紹介された庭作りの同朋衆が連れてきたのは、六尺はあろうかという大男だった。が、顔のつくりは幼い。熒よりふたつかみっつだけ上の歳かもしれない。

「さあ、千殿、座られよ」

明らかに慣れぬ所作で、大男が熒の横に腰を落とす。狼狽(ろうばい)していたのは、最初の内だけだ。「ひゃあ」と間抜けな声をだし、しつらえや掛け軸に目をやりだす。よほどおかしかったのか、村田珠光がくすりと笑った。

確かに、調度の品々の選び方が独特だ。世で珍重されている唐物は、半分ほどしかない。

「千殿とおっしゃったか、闘茶でのあなたの茶器の選び方と似ていますね」

熒の言葉に、千が驚いたように振り向く。この男が用いた茶碗も、唐物と和物がまじっていた。

「は、はい。けど、おいらのやり方とこの一間はちがう」

確かに、と熒は思った。千の茶器は、和物と唐物が互いを引き立てていた。異物同士の掛け合わせの妙だ。が、この村田珠光が選んだと思(おぼ)しき茶器や掛け軸、花器にはそれがない。唐物と和物という全く別のものが、ずっと前から同じだったように調和している。

「まるで和漢の境がなくなったかのようだ」

熒の言葉に、我が意を得たりとばかりに千が何度も肯(うなず)いた。

「そう感じていただけたなら何よりです。唐物偏重の世に一石を投じられればと、試行錯誤しております」

村田珠光の言葉は穏やかだが、みなぎる自信は嫌でもすけて見えた。

「では、珠光殿、茶を点ててくれるか」

小栗宗湛の言葉で、台子が運ばれてきた。風炉の上には熾った炭、そして湯気を立てる釜が置かれている。茶杓や蓋置も並んでいる。まさか、客の前で茶を点てるというのか。そんな作法など聞いたことがない。茶を点てる茶人は、いわば調菜人（料理人）だ。それが客と同席するなどありえない。

村田珠光は淡々と柄杓で湯をとり、抹茶の入った茶碗に注ぎこむ。茶筅を使って回す。どうしてだろうか。身分の垣根を破壊する無礼な行いのはずなのに、見入ってしまう。所作のひとつひとつが、能や幸若舞の仕舞のように洗練されている。

気づけば、ぴんと背が伸びていた。前に置かれた茶碗を恐る恐る取り、口に含んだ。喉は十分に潤っているはずなのに、渇いていたかのように茶の味が全身に染みた。

「いかがでしょうか」聞いたのは、小栗宗湛だ。

「驚きました。茶人が客の目の前で茶を点てるなど、初めてです。が、とてもよかったです。うまくいえませんが……」そこで、奘はしばし考えた。「本来なら茶を点てるところは見せません。見えぬその一連の動きを、あえて美しく見せる。まるで、能や幸若の役者のようです。茶湯を、芸能にまで昇華させるかのように感じました」

これほど野心に満ちた試みはないだろう。村田珠光は客ともてなす側を同等にしようとしている。茶の前では、将軍さえも茶人と同等となる。この村田珠光という男は、何かを破壊せんとしている。静かだが、恐ろしく激しく。

見れば隣にいる千も同感のようで、かすかに涙ぐむほど感動していた。

「さて、あちらの絵ですが」

宗湛が話題を変えた。床の間に飾られた絵に、熒らの目差しを誘う。拙宗という揮毫が読めた。

「あれは、かつての我が弟弟子の絵です。熒殿が臨模されたものと構図がよく似ているでしょう。あの絵を見て、どう思われます」

すぐには答えず、慎重に言葉を探す。

「目の前の絵もそうですが、臨模して何度も線をなぞるうちに感じることがありました。窮屈だ、と」

「それは絵の構図ということですか」

「いえ、描き手の心がです。拙宗殿は心を殺して、絵を描いていたのではないか、と」

「もう少し詳しく」

「もっと奔放な筆致を望んでおられるように思いました。拙宗殿が本来、目指したかったのは、淡麗とはまったく違う画風ではないでしょうか」

今の流行りは淡麗の画風である。それを必死になぞらんとする描き手の苦悩がすけて見えた。

「まるで我が弟弟子と会ったかのように言われる」

宗湛は苦笑した。だが、不快という訳ではなさそうだ。

「棼殿のいう通りだ。わが弟弟子の真骨頂は淡麗ではない。それゆえに、日ノ本を離れ大明国の新天地を求めた」

棼は目の前の絵の筆致を、太く闊達なものに頭の中で描き直してみた。心が沸き立つような興奮がやってくる。

「棼殿は、己の絵を描いたことがおありか」

「己の絵とは、どういう意味でしょうか」

「己の内奥から湧き出る色や線を、画紙の上に表現したことはおありか」

鼓動がかすかに乱れた。先人の臨模は、過去に何百枚も描いた。が、己の描きたい絵をものしたことはない。

「日尊殿に見せてもらった絵は素晴らしかった。しかし、あれは臨模ですな。先人の誰かの絵や画風をなぞったものだ。わが弟弟子と同じ匂いを感じました。淡麗の筆跡を追ってはいるが、心からではない。どうだろうか、一度、己の欲に忠実に筆をふるってみては。自分を殺し絵を描く苦痛は、わが弟弟子を見てよく知っている。いかがかな」

自分の描きたい絵――そんなことは考えたことがなかった。ただ、良いとされる先人の絵をなぞった。先人が乗り移れとばかりに、一心不乱に精進した。

「まあ、その筆致を日尊殿が気にいるかはまた別だがな」

宗湛の瞳に悲しげな色がよぎる。あるいは、己自身のことをいっているのか。将軍好みの淡麗の筆致は、小栗宗湛が望む画風ではないのかもしれない。

「そういう道もあるということを頭にいれておきなさい。それより、千殿。お主の主人はどうした」

「あ、ああ、一若ですか。庭です。庭を見ている、と」

え、と焚は小さく声をあげた。今、なんといった。

「ふん、大方、堅苦しい席にはいたくないといったのであろう」

善阿弥の言葉に、千が大袈裟に肯いたので場に温かい笑みが溢れる。

「あの、千殿、ご主人の名前は一若様というのですか」

「そうですが」

「どのような方でしょうか」

「焚様と同じくらいの歳です」

「前歴は」

「それが教えてくれませぬ。訛りから、摂州か河州の出じゃないかと。ああ、これはおいらでなく駒太郎がいってたことです。いつも三千貫稼ぐと口うるさい主人です」

焚が襖の隙間から覗き込むと、庭に面した部屋にだらしなく一若があぐらをかいていた。肌艶がよく、顔が火照っている。きっと入浴したのだろう。林間茶湯といって、入浴と茶会を共に味わう趣好が流行っている。傾いた日が、童の影を伸ばさんとしていた。他にふたりの童がいる。千がいっていた駒太郎と一花だろう。一花は覚えがあった。一若が救った女童だ。陽だまりの中で、一花はうつらうつらと船をこいでいた。がくりと頭が落ちて、目を覚ましたようだ。

「ねえ、一若兄、千はまだ戻らないのかな」

目をこすりつつ、一花が訊いた。

「きっと、茶の支度が忙しいんだろ。いいことさ。あいつの茶が認められたんだ」

庭に目を向けたまま、一若は答えた。泉水があり、小さな石橋がかかっている。大きな岩がいくつもあり、そこから細く小さな滝が流れていた。水音が心を癒すかのようだ。

「ねえ、何考えてるの」

「昔のことだな。おれのいた寺にも、こんな庭があった。小さな滝でさ。友達が上稚児だったから、こっそりと庭に通してくれたんだ」

焚の胸が高鳴った。

「えらい坊さんは用事でいなかった。その友達だった奴がさ、養老の滝は大きな声で叫ぶと、水が落ちなくなる言い伝えがあるっていうんだよ。きっと、この滝もそうだって。だから、大声で叫んで水を止めようって。それで、ふたりで思いっきり声を張り上げた」

「何、それ。くだらない」一花はあくびまじりの声でいう。

「ああ、本当にくだらないな」

一若が両手を伸ばし、体の筋肉をほぐす。

「けど、なんでかわかんないけど、楽しかったな」

一若は立ち上がり、庭の近くの柱のひとつに背をあずけた。風で前髪が揺れている。

「帰ったら、戦の支度をしなくちゃだね」

一若は無言だ。どうしたの、と一花が訊く。

「うん、ちょっとな。こういうのもいいなって」

一若が体の力を抜いて、柱にさらに深くもたれかかった。

「大きな土一揆が起きてほしいって、ずっと考えてた。どうやって合戦で稼ぐかばかり悩んでた。早く騒動が起きてほしいって、今も思ってる。そうやって、いつも張り詰めてた。けど、こんな平穏が味わえるなら……合戦や土一揆はいらないかもしれない」

「何、いってるの。合戦や土一揆がなかったら、あたしたちなんて死んじゃうよ」

「そうだな」と、一若が首をすくめる。肌が陽だまりの色に染まっていた。

「けど、月に一度、いや年に一度でいい。風呂に入って、こんな暖かい部屋で、みんなとゆっくりと寛げたら」

「何よ、らしくない」

「そういうなよ」

一若が目を閉じたのか、体がさらに沈みこむ。庭の滝へと、一花が目を移した。

「ねえ、滝を声で止めるっていった友達は何ていう名前なの。もしかして、私を助けてくれた時の……」

一若からは答えがない。かわりに、かすかな寝息が聞こえてきた。

六

「世改めだ」「穢れた土地をもどせ」

「世改めせねば、天下が破れる」「猿犬二王の争いを止めろ」

歩く焚の耳に、そんな声がとめどなく流れてきた。地面には、天狗の落とし文が何百枚も落ちている。

「世を改めろ」叫ぶ群衆たちが、川の流れのように焚の目の前を通りすぎていく。

ひらりと天から落ちてきたのは、天狗の落とし文だ。上を見ると、冬の空はどこまでも澄みわたっている。文面を読む。

――猿犬二王、互いに相喰む。

「意味がわかるのかい」

背後から声をかけたのは、真板だった。最近は世改めを叫ぶ者たちがうるさく、女騎の稼ぎもはかばかしくないと嘆いていた。

「猿の王と犬の王はわかる。野馬台詩にもあった。猿の王は山名宗全だ。申年生まれだからね。犬の王は細川京兆（勝元）だろう。こっちは戌年生まれだ。この両雄が互いに戦いあうっていう予言だね。珍しいね、今までは誰が死ぬとか、そんなのばかりだった」

今までに十二人が天狗の落とし文で名指しされ、ことごとく凶事が舞いこんだ。八人が流行り病で死に、残る四人は無事だったが家族が病死した。皆、壮健だったのに、急に体調を崩したという。

「山名宗全と細川京兆が戦うとしたら、都でだろうね。だから、町が騒然としているのか」

「莫迦莫迦しい」と、真板はつづける。

「山名宗全と細川京兆は、三ヶ月前の政変で互いに力を合わせた仲だよ。味方同士だ。しかも、宗全と京兆は義理の親子。何で、仲のいいふたりが戦いあうんだ」

山名宗全の娘は、細川勝元に嫁いでいる。確か、子がもうすぐ生まれるはずだ。

「畠山家と斯波家の家督争いもそうだ。今は静かなもんだ」

斯波家の騒動は、先の政変で山名家や細川家が支援する斯波義廉が勝利した。敗北した斯波義敏は、行方をくらましている。噂では、将軍側近の伊勢貞親や真蘂らと近江へ逃亡したという。一方、足かけ十三年にわたる家督争いを続ける畠山家は、一時、義就が大和国吉野から挙兵して河内国へと攻め入った。今年の八月のことだ。が、十一月になり畠山政長と和睦が成立している。

「今度ばかりは、いんちき予言書も外れだね」

形のいい唇を歪め、真板が笑う。

「だといいけどね。じゃあ、私はいくよ」

「また、あの門跡住持のとこかい」

「そうだよ」

「いつまで、つづけるつもりだい」

真板の言葉が胸に突き刺さる。

「もう、やめときな。骸漁りもそうだ。十分に世の中を無茶苦茶にしたろう」

「なんだい、私の祈禱を信じるのかい」

「信じてなんかいるもんか。気味の悪い真似はよしなっていってるんだ。稚児の真似事もそうさ。もっと別の生き方があるだろう。あんたは筆が達者なんだ。絵師はどうだい。今なら、まだ十分にやり直せるだろう」

熒は己の手を見る。墨がこびりついていた。

小栗宗湛にいわれ、筆致を変えてみた。しかし、思うようにいかない。自分の線が何かがわからない。それを、真板に漏らすと「一人前の絵師みたいに悩むのか」と笑われた。

「考えておきな。あんたの画材ぐらいは私が面倒みてやる。ただし、怪しい祭祀と付き合いを断つことが条件だけどね」

月鼓の世話があるから、と真板は背を向けて群衆の中へと消えていった。

強く唇を食む。なぜか、真板の誘いは抗いがたい魅力をもっていた。復讐を止めるのか、と己に問いかける。答えはすぐには返ってこない。雑念を振り切るようにして、熒は走りだした。すぐに日尊の寺院へとついた。

案内する稚児は、見たことがない少年だった。

「熒や、よく来たね」

日尊は新しい稚児を脇に抱きながら、笑みを向ける。嫌な目差しを感じた。喉を見ているのか。思わず手をやる。かすかに喉仏が出ていることに気づく。

「哀しいことだ。あんなに美しかった熒が、大人になろうとしている」

まだ若い稚児が、日尊によりかかった。そういえば、この寺にはほとんど沙弥がいないことに気づく。日尊好みの稚児と成人になった僧侶ばかりだ。

そうか、捨てられるのか、と思った。まだ、この男を利用したりないはずだが、なぜか未練は湧いてこない。

「それはそうと、嫉妬はしておらぬのか」

「どういうことでしょうか」

「私が新しい稚児を迎えたことよ」

失笑しそうになった。

「いえ、日尊様の寵を一時とはいえいただいたことは、何にも替えがたい仏果です」

自分の声を聞きながら、心にこびりついていた汚れがとれるかのようだった。何のことはない。こちらが復讐を望んでも、向こうからもう用無しだと突きつけられたのだ。

「嬉しいことをいってくれる。私も仕方なくなのだ。わかっておくれ」

「お気持ちだけでも嬉しく思います」

「これ、お茶とお菓子を用意してあげなさい。せめて、最後は心ばかりのもてなしをしてあげようじゃないか」

稚児を遠ざけるようにして命じた。やがて茶が運ばれてきた。香りを嗅いだ。千や村田珠光のいれた茶とは比べものにならないほど浅い香りしかしない。

きっと、もう日尊とは会わないだろう。当たり前だが、未練など微塵もなかった。何も考えずに、ぐいと呑み干す。懐紙で唇をぬぐった。

刹那、視界が歪んだ。慌てて、手をつこうとするがそれさえも覚束ない。

だらしなく床に寝そべる。

「こ、これ……は」

舌も痺れ、もつれる。

「犬走りの毒だ。安心しなさい。死ぬほどではない――と思う」

日尊が手を叩いた。

「牛車を用意いたせ。熒を連れて外出する」

熒は稚児たちふたりがかりで引きずられ、牛車に放りこまれた。日尊はもう一台の牛車へと乗りこんだようだ。ごろごろと地面が揺れている。そのたびに気が遠くなり、やがて見える風景が真っ暗になった。

いつ頃から気付いていたか、熒はわからない。ただ長い時間、微睡むように呆然としていたことは知っている。五感が輪郭を取り戻す頃、己が一糸纏わぬ姿で大の字にして縛りつけられていることがわかった。

「こ、これは――」

影がさす。日尊が熒を見下ろしていた。

「日尊様、一体何の真似ですか」

「仕方ないのだ。これしか手がないのだ」

哀しんでいるのか喜悦しているのか、判然とせぬ口調だった。

「これ以上、熒が美しくなくなるのを座視するわけにはいかなかった。許しておくれ」

意味がわからない。ただ、冷たい汗が流れるだけだ。

「そなたが、これ以上、男の姿になるのを私は見ていられなかった。薄く髭が生え、喉仏がでる。体の肉が固くなるのを……どんな気持ちで、そなたの変化を見ていたと思う」

涙さえ流しはじめた。

「この苦しい胸の内、わかってくれるか」

「私を、殺す気ですか」

「なぜだ。そんなことはしない。ただ、そなたの美しさを永遠に留めておくだけだ」

息が荒くなる。もがけばもがくほど、縄が手足に食い込む。

「やっと目当ての書物が購えた。宮刑の書だ」

「きゅ、きゅうけい」

「そうだ、明国には古くから宦官なる者がおるのは知っているか」

体中の血が凍りついたかのように感じた。

「男の局部を切除するのだ。そうすれば、髭も生えず体も柔らかいままだという。熒や、私は悲しいのだ。稚児灌頂を受けて、観音菩薩の化神となった。そうすることで、お主は人を超越した。なのに、そなたはただの男に変わろうとしている。どれだけ苦痛か。美しいものが美しくなくなる様は、あまりにもむごい。が、もう大丈夫だ。そなたの美しさを、生きたまま留めておける。今ならまだ間に合う」

　見れば、薄暗い部屋の角に炭が激しく熾っている。刃物が熱せられていた。昏い目で、稚児が刃物を裏返している。

「や、やめろ」

「できるなら、もっと苦痛のない方法がよいが、残念ながらないそうだ。焚よ、私も不安だ。かの国でも十のうち三はしくじるらしい。たとえ成功しても、傷が治るまでに恐ろしい苦痛に耐えねばならんときく。心を狂わせてしまう者も多いとか」

　ぜえぜえと焚は息を吐き出す。

「日尊様、支度はできました。刑は血の穢れに満ちております。お体にさわりましょう。お引き取りを」

「うむ、私は帰る。あとはよろしく頼む」

　そういわれて、やっとここが小屋だとわかった。どこだ。門跡寺院ではない。開けられた扉の向こうに夜空が見える。無数の星が瞬いていた。月光に照らされた日尊の背中が小さくなっていく。

「さあ」と、稚児が熱した炭の入った火鉢を焚のすぐそばに置いた。籠もった熱と恐怖のため、汗がとめどなく流れる。水干を着る稚児も同様だったようだ。扉を開ける。夜風が入ってくるが、逆に炭がまとう炎が大きくなるだけだった。

「明国の書物では猿轡（さるぐつわ）をかませるとありましたが、ここは人もおらぬゆえ好きなだけ声を出されよ。もう、この刻限ならば日尊様も聞こえぬところにおりましょう」

赤くなった刃物を取り上げた。焚の股（また）の付け根から柔らかい腹へと目差しを動かす。肌に指をあてて、ゆっくりとなぞった。何度も何度も。鳥肌が全身をはう。

「うん、このくらい斬（き）るとしようか」

いいつつ、稚児は刃（やいば）を振り上げた。

口からほとばしった悲鳴が、肉が焦げる臭いとまじりあう。

七

「学のないおれでも、公方が莫迦野郎だってわかるぜ」

都の道を早歩きで進みつつ、一若は餅（もち）をかじる。後ろには矮軀の駒太郎と巨漢の千が続いていた。一花は内野の寝ぐらで待たせている。寒風が吹き荒（すさ）ぶ中を、三人は歩いた。目指すは、都の東南にある東福寺（とうふくじ）だ。そこで、御厨子某ら土一揆の主だった者が集合する。

昨年の文正（ぶんしょう）元年（一四六六）十二月、畠山〝右衛門佐（うえもんのすけ）〟義就が河内国から五千の軍勢を率いて上洛（じょうらく）した。あろうことか、山名宗全が手引きしたのだ。山名宗全は、細川勝元と手切れすることを選んだのだ。

政局は、山名と細川の二大守護の対決の色を濃くしはじめている。

衝突をかろうじて押し留めていたのは、公方様こと将軍義政の政治姿勢だ。管領の畠山政長を支持し、宗全と義就の無道を非難した。

が、年が明けると義政は態度を急変させた。畠山義就を管領職につけたのだ。管領を罷免された政長は、畠山邸を明け渡すように命令を受ける。これに従わない政長や勝元が邸に立て籠もった。

道行く途中で一若らが何度も目にしたのは、壊れた酒屋や土倉である。畠山政長の軍勢に襲われたのだ。殿原や下級被官の狼藉ではない。立派な兜をつけた侍大将の采配のもと、土倉を襲っていた。矢銭を集めるための略奪だ。これを見ても、相当大きな合戦になりそうだ。

御厨子某らは、東福寺近くにある小高い丘の上で待っていた。ここならば、町の様子がよくわかる。大きな篝火を焚き、二十人ほどの一揆株を持つ男たちが円座を組んでいる。

「なんだよ、まだ来てない奴がいるのか」

一若が見渡すと、一揆株を持っているはずの被官や殿原の姿が見えない。

「欠けているのは、細川家や畠山家の被官や殿原よ。こんなことになったんだ、今ごろは主家のもとに馳せ参じているだろうさ」

山城国は、畠山家や細川家の被官の領地が多くある。暮らしが立ち行かない被官や殿原は、主家の垣根をこえて御厨子某の一揆に参加していたが、さすがにこたびは主家の軍に馳せ参じたのだろう。

「これで全員揃ったな」御厨子某が一座を見渡す。「政局は知っての通りの有様だ。京が戦場になるのは避けられそうにない。土一揆とはちがう。守護と守護の戦いよ。正直、わしもどんな合戦になるかわからん」

困惑顔の御厨子某が肩をすくめた。が、その所作はどこか楽しげだ。

「どちらにせよ、合戦になればわしらも稼ぐ。悪徳の土倉や酒屋たちを襲う。が、今までとは勝手がちがう。どの辺の土倉をどのくらい襲っていいかが、皆目わからん。だから、主だった者を東福寺辺りに集めておいてほしい。すぐに動けるようにな。惣村に残る者どもには、どちらの軍にもつくことがないよう強く言ってくれ」

「けどよう、先行きの見通しが立たないと、下の者をあまり強くは抑えきれないぜ」

髭面の百姓が御厨子某に訊く。

「それについては、今日の夕刻に骨皮道賢が訪ねてくる手筈になっている。奴の話を聞けば、こちらの動きも大体決まるだろうさ」

この言葉に、何人かが納得の表情を見せた。今、できることは特にない。骨皮道賢を待つだけだ。一若は、目を都へと転じた。政長の手勢によって土倉が壊されているのか、細い灰煙が棚引いている。

一若は、駒太郎と千を連れて寒風を遮る木立の中へ入った。一揆株を持つ男たちもあちこちで火を焚き、思い思いに体を休めている。何人かは博打に興じだす。

一若も、千が手際よく熾した火にあたった。

曇天は厚く、今にも雪が降ってきそうだ。

夕刻になると、空は朱に染まることなくただ暗くなっていった。

「遅いな。道賢はまだか。氷づけになっちまうぞ」

駒太郎はがたがたと震えている。

「い、一若、来た」

千が指さした。冬枯れの木を思わせる長身の男の影が見える。骨皮道賢にちがいない。

つづく従者はふたりいて、着衣から藍峯と朱昆だとわかった。

「道賢の旦那、待ちかねたぜ」

御厨子某がにやりと笑う。

「単刀直入にいう。公方様は、畠山の家督を争うおふたりに一騎討ちを命じられた」

「一騎討ちだと」全く意味がわからないのか、御厨子某が首をひねる。

「山名、細川はもちろん、全ての大名の加勢を禁ずる。そう命じられた。互いの軍勢が戦いあって、勝った方が畠山の家督を継ぐことになる」

「つまりは、公方様は仲裁することを諦めたってことか」

口を挟んだのは一若だった。じろりと道賢が睨む。

「口を慎め。公方様は、山名細川をはじめとする在京守護が戦乱に参加することを禁じられた。つまり、争乱が大きくなることをお防ぎになったのだ」

将軍義政を弁護する道賢の声は、全く熱が籠もっていなかった。自身でも詭弁(きべん)だとわかっているのだろう。すぐに、道賢は御厨子某に目を戻す。

「決戦の場所は、京の郊外だ」

「道賢の旦那、そんなことでわしらが納得するとでも思っているのか」

京の郊外での合戦ならば、町に被害が及ぶことはない。となれば、一揆衆が土倉や酒屋を襲うのが難しくなる。

「お主らが納得するかどうかなど係(かかわ)りない。四月(よつき)前に土一揆で散々に暴れたろう。今回は自重しておけ」

「ふざけんな。分一銭で二割もとりやがって。冬が終わり正月になった。けど、この寒さだ。きっと今年も作付けは悪い。あれっぽちの稼ぎじゃ、野垂れ死ぬ奴がいっぱいいる」

御厨子某の声に、皆が同調の声をあげる。

「そっちの都合は知らん。そんなに土一揆をしたいなら、勝手にすればいい。わしは止めない。ただし、こたびはいつもと違うぞ。山名細川の大軍が控えている。土一揆が起これば、間違いなく動く。見過ごせば、家名に傷がつくからな」

肩を震わせて、御厨子某は怒りに耐えている。

「おい、御厨子某、あれを見ろ」

一揆のひとりが都を指さした。赤い火が立ち上がっている。場所は――

「畠山左衛門督の邸だ。あの野郎、自分の邸を燃やしやがった」

叫んだのは、一若の従者の駒太郎だ。

「思っていたより早かったな。左衛門督の軍勢が、郊外へ移動したんだ」

道賢が指さす先をたどると、赤いものが点々と続いていた。きっと、畠山政長勢が持つ松明だろう。確かに、政長邸を出て北へと向かっている。相国寺を迂回して、都の郊外へ布陣しようとしている。

ひらひらと舞いはじめたのは、雪片だ。とうとう雪が降ってきた。

「早ければ、今夜のうちに合戦がはじまるぞ」

そんな声が聞こえてきた。

「忠告はした。土一揆を決起したくばすればいい。山名細川のいい餌食だ。その上で、わしはわしの仕事をする。土一揆が土倉を襲ったなら、首謀者の首をあげる。御厨子某、たとえお前といえどだ」

一瞥だけ残し、道賢は去っていく。

「畜生が」御厨子某が篝火を蹴りあげた。火のついた薪があちこちに散乱した。

「一若、どうする」駒太郎と千がやってきた。

「さすがに、今回は土一揆は無理だろうな」

未熟ながらも、色々と世の中の仕組みがわかるようになってきた。義政からの加勢が禁じられたことで、細川と山名は土倉や酒屋たちに護衛の話を持ちかけるはずだ。土一揆がくれば守ってやるから銭を出せ、と。事実、大和国の筒井という豪族はそうやって儲けているという。山名細川が用心棒を請け負う土倉に突っ込んでいくのは、あまりに無謀だ。御厨子某もそれをわかっているから激昂している。

「じゃ、じゃあ、こたびは稼がないのかい」

千が恐る恐る訊いたので、首を横にふった。河内ではすぐに合戦が終わり、ろくに稼げなかった。この機を逃したくない。

「一服一銭で稼ごう」

合戦する両畠山ではなく、待機する山名細川勢を目当てに茶を売るのだ。こんなに寒いのだ。きっと熱い茶を欲するはずだ。

霙雪が、風景を塗るかのように降り注いでいた。陣幕が張られた山名宗全の陣は、奇妙な静けさが漂っている。その中を、一若らは茶を売って歩く。いつもは路地に茶釜などを並べるが、今は天秤棒の両端に台子をつけ、その中に茶釜や茶器をいれて売り歩いた。

「童ども、茶とは気がきくじゃないか」

霙雪の向こうから声がかかった。山名の侍大将のひとりが、白い息を吐きつつ現れる。具足は凍りついており、鼻や頬が真っ赤だ。

「へい、一杯三文です。沸かしたてのお湯で、その場で点てますよ」

一若が如才なく答える。街中では銭一文だが、こたびは戦場なので値を上げた。

「体が冷えてたまらんのだ。我が陣の中へ入れ。銭を出すから、皆にもふるまえ」

一若らは陣へと誘われる。天秤棒と台子を地面に置き、千が慣れた手付きで茶を点てた。寒さがこたえるのか、一若が声をかけずとも次々と茶が売れた。

「たまらんぜ。両畠山の大将たち、さっさと合戦を始めてくれねえかな」

「手出しができずに、ただ立っているだけのこっちの身にもなれよ」

温かい茶で舌もほぐれたのか、武者たちが次々と愚痴をこぼす。

畠山政長は上御霊神社に布陣した。都の東北にある神社だ。郊外だが、すぐ近くには相国寺がある。仇敵の畠山義就は、その北と東に軍勢を展開させた。数は義就が二倍以上の五千を揃えている。一若らが行商する山名勢は、同盟する畠山義就の軍を見守るように北西の位置に布陣している。ここから、対峙する畠山両軍の旗指物が見えた。風はあるが、旗が凍りついているのかあまりはためく様子がない。対陣してから、半日ほどが過ぎている。

陽が、西の大地へと傾かんとしていた。まだ、合戦が始まる気配はない。

河内の戦場でも商売をしたが、その時よりもずっと陣内は静かだ。当然だろう。将軍義政から助勢を禁じられている。かといって、殺気立っていないわけではない。戦うことを禁じられた苛立ちが、生来の武人の気をさらに猛らせているようだ。

「おい、知ってるか。去年の六月、箒星が落ちたろう」

「ああ、天狗流星っていうんだろう」

「陰陽師の安倍家が吉凶を占ったそうだ。『兵火起き、五穀収まらず、人民死亡』だとよ」

「なんだよ、そっちの占いも大凶かよ。聖徳太子未来記といい天狗の落とし文といい、日ノ本のお先は真っ暗じゃねえか」

「予言といや野馬台詩もそうだ」

『干戈交わり、世は衰える
賤虎栄え、白龍水を失う……』

武者のひとりが口遊む。別の武者がつづきを引き取った。

『王、都を逐われ
黄鶏、人に代わり宴を喰む
黒鼠、牛の臓腑に子を孕み』

また別の武者が詩を引き取る。

『王朝、天命を喪い

百代の王で滅ぶ
猿王と犬王、互いに英雄を称す』

何人かが同時に謡う。

――星流れて野外へ飛び
――陣鐘軍鼓、全土に轟く
――青丘と赤土、穢れに満ち
――色を喪い空に帰す

いつのまにか、あちこちで予言詩が口遊まれていた。奇妙な光景だった。目に見えぬ怪物が陣中を蠢(うごめ)き、人々を謡わせるかのようだ。

「おお、始まったぜ」

駒太郎があごをしゃくる。陣太鼓の音が轟きはじめた。両軍ほぼ同時ということは、決戦の時刻を示しあわせていたのかもしれない。それまでとちがい、せわしなく旗指物が動きだす。矢戦がはじまった。両軍に橋をかけるように、矢が応酬(おうしゅう)される。間合いがじりじりと狭まり始めた。普通にやれば、猛将と評判の畠山義就が勝つだろう。が、政長も案外に粘っている。

「ありゃ、戦が止んだ」駒太郎が顔をしかめた。

間合いを縮めつつあった義就勢が、後退しだしたのだ。

「一気呵成の攻めってわけじゃなかったみたいだな」

きっと、さっきのような攻めを何度もするのだろう。猛将といわれているが、らしくない采配だ。そういえば、寛正元年（一四六〇）の末に始まった嶽山城の戦いでは、幕府の大軍相手に義就は二年も城を持ち堪えた。粘りの用兵こそが、義就の真骨頂なのかもしれない。

「おーい、お前たち、一服一銭だろう。こっちの陣に来てくれ」

遠くから声がかかった。すでに日は完全に落ちているが、合戦は始まったばかり。夜を徹した戦いになるかもしれない。茶は眠気を覚ます効能がある。これから、どんどん売れるだろう。

「合戦は小休止だけど、こっちに休みはねえぞ」

「人使いが荒い主人だぜ」

駒太郎が茶碗を集め、一若が台子に茶器をしまう。千が天秤棒を担いだ。地面に積もった雪に足跡を刻む。爪先が痛いが、そんなことはいっていられない。

次の陣へ到着する前に、また合戦が起こった。矢叫びの音はさっきよりも大きかったが、刀槍を打ち合う手前でまたしても義就が退いていく。

「な、なんだか、見てるこっちが苦しくなるような戦い方だね」

「右衛門佐って大将は、きっと心根がよくない野郎だぜ」

千と駒太郎が毒づく。義就が攻めるたびに、一若だけでなく見守る山名勢からも息を詰める気配が満ちた。退いていくと、息をつく音があちこちで聞こえる。

夜が更けても、義就の攻めは続いた。いつでも政長の陣を破れるかのように見えたが、決して急戦はしない。攻めと休みを、幾度も繰り返す。

「どうやら、夜通し攻めるようだな。たっぷりと疲れさせてから、全滅させるつもりだ」

駒太郎が「勘弁してやれよ」とこぼす。

「おお、一服一銭、ここにいたか。御大将が茶をご所望だ。すぐに参れ」

「はい、承知しました。で、どちらに」

一若が満面の笑みで応える。茶葉は残り少なくなり、最後の一儲けだ。

「あっちだ。御大将が待っている」

大きな旗指物が何旒も翻っていた。篝火が列柱のように並び、この陣内だけは地面の雪が半ば溶けている。陰陽師だろうか、六芒星の紋の入った狩衣を着た男たちが、必死に呪文を唱えている。正気を失いかけ、数人は意味不明な禹歩を刻んでいる。

一番奥に屋根のついた輿があり、法体の老将がいた。僧衣の上から、赤糸縅の甲冑を厚く着込んでいる。

「もしかして、あちらのお方は」

「そうだとも、山名宗全様だ」

「あの毘沙門天の化神といわれる……」

驚きの声を上げたのは、千だった。

二十六年前の嘉吉元年（一四四一）、赤松家が、籤引将軍と渾名される将軍義教を斬殺した。これを嘉吉の変という。ただちに赤松家討伐の軍が催された。その時、誰よりも苛烈に攻め、総大将赤松満祐の城を落としたのが山名宗全だ。その功績により播磨など三ヶ国が加増され、一族あわせて九ヶ国守護へと躍進した。

「宗全様、一服一銭をお呼びしました」

屋根付きの輿の前で、兜武者が膝をついた。さすがは守護大名だけあって、輿につけられた屋根と庇は小さな社のような趣きがある。その下に、山名宗全が鎮座していた。恐ろしく恰幅がいい。冷風になびく長袖は、神将像を連想させる。顔は庇の影の下にあり、よく見えなかった。

「茶を点てろ。飛び切り熱い茶だ」

低い声がして「はぁ」と兜武者が平伏する。

千が震える手で茶杓を持つ。汗を流しつつ、茶筅を回す。

「い、一若、頼む。持っていってくれ。おいら、おっかねえ」

「ちっ、仕方ねえな」

盆の上に茶碗を置く。作法などは知らないが足音を立てぬようにして近づいた。太い腕が伸びて、頭上に掲げた茶碗を無造作に摑(つか)む。どんな顔をしている御仁だろう、と思ったがさすがに見ることは憚(はばか)られた。喉を鳴らし呑む音を聞きつつ、指示があるのを待つ。

「うまいな」輿の上の山名宗全が舌鼓を打った。

「有り難きお言葉」と、一若は返す。

「茶ではないわ」

　何のことかわからず、顔を上げてしまった。巨軀(きょく)の老将が視界に入る。顔に庇の暗い影が差している。肌が蠟(ろう)のように白いことがわかった。

「うまいというのは、右衛門佐の戦ぶりよ。見ろ、やっと本気を出すようだ」

　音の伴わぬ何かが、一若の体に当たったような気がした。慌てて、背後を向く。陣する畠山義就の軍勢からだ。旗指物が風を孕んだのか、大きく揺れた。

　鯨波(げいは)が吹き荒んだ。義就の陣が咆哮(ほうこう)している。攻め太鼓が高らかに響く。

　それまで間合いをとる矢戦だったが、こたびは違う。打ち刀や薙刀(なぎなた)を煌(きら)めかせて、義就の軍勢が政長の陣へと襲い掛かる。すでに限界だったのだろう。政長の旗指物が、次々と倒れていく。鎧袖一触(がいしゅういっしょく)とは、まさにこのことか。

　叫喚(きょうかん)が奔流のように届く。風にのって命乞(いのちご)いの声も聞こえてきた。血の臭いが濃く伴っている。

「ひでえな」と、一若はつぶやいた。遠目でも、政長勢が嬲(なぶ)り殺しにあっているのがわかる。これはもう合戦ではない。ただの狩りだ。

「右衛門佐が、これほどの戦上手だったとはな」

背後の山名宗全の声だった。

「二十六年前の赤松攻めの時、わしもこのような采配をとっておけばよかったわ。そうすれば、赤松めを皆殺しにできたのにな」

何が愉快なのか、くぐもった笑声を漏らす。

「祝え、勝ちは決まった。兵どもに酒を振るまえ。勝鬨(かちどき)の声をあげろ」

宗全の言葉が終わらぬうちに、武者たちが喊声(かんせい)で答えた。まだ、殺戮(さつりく)は続いている。それを肴(さかな)に宴を楽しもうというのか。誰かが松明を振り回した。火の粉が山名の陣に充満する。

うん、と一若は天を見た。曇天から、雪片が削られたように落ちてくる。霙の中に明らかに違うものが多く混じっている。白い札だ。札が、空から降ってきている。

あわてて戦場の南を見る。相国寺の七重塔がそびえていた。この都で、あれ以上の高さのものはない。そのはるか上からも札が降り、七層目の屋根に積もっていく。

冷気とは違うものが、一若の体を震えさせた。

札に何かが書かれている。字はほとんどわからない。しかし、気味の悪い天狗の絵を忘れるはずがない。天狗の落とし文が落ちてきているのだ。何百枚、いや何千枚も。

血の臭いと饗宴に酔う山名勢の動きが止まった。舞い落ちる落とし文が、次々と地面を覆い隠す。ある武者は地面から札を拾い、ある武者は体に貼りついたものを剝がす。そして、目の前にかざす。

「一若、これは――」

顔を青ざめさせた千が駆けてきた。手には、天狗の落とし文がある。火の粉を受けたのか、焦げていた。見れば、地にある落とし文の半分ほどが火を孕んでいた。

「な、なんて書いてあるんだ。読め」

「猿の王、天下を破る」

言ったのは、千ではなかった。一若の頭上から声が落ちてきていた。

「猿の王、天下を破る」また声が落ちてきた。

山名宗全だった。片手に茶碗を、もう一方の手に火のついた天狗の落とし文を持っている。

「猿の王、天下を破る」

「猿の王、天下を破る」

山名の陣のあちこちで、そんな声が聞こえてきた。

「猿の王とはどなたのことだ」

「猿王が、この穢れた天下を破る」

声はどんどんと大きくなる。

「猿王とは、山名宗全様のことだ」

「山名宗全様が世を改める」

大きな声が弾けた。

――王朝、天命を喪い

――百代の王で滅ぶ

――猿王と犬王、互いに英雄を称す

あちこちで歌が聞こえてきた。武者たちの低い声が和し共鳴する。

重い波が押し寄せるかのように思えた。

――星流れて野外へ飛び

――陣鐘軍鼓、全土に轟く

――青丘と赤土、穢れに満ち

――色を喪い空に帰す

武者たちが顔を天に向け、歌っている。

炎を背負った天狗の落とし文が、ゆっくりと宗全へと近寄る。予言の札が、猿の王と呼ばれる男の顔貌を照らす。真っ白い肌に、皺が亀裂のように入っている。顔を裂くようにして、山名宗全は嗤った。

近づく札を、茶碗で受け止めた。茶の中に没して火が消えた。不快な灰の臭いが、一若の鼻をかする。灰の入った茶碗を口へやり、宗全が一気に呑み干す。

一瞬にしかすぎないはずが、一若には永遠に思えるほど長く感じられた。

宗全の身に異変が起こる。白い肌がみるみるうちに赤く色付きはじめたのだ。皮膚の下を、血が恐ろしい勢いで駆け巡っている。首の付け根に、足を持つ蛇のような奇妙な形の痣が濃く浮かびあがる。

「これほど血が滾るのは、堺での稚児灌頂以来か」

この男は――山名宗全は堺に来たことがあるのか。

「我が子を観音菩薩の化神と変えたことを思い出すぞ」

宗全は茶碗を大地に叩きつけた。灰混じりの茶が飛び散る。

「猿王っ」

「猿王っ」

「猿王ぅ」

群衆が雄叫びを上げる。

「攻め太鼓を鳴らせ」

宗全が叫びに応じた。大きな拳をふり上げる。

「今より、畠山左衛門督めを屠る。天狗の落とし文の神託、今ここにおりた。天は、この猿王宗全を撰(えら)んだ。従わぬ者には天罰が下る」

群衆が殺気で応(こた)える。

「天命は猿の王こと、山名宗全にあり」

攻め太鼓が鳴るよりも早く、軍勢が走り出した。

まだ殺戮半ばの狩場へと、猿王山名宗全の尖兵(せんぺい)が殺到する。

三章　牙旗

一

京の町へつづく街道を、藤七は騎行していた。先頭は鎧を着た池田充正である。いつものごとく、翡翠や真珠、紅玉でできた首飾りや腕輪を過分に巻きつけている。藤七含めて、郎党たち十二騎がつづく。

およそ四ヶ月前の一月十八日、上御霊神社で畠山家の家督をめぐって、政長と義就が争った。他の守護大名の加勢を禁止した、いわば一騎討ちだったが、この約定を山名宗全が呆気なく破る。政長を問答無用で攻めたのだ。

宗全の威を恐れる義政は、約定違反を不問にした。約定を守った細川勝元には政長を見捨てたという悪評が立ち、一気にその勢いを失っていた。これにより、山名宗全は我が世の春を謳歌している。だが、それももうすぐ破られるだろう。細川勝元が領国の被官たちに、兵を率い上洛するよう指示したからだ。藤七や充正も京への道を急いでいた。

「あれは、薬師寺様のようですな」

郎党のひとりが手庇で見る先には、旗がいくつもはためいていた。同じ細川家被官で、摂津国に領地を持つ薬師寺与一にちがいない。二百名ほどの武者や従者を引き連れ、街道脇で体を休めている。

「ち、顔も見たくねえ奴にあっちまった」

充正が吐き捨てる。同じ摂津国に領地があるが、池田充正は薬師寺与一とは険悪な仲だ。というのも充正が池田城近くの桜井郷の代官に借金をさせ、利子を膨れ上がらせ、地位を横領したことがある。その時、薬師寺与一が代官側の味方をしたのだ。結果、充正は桜井郷横領を断念せざるを得なくなった。

「どこぞの一行かと思ったら、池田ではないか」

灰髪灰髭の武者が、嫌味な笑みを向けてくる。きっと薬師寺与一だろう。藤七は初対面である。

「富貴無双ともいわれる池田が、どうやって財を成したかがわかるな。主家の危難にたったこれだけの人数で出馬とは。それほどまでに、銭が惜しいか」

「そういう薬師寺殿よ、あんたは随分と郎党どもを揃えたんだろうな」

「馬上五十騎に、徒士従者が百五十の合計二百よ。細川家累代の御恩を思えば、これでも少ない」

「二百ぅ」と、池田充正がわざとらしく驚く。

「当たり前であろう。これから山名と一合戦す——」

「そんなに少なくて大丈夫かよ」充正が意地の悪い言葉をかぶせる。

「まさか、たったの二百ばかしで合戦場にくるとはな。よっぽどの腕自慢か、もしくはただの命知らずの莫迦(ばか)かのどっちだ」

「な、なんだと、貴様は、十騎程度の小勢にしかすぎぬではないか」

「あいつら遅(おせ)えな」

言葉を無視して、充正は首を後方にひねる。やがて足音が聞こえてきた。百や二百ではない。

「こ、これは……」薬師寺が絶句する。現れた軍勢の数は、薬師寺らの約五倍。少数と侮(あなど)らせるために、わざと千の兵を遅らせて行軍させたのだ。

「ご覧のように、銭で雇った野武士が一千、そして馬上が十二騎、合計一千十二の池田勢だ。まあ、あんたのいう通りだ。主家の危難に馳(は)せ参じるには、千ではちっとばかり数が少ない」

薬師寺与一の体が震えだす。怒りと屈辱で顔が赤らんでいた。

「先に行かせてもらうぜ。そうそう、あんたのまだここに姿を現していない後続の手勢と都で対面するのを楽しみにしているよ。当然、わしらの一千よりも多いんだろうな」

高笑いをあげつつ、池田充正が馬の腹を蹴った。千の野武士たちや藤七もそれにつづく。趣味の悪い男だ、と藤七はつぶやいた。

やがて、京の町が見えてきた。近づくにつれ、軍勢見物の町衆の数が多くなる。千人の野武士たちを東寺口で待たせ、再び十二騎の郎党だけを従えて、充正は細川勝元邸へと急いだ。門前では、細川家の家人が到着した被官の軍勢の数を書きつけている。

「おい、着到を名乗れ」あごをしゃくり、充正が藤七へ指図する。

「池田〝筑後守〟充正、ただいま着到。馬上十二騎、徒士従者一千、合計一千十二」

「い、一千でございますか」家人たちも驚いている。

「といっても、ほとんどが銭で雇った野武士であるが」

「莫迦正直にいうんじゃねえよ」充正が、藤七の蓬髪頭をはたく。家人が邸へと走り、「殿がお会いになるそうです」と報せてきた。

「よし、いくぞ」

「おれもいくのかよ」藤七は己の無精髭を指さした。今から勝元と会うのだ。そんな堅苦しい場所に同席などしたくなかった。

「当たり前だ。お前は、わしの一族だろうが」

充正の声に、藤七は無精髭に覆われた唇を露骨にねじ曲げてみせる。藤七と充正は同じ母から生まれた。が、胤がちがう。母は池田充正の父親の室で、まず充正を産んだ。その後、旅の僧侶と不義をなして藤七を産んだ。当初は隠せたが、藤七が少年の歳になってばれた。藤七が、父であるはずの池田家の当主に似ていなかったからだ。どころか、かつて池田家に寄寓した旅の僧侶と生き写しに成長してしまった。母は藤七とともに追放され、後に身分の低い殿原の妻になった。藤七は姓を問われれば一応、高野と名乗る。母が後妻に入った殿原の苗字である。

「種は違ってても畑は同じだ。ひねくれるのはお前の勝手だが、池田一族の矜持を持て」

池田の血は入ってねえよ、と思ったが口にするのは面倒なので黙っていた。充正の後について邸へと入っていく。広い板間に床机をすえ、ひとりの武人が座していた。きっと、細川〝京兆〟勝元だろう。数え三十八歳。口元と顎先に形のいい髭を蓄えている。

「池田筑後守、着到しました」今度は、充正自身が名乗った。

「うむ、千人もの大軍で来たそうだな。ご苦労」

何かの書物を読んでいるのか、目を向けることなく細川勝元は挨拶を返す。

「実は、ご相談したいことがあります。お人払いをお願いしてよいでしょうか」

勝元が目を上げた。充正だけでなく、藤七にも値踏みするような目差しを向ける。

「内密の話なら、庭へ行こう。ただし、従者はひとり連れていく」

勝元が目で促すと、屈強の武者がひとり立ち上がった。

「わかりました。こちらもひとりよろしいか」

「構わんよ」勝元はすでに立ち上がっている。

「藤七、来い」全く気が乗らないが仕方がない。見晴らしのいい庭には、中央に池があった。池の畔に誘われる。

「さて、用件はなんだ」

「実は、時期を見て敵方に寝返ろうかと思うのです」

従者は驚いていたが、勝元の表情には一切の変化がなかった。

「それは、この京兆を見限るということか」

「まさか」と、充正が両手を上げて戯けてみせた。

「今からこの池田めの意図をご説明申し上げます。細川家や京極家、武田家などのお味方衆だけでなく、敵方の山名、一色、土岐も軍勢を都に集めております。にもかかわらず、周防国の大内家が動いていない」

大内家は周防など四ヶ国の守護だ。日明貿易や瀬戸内海の交易で、莫大な富を築いた。同じく日明貿易と瀬戸内海の交易を手がける細川家とは、激しい政争を繰り広げている。こたびの騒動も、間違いなく敵に回るはずだ。

「大内は領国を発った。そう報せがきた。六日ほど前のことだ。が、動きが遅い。都の戦況次第では、引き返す肚だろう」

「京兆様、本当にそうお思いで」充正が勝元の顔を覗きこむ。

「無論、戦況を見極める意図もあるでしょう。けど、もっと大きな理由があります。それは海を渡った遣明船です。船が戻ってくるまで、大内の奴は領国を離れたくないはずです」

「なぜ、そう思う」

「こたび、大内周防介(すおうのすけ)が陣触れを出したことまではわしも知っています。その時、耳に挟みました。周防介め、水牛も一緒に連れていきたいといったそうです」

「水牛」と、思わず藤七が訊(き)き返してしまった。

「明国にいる獣だ」教えてくれたのは、細川勝元だった。「虎(とら)や象のようなものだ。大内家の先代が、明国の高官からつがいの水牛を贈られたと聞いている。池田よ、それがどうしたのだ」

藤七は言葉をかけてくれた礼を言上せねばならぬが、勝元はそれさえも惜しいようだ。

「周防介は、数え二十二歳だそうですな。若造の考えそうなこと。さすがに家臣らの反対があり、水牛を帯同させるのは諦(あきら)めたと聞きます。が、この話を聞いた時、似ているなって思ったんです。ああ、似ているってのは私めにです」

充正が自身を指さした。

「私めがどうして、こんな趣味の悪いなりをしていると思います」

腕輪や首飾りを鳴らす。

「それは、宝を肌身から離したくないからです。池田の城に置いて誰かに盗まれたら、と思うと気が気じゃない。水牛を持っていきたいって周防介がいったのは、きっと同じ気持ちですよ。宝を領国に置いていくのが不安なんです」

勝元は無言で顎鬚を撫でる。

「そして、さっきのお話だと、周防介は領国を発った。にもかかわらず、のろのろとしか行軍していない。なぜか。お宝から離れたくないからです」

「そんなに水牛が惜しいのか」

「いいえ、ちがいます。無論、水牛も軍に帯同させたいほど大事です。が、それ以上に大事なお宝がある。正確にいうと、遣明船がお宝を領国に持って帰るのを待っているんです」

顎を撫でていた勝元の手が急に止まった。確か、三隻の遣明船が明国へと旅立った。三年前の寛正五年（一四六四）のことだ。まだ、日ノ本には戻っていない。明国皇帝拝謁の順番待ちや航海の風待ちで、帰国の日取りはわからない。早ければ、来年には明国を出立するだろうと藤七は聞いていた。

「確かに、遣明船は莫大な富を生む」

「富じゃない。もっと根っこのお宝です。ああ、なんていいやいいのかな」珍しく充正が困惑している。一方の勝元は無言だ。いや、顎鬚を触る手がさっきから全く動いていない。

「本字壹號です」

極限まで落とした声で充正がいった。

勝元の従者は聞き取れなかったのか、首を傾げた。

「細川家との争いを考えると、周防介めはすぐにでも上洛して山名に加勢したいはず。が、していない。なぜか。本字壹號の宝です。遣明船が本字壹號を持って帰るのを待っている。遣明船は大内領の博多にまず寄港するはず。そこで本字壹號の宝を、周防介はこの目にして確かめたい。できるなら、大切な本字壹號と一緒に、領国を離れたい。幸いにも、水牛ほどはかさばらない。だが、本字壹號がこないために、京への進軍を止めざるを――」

腕を上げて、勝元が充正の言葉を制した。

本字壹號が何なのか、藤七にはさっぱりわからない。

「それで、お主が敵に寝返ることと何の関係がある」

「大内家が上洛するなら、間違いなく摂津国の私の領国を通ります。そして、池田の城を攻め落として都へ向かうでしょう。そこで、この守銭奴の私は手塩にかけた池田城惜しさに大内周防介に寝返るのです」

「つまり、そういう芝居をするということか」

「そうです。狙いは――」

「名前はもう出すな。これからは宝とでも呼べ」本字壹號と呼ぶな、と勝元が釘をさす。

「はい、その宝を大内めから奪うためです」

「大内家に寝返ったふりをして宝を探し奪う、というわけか」

勝元の唇に微笑が浮かぶ。

「さすが、富貴無双の池田だ。よくぞ、宝のことに気づいた。いいだろう。大内家への偽りの投降を許す」

「ありがとうございます。つきましてはお願いがあります。大内が確かに宝を手にするためにも、こたびは睨みあいを続けて欲しいのです。もし都の戦局が風雲急を告げれば、さすがの大内めも宝を待たずに上洛してくるはずです」

「なるほど、宝が大内の陣中にないのに偽降するのは少々大変だな」

「はい、能うならば偽降の期間は短くしたくあります。裏切っている間は、京兆様に矛を向けることもありましょう。本来の味方と傷つけあうのは莫迦らしい」

「宝が大内めの手元に間違いなく来るまで、自重しておこう。戦はせぬ」

「そ、それはいかがなものかと」思わずという具合に、護衛の武者が口を挟む。

「先日の御霊合戦で、我らは左衛門督様を見捨てました。この汚名をすぐにでも雪がねば、武門の名折れ。自重など、できるはずもありません」

充正が顔をしかめた。富を愛するこの男は、武者の気持ちが理解できないのだ。

「控えろ。お主は護衛ぞ」勝元の返答は素っ気ない。悔しげに一礼して、武者は一歩下がった。

「汚名を雪ぐ機が長引くのは確かに堪えがたい。が、大内めの持つ宝はそれだけの価値がある。合戦とは手段にしかすぎん。この乱に勝っても宝を奪われれば、それは細川家の滅亡にも等しい」

滅亡という言葉に、藤七は驚いた。本字壹號とは、そこまでの宝なのか。

「ありがとうございます。では、粛々と事を進めます」

「池田よ、ひとつだけ忠告しておこう」

「なんでございましょうか」

「西軍に降ったら、決して贈り物の費えはけちるなよ」

「私めの今までの贈り物が、けちっていたように聞こえますが」

「昨年、贈ってもらった鯉だ」

勝元が鯉料理をこよなく愛するのは、誰しもが知ることだ。充正も歓心を買うために、鯉を贈ったのだろう。

「お主は贈った鯉を淀の産と申したが、あれは違う。椀物にすると汁が濁った。淀の鯉は名物だ。汁は決して濁らない。大方、河内の産の鯉だな。脂ののりが悪かった」

図星なのだろう、充正の肩がわずかに震えている。

「敵の懐に入るのがお主の仕事だ。くれぐれも贈答には気をつけろ。あのような鯉では、敵将の心を射ることはできぬ」

二

路地の一服一銭は、大勢の人で賑わっていた。当初は閑古鳥が鳴いていたが、評判が広まり繁盛するようになったのだ。巨軀の千は忙しげに茶を点てている。一若と一花も給仕をするのに目が回りそうだ。唯一、暇そうにしているのは、用心棒の役回りの駒太郎だ。

「おい、欠伸してねえで少しは手伝え」

一若が駒太郎をこづく。

「おれは用心棒だろう」

「茶の支度が遅いと評判が落ちる。店の評判を守るのも用心棒の仕事だ。今すぐ、手伝え」

「けど、さっきから物陰からこちらを窺う奴がいるぜ」

あごをしゃくり、駒太郎は目差しを誘う。

「どうだ。一応、用心棒らしい仕事もしてんだ」

一若の場所からは陰になって見えない。やがて、客がまばらになってきた。隠れていた人物が姿を現す。一若の表情が思わず強張る。

「やあ、一若、久しぶりだね。茶を一杯くれるかい」

やってきたのは、焚だった。が、様子が奇妙だ。顔色が悪い。もともと色は白かったが、今は幽鬼のようだ。肉がずいぶんと削げて、病み上がりのような雰囲気を漂わせている。そのせいだろうか、別人のような不思議な色香をたたえていた。

「ああ、焚様、お久しぶりです」

呑気な声をあげたのは千だ。千は焚のことを知っているのか。

「何をしにきた」

これ以上、近寄らせないために声に殺気をこめた。

「客に対して随分な口のききようだね」

微笑する焚の口元には、拭いきれぬ陰がこびりついていた。

「けど、よかったよ。いきなり斬りかかられたらどうしようかと思っていたんだ」

「お前は何万回斬っても足りねえ。そうしないのは、しても意味がないからだ。体を鱠に切り刻んで銭に変わるなら、とっくにしている」

一若の様子に気づいたのか、千と一花が身を硬くしている。駒太郎は、すぐ横に控えて刀を油断なく握っていた。

「まだ、三千貫稼ぐのを諦めていないのかい」

諦めるわけがないだろう、と心中だけで返答する。

「一若が戻りたいっていった堺だけど、地下請けのために相国寺にいくら払っているか知っているかい。年に七百四十貫だよ。南荘だけだけどね。一若は堺の半分の民が払う四年分の銭を稼がないと駄目だ。一服一銭なんてやってる場合じゃない。まあ、私は千殿の点てる茶は嫌いじゃないけど」

「千、こいつのこと知っているのか」一若は、目を熒に向けたまま訊く。

「あ、ああ、小栗宗湛様の闘茶の会で……」

風呂で寛いだあの会に、熒も来ていたのか。

「三千貫、どうやって稼ぐ気だい。よしんば稼いだとして、どうやって運ぶ。とても重いよ。そこで助言だ。本字壹號という宝を奪うんだ。本字壹號は重さなんて無きに等しい。ひとつが紙一枚程度の重さだ。だけでなく、ひとつが三千貫以上の価値がある。どうだい。盗むのも運ぶのもとても楽そうじゃないかい」

しばらく一若は無言だった。

「その本字……なんとかってのは誰が持っているんだ」

沈黙を破ったのは、横に控える駒太郎だった。

「今はまだ海の上か、あるいは明国か。遣明船が持って帰ってくるはずさ」

「遣明船だと。なぜ、お前がそんなことを知っている」

「小栗宗湛様たちから、それとなく聞き出したからだよ。遣明船は大内家と細川家が船を出したけど、どうも本字壹號は大内家が手中にしたらしい」

熒がまた唇を歪めて笑った。小栗宗湛は将軍家の宝物蔵を管理している。当然、その宝物の中には明国からの交易で得たものも多くある。

「本字壹號――これからは宝と呼ぶよ。ちょっと口に出すのははばかってほしい。余人に聞かれたくないからね。その宝を大内家から掠め取る手伝いをしてあげるよ」

「お前を信じろというのか」

「宝があれば、堺の衆は間違いなく一若を赦すよ。だけでなく、その功績で寄合衆にも抜擢されるだろう。遣明船の利権をたやすく買えるからね。さっきもいったけど、三千貫をどうやって運ぶつもりだい。金や銀に換えるのもいいけど、足がつかぬようにできるかな。けど、私のいった宝なら紙にすれば百枚程度の重さで、かさばらない」

「けど、その宝はまだ海の向こうなんだろう」

「だね。遣明船が沈まないことを祈るしかない」

「それまで待つのか。何より大内家の領国にいって盗むのか」

「土地勘も人脈もない周防国で、宝を盗むのは難しい。だから、大内をこの都に引っ張りだす。そうすれば、宝が海を渡ってきた時、きっと都へと運ばれるはずだ。聞くところによると、大内家の当主の周防介はまだ若い。二年前に家督を継いだばかりだ。領国に宝を置いたままにできるほど、留守の家臣たちを信用していない」

「どうやって大内を引っ張りだす」

「そのために、まず牙旗を盗んでほしい」

「がき、だと。一若よ、あんたのお友達は下々の我らにわからないお言葉が好きなようだ」

駒太郎が凄みつつ、前へと出ようとする。

「牙の旗と書く。征夷大将軍の旗だよ。その旗を持つ者は、将軍の帥を率いる。その旗を持つ軍と戦うのは、日ノ本を敵に回すに等しい、そんな意味を持つ旗さ」

三

花の御所の門の前で、藤七は待っていた。一年前に御所に琉球使節が訪れ、この門の前で南蛮の楽器を奏でたという。恐ろしい大音響で、まるで霹靂が生じたかのようだったと話題になった。

そんな御所の正門――四足門の向かいにあるのは守護大名一色家の邸だ。紆余曲折があり、今は御所の主人の将軍義政は細川勝元についている。その向かいの一色義直は、山名宗全に与している。道一本だけを隔てて敵と味方が接しているのだ。

四足門の巨大な扉が軋む。現れたのは八尺（約二百四十センチメートル）にも及ぶ巨人だった。伊豆大人の異名をとる、武田〝伊豆守〟信賢だ。若狭国の守護大名で、細川勝元に味方するひとりだ。一色家の門を守っていた番兵たちが身構える。武田信賢が、殺気漂う笑みを向けた。

一色家と武田家は仇敵の間柄だ。発端は二十七年前の永享十二年（一四四〇）、籤引将軍と呼ばれた将軍義教から、武田家の当主は一色家当主の誅殺を命じられたのだ。武田家の当主は、今目の前にいる巨人の父親の武田信繁だったが、大和国の戦陣の中で一色家当主を暗殺。褒美として一色家の領国のひとつ若狭国をもらい、それを自分の息子の武田信賢に任せた。一方の一色家も、領国こそ少なくなったが新当主をたてての存続が許された。代替わりなどがあり、現当主の一色義直は暗殺された当主の息子である。

　一色家にとって武田信賢は父を暗殺した一族であり、武田家にとって一色義直は若狭国を奪わんとする敵だった。

　大路に、嫌でも緊張が満ちる。たっぷりと敵意と殺意をやりとりさせた後に、武田信賢は去っていく。次に門から出てきたのは、池田充正だった。

「いやあ、まいったぜ」首飾りを鳴らしつつ、藤七に近づいてきた。先ほどまで、御所の中で細川勝元やそれに与力する武田信賢らの諸将が集まり軍議を開いていたのだ。充正もその末席に侍っていた。

「どうだった」充正との密約で、勝元は大きな戦は起こさないと決めている。が、それはふたりだけの肚の内だ。武田信賢らの知るところではない。

「強硬論に押された。まあ、当たり前だな。ここで攻めずにいつやるんだって話だ」

「おいおい、じゃあ大きな合戦になれば大内がくるぞ。宝はどうするんだ」

大内政弘をまだ上洛させたくない。そうなれば、すぐに充正は裏切らねばならない。まだ明国にある本字壹號なる宝を奪うまで、充正は味方と戦い続けることになる。

「京兆様がぎりぎりの線で踏ん張ってくださった。一色邸を襲うが、それ以上は攻めない。一色邸は、山名方からも極端に突出している。命掛けで守ることはしない」

「そんな危うい場所にある邸に、なぜ一色は今も居座る。さっさと捨てればいいのに」

今年の一月に起こった御霊合戦では、畠山政長は邸を焼き上御霊神社に布陣した。地の利を得るには、死地にある邸は捨てるのが定石だ。

「それは無理な話だ。一色家は旗奉行だからな。旗奉行が、御所の四足門から離れるなんて、そんな前例は聞いたことがない」

「旗奉行って、牙旗のことか」

「そうだ。尊氏公から続く、由緒正しいぼろぼろの旗だ。武家にとっての三種の神器に等しい」

それゆえにこそ、一色邸を攻めることに諸将はこだわったという。将軍は勝元の味方だが、肝心の牙旗が敵の手にある。三種の神器のない皇室が正統性を著しく喪ったように、牙旗のない幕府は砂上の楼閣だ。

「莫迦莫迦しい。旗のために戦うのか」

「旗がなけりゃ、征夷大将軍の体裁が保てないとお考えだ。そういわれれば、京兆様も認めざるをえない。逆にいえば、牙旗さえ手に入れば大きな戦にはならない。一色も、内心では今の邸を手放したがっているからな」

歩きつつ、途中で幾度も公家の家を通りすぎた。どこも祈りの声が喧しい。こたびの政変が大乱にならぬよう祈っているのだ。吉田兼倶という公家などは、邸に籠もりっきりの祈禱で一向に出仕していない。が、それを誰も咎めない。帝や上皇などは、寝食を忘れた祈禱に称賛を惜しまないほどだという。

「ああ、そうだ。支度は進んでいるんだろうな」

「なんだよ、支度って」藤七が問い返すと、不機嫌な顔で充正が振り向いた。

「何って、大内家に偽降した時の支度だ。お前が動くんだ。当たり前だろう。わしは西軍諸将との付き合いがある。動けるわけがない。そんなこともわからないのか」

「そ、そんな話聞いてないぞ」

「お前は脳なしか。お前みたいな蓬髪頭の無精髭面を、京兆様との密談に連れていったのは何でだと思っている。こたびの謀を聞かせるためだ。お前ほど動きやすい部下はいない。別に細川の被官とも面識はない」

そう言われれば、藤七ほどの適任者はいないかもしれない。

「にしたって、おれがどうして伏士（間諜）の真似事をしないといけないんだ」

「真似事じゃねえ。伏士になるんだよ。いっぱしの武士面する気か。池田家は銭でのし上がった一族だ。そのことを忘れるんじゃねえ」

四

内野(うちの)は、都の西に隣する広大な荒野だ。かつて、大内裏と呼ばれる帝の宮廷があった。その面影として、朽ちた土壁の残骸(ざんがい)が点々とある。ところどころに石の床があり、かつてここで朝議が行われていたのだとわかる。古井戸や氷室などの地下室があるのだろうか、孔(あな)があいた地面も少なくない。

そんな内野にある寝ぐらで、一若は静かに両刃(もろは)の剣を研いでいた。心も研ぎ澄ます。

「一若、いるかい」入り口の方から、熒の声が聞こえてきた。奇妙だと思った。声に焦りがにじんでいる。剣を鞘(さや)に納める。筵(むしろ)と倒木でできた寝ぐらから這(は)いでると、稚児髷(ちごまげ)を結った熒が立っていた。

「今から一色邸へ忍びこもう」

熒の顔が上気している。走ってきたのか。

「どうしてだ。決行は三日後だろう」

「まずいことになった。武田伊豆守が動きだした。一色邸を攻めるつもりだ。攻め落とされたら厄介だ。牙旗を奪われて細川方に持っていかれると、盗みだす謀を一から練り直さないといけないない」

「くそっ、わかった。一花、用意したものを持ってきてくれ」

一若は立ち上がり、下肢に草摺をつけ、帷子がわりに碧地に金雲を配した裲襠を右肩から腰にかけて巻きつけた。頭には、割れた舞楽面をかぶる。丸い目と大きな鼻をもつ異相は、北斉の蘭陵王を模したものだ。

「一若兄、地図はいる」

一花が、縄や水の入った水筒を急いで持ってきた。

「いらねえ。頭に入っている」

焚に先導され、一若と駒太郎、千が路地を走る。時折、屋根ごしに武田信賢方らしき軍勢の旗指物が見えた。一色邸にはすぐについた。花の御所に面する表門とは反対の裏手だ。

「あの分だと四半刻（約三十分）もしないうちに武田が攻める。一色勢は長くは抵抗できないはずだ」

「わかっているよ。さっさと持ち場にいけ」

焚には逃走の準備を任せている。千に目をやった。腰を落とした千は、一色邸の土塀に背をあずけた。組んだ千の両手の上に足をかけると、小さな気合の声とともに土塀を一気に乗りこえる。続いて、駒太郎も落ちてきた。土塀を叩く音がふたつした。内野で待つ一花のもとに戻るという符丁だ。一若は走る。具足はつけていないので、足音はほとんどしない。

邸の中はざわついていた。武田信賢の動きに対応しようと必死なのだ。

「見えたぞ。あの蔵だ」駒太郎が小さく叫ぶ。かぎ爪のついた縄を屋根に放り投げた。一若がしがみつき、するすると登っていく。駒太郎も後につづいた。

屋根の上からは、一色邸の周りを囲む武田勢の旗や薙刀が見えた。

「今のうちだな」一若は瓦を剥がす。土一揆で学んだことがある。蔵は壁を破るのも扉を壊すのもひどく大変だ。が、屋根板は壁ほどは厚くない。一花が手配した釘抜きで慎重に板を剥がすと、簡単に穴が空いた。縄を下ろし、一気に降りていく。

「牙旗ってのはどこにあるんだ」

駒太郎が目を細めた。熒がいうには縦に長い緋色の旗で、天照大明神と金字の刺繡がしてあるという。蔵には物は多くない。神域のような広ささえ感じた。本殿がありそうなところに、大きな筐がある。

「こいつだな」と、一若が指さした。

「なんだ、呆気ねえな」

硬く錠はされているが、幸いにも木造りだ。

「敵襲だぁ」

一際大きな声が聞こえてきた。とうとう、武田信賢が攻めてきたのだ。噂では伊豆大人の異名をとるほどの大男らしい。包囲するにはまだ時間がかかるとふんでいたが、誤算だった。持ってきた槌(つち)と鑿(のみ)で、筐を壊す。穴があいた。長い布が折り畳まれている。片手を突っ込み、乱暴に引き出した。かなり昔のものなのか、旗の緋色はくすんでいる。金の刺繍で文字が象(かたど)られていた。字は読めないが、この形を忘れるはずがない。落書裁きで起請(きしょう)文(もん)に書かれる神々の筆頭にいつもある。天照大明神だ。

「守れ、門を守れ」

「武田ごときに屈しては、一色家の名折れだぞ」

旗を乱暴に腰に結びつけて、一若は天井から垂らした縄につかまり必死に登る。這い出る時に、穴にひっかかり牙旗が少し引きちぎられた。

するすると縄を伝い、地面に降りた。つづいて、駒太郎も落ちるように着地する。大きな音がした。目をやると、一色家の門扉がひしゃげている。巨大な丸太をぶつけて、粉砕しようとしているのだ。塀にも、梯子(はしご)がいくつもかかろうとしていた。

「おい、曲者(くせもの)だぞ」

叫び声がした。とうとう一色邸の武者たちに見つかってしまったのだ。手槍(てやり)を持った男たちが十人ほど駆けよってくる。

「任せろ」と発したのは、駒太郎だ。

「賊だ。きっと武田の手の者だ」「捕まえろ」

鞘走る音がした。駒太郎が抜刀したのだ。腰に帯びていた三日月を思わせる刃が露(あら)わになる。剣光が閃（ひらめ）き、駒太郎の刀が闇（やみ）を裂いた。悲鳴がして、武者たちが転がる。皆、足から血を流していた。

「おのれ、足を狙うか」

「卑怯者（ひきょうもの）め」

薙刀を繰り出すが、身を低くして走る駒太郎にはかすりさえしない。すれ違い様に、足の腱（けん）を斬られ血と悲鳴を撒（ま）き散らす。十人ほどが一気に囲もうとするが、地を這う駒太郎の刀にたちまち何人もが大地に転がる。

「駒太郎、さっさと逃げるぞ」

「まだ、斬り足りねえよ」返り血を浴びた駒太郎が爛々（らんらん）とした目で答える。

「莫迦、武田勢も来ている。邸が完全に包囲されたら逃げらんなくなるだろ」

不承不承の体で、駒太郎がついてくる。

「門が破られたぞ」「武田め、蔵を狙っている」

首をひねると、蔵の手前で武田勢と一色勢が押し合っていた。蔵の扉が破られていないので、牙旗はまだ中にあると両軍ともに信じているようだ。

塀際の木が見えてきた。焚が逃げる手筈（てはず）を整えているといっていた。

「ない。ないぞ」「牙旗がない」

どうやら、蔵が破られたようだ。

「みろ、怪しい奴らがいるぞ」

「腰に何か巻きつけている」

「牙旗だ。牙旗にちがいない」

見つかってしまった。木にしがみついて登る。巻きつけた旗が邪魔でうまくいかない。

長い刀を持つ駒太郎も同様だった。

「馬を回せ。騎馬武者を走らせろ。東南の塀から逃げるぞ」

やっと、塀の上へとついた。「うっ」と唸る。路地の奥から数騎が凄まじい勢いで駆けてくる。

「くそう。誰も待っていやしねえ」一若は塀の上の瓦を蹴りつける。

「やるだけだ。馬には乗っているが数は三人」駒太郎が目の光を強める。

「一若ぁ」焚の声が響いた。迫る騎馬たちからだ。

「あれは――」

こちらに猛然と迫ってくるのは、武者ではない。皆、長い髪を翻している。女騎だ。先頭にいるのは、土一揆であったことがある女騎――確か真板といったか。

「飛び乗れ、止まっている暇はない」

見ると、さらに後ろからは甲冑を着た武者たちが迫っていた。みな馬に乗っている。

「くあ」と意味不明な叫びとともに、まずは駒太郎が飛んだ。女騎が操る馬の鞍にしがみつく。

真板がこちらに向かってくる。飛んだ。腹に衝撃が走った。鞍に飛び移れたのだ。

「しがみついてな。鞍に尻を落ち着けてる暇はない」

真板の声が響く。殺気がぐんぐんと近づいてくるのがわかった。敵の馬蹄の響きがやけに近く聞こえる。

「数は」と前を見たまま、真板が問う。

「三騎だ。すこし離れて十数騎」

突然、真板の乗る馬が速さを落とす。道の左へと寄る。弓を手にとった。

「莫迦、捕まる気か。弓で戦うなら、道の右側へ寄せろ」

一若が怒鳴りつけた。弓は左で持ち、矢を右で番える。右後方には体をひねれない。左に寄った今、真板は矢を放つ術がない。武者たちが、その隙を見逃すはずがなかった。

「二度は言わないから、よく覚えておきな」

真板は右手で弓を持った。矢羽を左手で握る。常とはちがう手で弓矢を構えた真板が、右後方へと矢をむけた。

「女騎の真板様は、両利きだ。あたしの贔屓で知らない奴はいないよ」

騎馬武者の顔が驚愕で歪んだ。そのど真ん中に矢が吸い込まれる。間髪をいれずに二矢を放ち、すぐ後ろに追いすがっていた武者の喉と眉間を貫いた。乗り手を失った馬が均衡を崩し、道を塞ぐようにして倒れる。

「すげえ、真板」

「なんだい、あんた、あたしの名前を知っているのかい」

「知っているのかじゃねえ。おれだ。一若だ、土一揆の」

鞍にしがみついた状態で、首から下げた一揆株を取り出すのはひどく苦労した。

「なんだ、あの時の土一揆の童じゃないか」

「見ろ。一揆株だ」

「へえ、大したもんだ」

「大したもんだ、じゃねえ。約束を果たせ」

「約束」こちらを振り向かずに、真板は首を傾げた。

「そうだ。一揆株を取ったら、おれを男にしてくれるって」

「そんなこといったっけ。ねえ、月鼓、覚えてるかい」

真板が馬に語りかけた時だった。馬が急に止まる。反動をつかって、後ろ脚を凄まじい勢いで撥ね上げた。馬の鞍から、一若が弾き飛ばされる。

笑い声が響く。馬上で真板が笑んでいる。

「残念だったね。あたしの相棒がいうには、あんたじゃ力不足だってさ」

鞍から体をずらして、地面から拾ったのは牙旗だ。いつのまにか、一若の腰からほどけていた。

「精進しな。月鼓に認められたら、なんでも望みのことをしてやるさ」

真板は、牙旗を肩に巻きつけた。そうすると、まるで異国の戦士のような佇まいだ。見惚れる一若に構わず、真板は馬腹を蹴って離れていく。

「おい、待て、どこへいくんだ」

「月鼓の尻には乗せてやれないよ。もう追手はこない。自分の足で戻りな」

五

摂津国にある池田城では、何かの館でも普請しているのか槌を振るう音があちこちで聞こえていた。藤七は城の中のしつらえに呆れかえるしかない。襖には美しい絵が描かれ、天井は漆塗りの格天井だ。釘隠しの金具さえ、細かい意匠と分厚い金箔がほどこされている。

「皮肉なのは――」

藤七はそっと上座を見た。主人が座すべき位置に、池田充正がいないことだ。龍虎の屏風絵の前で鎮座するのは、二十代前半の武者である。ふくよかな顔相は、この男の育ちの良さを物語っている。

「大内周防介様におかれましては、ご機嫌斜めならぬご様子、この筑後守充正、池田城にお迎えできたこと心より嬉(うれ)しく思います」

若武者の前で、蛙(かえる)のように平伏する池田充正がいた。

大内〝周防介〟政弘――周防など西国四ヶ国の守護大名である。

とうとう三万もの大軍を率いて、上洛の途についたのだ。

三月ほど前、東軍の細川勝元が武田信賢らに命じて、御所前にある一色義直邸に攻勢をかけた。予想通り、一色義直は呆気なく邸を捨てた。が、ここで思わぬ事態が起こる。蔵にあるはずの牙旗がなかったのだ。当初は一色義直が持ち去ったと思われていた。しかし、そうではないとわかった。

武田信賢が一色邸を攻め落としたのは夜明け前だが、その日の昼のうちに京のあちこちで牙旗を見たという報せがやってきた。覆面をした騎馬の一団が牙旗を翻し、町を疾駆しているという。山名方、細川方は殺気立った。牙旗を確保するために、軍勢を動かす。一色邸を攻めた武田信賢だけではない。細川勢、赤松(あかまつ)勢、京極勢、斯波義敏(しばよしとし)も動いた。山名宗全も土岐成頼(なりより)や斯波義廉(よしかど)、畠山義就らを動かした。軍勢同士はあちこちで衝突し、小競(こぜ)り合(あ)いは激しい合戦に発展した。守護の邸や大寺院などから次々と火の手が上がる。各所で刀と薙刀が打ち合わされ、矢が飛び交った。結果、一条(いちじょう)戻り橋が架(か)かる堀川(ほりかわ)は、両軍の死者でたちまち水面が見えなくなったほどだ。

二日もの間、戦いは続いた。勝敗はつかなかった。細川勝元率いる東軍がやや有利といったところか。が、勝元にとっては完全なる悪手となってしまった。なぜなら、京の戦局が変化したからだ。これをうけて、大内政弘が三万もの軍勢を一気に東進させた。まだ本字壹號は日ノ本にさえ到着していないというのに、だ。

結果、池田充正は大内政弘に偽降する時期を大幅に前倒しせざるを得なくなった。慌てて京を離れ摂津国に戻り、今、二十二歳の若造の膝下にひれ伏している。

「筑後守といったか、よい趣味よのう」

大内政弘が部屋の調度の数々を目で愛でた。

「有り難きお言葉。ですが、唐物の秘宝の数々を持つ周防介様には遠く及びませぬ」

「ほお、わしの宝物のことを知っているのか」

「はい。特に明国の水牛は、麒麟のごとき神獣と聞きおよびます」

政弘の顔が曇ったように見えた。

「その水牛よ。哀しいことに領国に置いてこざるをえなかった」

「私めも美と珍を愛でます。目の届くところに水牛がおらぬとなれば、周防介様のご心配のほど計りきれぬと案じておるところです」

「さすがに、戦場に水牛は相応しくないと家老どもが反対してな」

壁際に列座する大内家の家臣たちに政弘は目をやった。

「この池田、新参なれど周防介様の身を案じるご家老様のお気持ちもよくわかります」

よくも、心にもないことをすらすらと述べられるものだと、末席に侍る藤七は感心する。

「ひとつお願いがあります。恐れ多いことですが、言上してよろしいでしょうか」

政弘が家老たちに目をやって判断を乞うた。家老が静かに肯くのを見て「申せ」と短く答える。

「有り体にいえば、この池田め、褒美が欲しくあります」

「当然だ。こたび、筑後殿が我が軍の進路を空けた功績は大きい」

いったのは家老のひとりだった。

「ならば、珍品美宝を愛するひとりとして、派遣しておられます遣明船から唐物のお宝を下賜してほしくあります」

藤七の体が自然と硬くなる。充正は鎌をかけているのだ。今、遣明船がどの辺りにいるのか。もう明国を出発しているのか、いないのか。博多への到着はいつごろになるのか。あるいは、本字壹號なる宝はどこにあるのか。

「おお、お主も唐物が好きなのか」政弘の顔が笑みで輝く。

「はい、周防介様には遠く及ばねど。渡来品を愛でる心は摂州一と自負しております」

間違いではない。だが、充正が唐物を愛しているのは莫大な銭に化けることが理由だ。

「よいだろう。が、まだ遣明船は帰港していない。戻れば、相応の宝をお主に渡そう。働き次第によっては、そう京兆の首を持ってくれれば、水牛を下賜してもよいぞ」

軽口が過ぎたのか家老が「殿」と諫める。一方の充正は「まことですか」と大げさに感激している。

やれやれ、と末席に座す藤七は息を吐き出した。まだ、遣明船は帰港していない。なれば、相当にこの偽降は長くなる。案外に、京で応仁の乱と呼ばれつつあるこたびの騒動が終わる方が早いかもしれない。

六

京の市街では、あちこちで炎と煙がくすぶっていた。その様子は、牛車の中にいる熒からもよくわかった。

情勢は目まぐるしく変わっている。細川勝元らは、牙旗をめぐる一条大宮の戦いを有利に進めた。牙旗こそ得ることはできなかったが、将軍義政は山名宗全追討の決意を固め、その総大将に自分の弟である足利義視を据えたのだ。

牛車が激しく揺れ、熒は顔をしかめた。下腹部に鈍い痛みが走る。宮刑で受けた傷だが、先日、真板らの馬に乗ったせいか少し開いたようだ。腹に手をやり、痛みをやりすごす。

「これ、もっと穏やかに進め」

牛車の中から叱責したのは、熒と同乗する日尊だ。

「も、申し訳ありませぬ。あちこちに、土や石が散らばっておりますので」

恐縮する声が聞こえてきた。一条大宮の戦いの後、山名細川両勢ともに邸の堀を深くすることに躍起になっている。土や石が散らばっているのは、堀をほったためだ。そして布陣の位置から山名方は自身を西方——西軍と号し、自然と細川方は東方や東軍と呼ばれている。

また牛車が動きだしたが、揺れはひどくなるばかりだ。熒はかすかに顔をしかめる。宮刑の傷がまたうずいた。

花の御所が見えてきた。四足門があり、緋色の旗がはためいている。天照大明神の金文字の刺繍が見えた。牙旗だ。一若らが盗み出したものではない。それはまだ熒らの手中にある。義政らは行方(ゆくえ)知れずとなった牙旗を諦め、新しく作りなおした。そして、宗全追討の大将である今出川(いまでがわ)殿こと足利義視に渡した。東軍の総大将である勝元に牙旗を下賜しなかったのは、これ以上家臣である守護大名が増長しないよう抑えるためだろう。

「新しい牙旗は美しくございますな」尊氏の代から続く本物は、あちこちが傷(いた)んでいた。

「ふん、所詮(しょせん)は偽物よ。いかに美しかろうと、本物に足る力はない。事実、今は西軍が優勢ではないか。とはいえ、良くも悪くも戦は膠着(こうちゃく)しているようだ。これも公家や神官らの必死の祈禱の賜物(たまもの)よ」

一条大宮の戦いを有利にしたにもかかわらず、東軍は劣勢に陥っている。新しい牙旗をはためかせたことが裏目に出たのだろうか、逆に山名宗全を中心に西軍が鉄の結束で威圧を加え、東軍を京の東北に追い詰めた。が、大きな衝突はない。西軍が挑発でたまに矢を射掛ける程度だ。

「いずれ、両軍の兵糧も尽きるであろう。和平の道は近い。兵火が広がらなければ、これ以上、穢れが世に満ちることもあるまい」

日尊が忌々しげにつづける。

「莫迦な武士どもが都を戦場にしたせいで、血と死の穢れが朝廷を冒してしまったわ。何のために我らが武家に矛と政を与えたと思っている。兵事から遠ざかるためだ。穢れた身では祭りごとは行えぬ。ゆえに武士どもに政を任せたのだぞ」

音の響きの違いから、祭りごとと政といったのだとわかった。

日尊は、武士が台頭したのではないという。朝廷や皇族が穢れから身を守るために、平氏や源氏に汚れ仕事を任せたのだと考えている。

「穢れた身で、祭りごとを行えばどうなると思う」

「祭りごととは、祈禱などの祭祀のことでございましょうか」

「まあ、大方、そういうものだと思えばよい」

「やはり、世が乱れるのではないでしょうか」

「ふん、稚児風情の見識ではそれが限界か。いいか、穢れた身で祭りごとを行えば、日月の運行が乱れるのだ」

「日月の運行でございますか」

「そうだ。日月が東から西へ正しく動くのは、全て朝廷の祭りごとのおかげよ。北朝だけではないぞ。吉野の山奥に逼塞する南朝も、毎日の祭りごとは欠かさぬという。穢れなき身で祭りごとを行うからこそ、日月は東から西へ行く。もし、これを怠れば……」

日月は西から東へと運行する――そう日尊は信じている。それに比べれば、今の兵乱などは小さな災いに過ぎないといっている。

「陰陽師がいうには、熒惑星が惑っているそうだ。例年以上にだ。日月の運行に乱れが生じる兆しにちがいあるまい」

また道が荒くなったのか、牛車が激しく揺れた。熒は奥歯に力をこめて下腹の痛みに耐えた。

「哀しきことだが、因果をたどれば後醍醐天皇へといきつく」

約百三十年前、足利尊氏と戦った天皇である。

「あのお方は、武家から政を取り上げようとした。祭りごとだけでは我慢できなくなった。が、それがそもそもの間違いだ。政に関われば、兵事にも関わる。結果、死穢とも無縁ではいられない。正しき血と正統なる神器を持ちながら、吉野に逼塞を余儀なくされたのは穢れに触れてしまったからだ。そして、正統が帯びた穢れによって、今、熒惑星が大きく乱れんとしている」

熒は御簾の隙間から空を見上げる。蒼天に星がひとつ瞬いている。
まだ惑い足りぬ――熒惑星が放つ強い光はそういいたげだった。

七

喧嘩でも起きているのか、下界が騒々しい。手筈通りなので、一若は相国寺の七重塔を登っていく。かぎ爪を放り、庇にかけて綱をたぐる。夜風が気持ちよかった。ひとりならば、とっくの昔に七層目の頂きについていただろう。あと三層ほど登らないといけない。

下を見ると、相国寺に布陣する東軍の篝火がばらまかれるかのようだ。あちこちで喧騒があるのは、一服一銭の商いで潜り込んだ千や駒太郎らが騒動の種を蒔いているからだ。七重塔を登る一若らへ注意を向けないようにしてくれている。

足元から垂れる縄が軋む。這い上がってきたのは、稚児髷を結った熒だ。ぜえぜえと肩で息をしている。

「ほら、あと三層だ。気張れよ」

息が整うのを待つことはせずに、するすると一若は上がっていく。七重塔の頂きで、一若らはある大胆な謀を行う。企みを熒から聞かされた時は驚いた。さらに驚いたのは、熒も同行したいといったことだ。一色邸に忍びこんだ時のように、遠くから見守るだけだと思っていた。

やっと頂きへとついた。最後は、焚に手を差し伸べて引き上げる。

しばらく、ふたりで夜風に当たっていた。焚の息が治まるのを待つ。

「そういえば、焚よ、お前、真板の馬に懐かれてるんだってな」

「それが何か」

「いや、どうしたら馬と仲良くなれるのか知りたくて」

「馬とか大きな獣は嫌いだったろ」

堺の慈済寺にいた頃からの付き合いなので、焚はよく知っている。

「近頃、好きになってきたんだよ。なあ、どうやったら真板の馬に気に入られるのかな」

「月鼓は気位が高いから、無理だろう。他の馬と仲良くなった方がいい」

「だからぁ」と頭をかきむしる。が、これ以上、しつこく訊くと藪蛇になりかねない。

「そろそろ、はじめようか」

焚が立ち上がった。顔を眼下に向ける。こぼれた前髪が額にかかり、目鼻口の美しさに華をそえるかのようだ。相国寺の境内だけではなく、京の町そのものを見渡せた。西軍が東軍を囲む様子がよくわかった。東軍は相国寺や烏丸殿や東洞院に籠もり、それを西軍が囲っている。道は一本しか隔てていないから、七重塔からも囲む西軍の様子が手にとるようにわかった。

一若は、背中に巻きつけていたものをほどく。屋根の上で広げた。緋色の旗には、天照大明神と金糸で刺繍されていた。牙旗である。五月前の一条大宮の合戦で、焚や駒太郎、千や女騎たちが旗を翻し神出鬼没に走り回ったので、あちこちに汚れや焼け跡がついている。竿にくくりつけて、見えやすいように頭上に大きく掲げた。

「さて、軍兵どもめ、気づくかな」

焚は松明に火をつけ、屋根瓦の上に並べていく。遠くから見れば、七重塔が燃えているように見えるかもしれない。強い風が吹いた。火炎が猛り、牙旗が音をたててはためく。緋色の旗は、夜目にも鮮やかだ。

「何かがはためいているぞ」

「旗……か」

戸惑いの声が聞こえてきた。足下の東軍ではなく、少し離れた西軍からだ。距離がある方が、七重塔の頂上が見えやすいのだろう。

西軍陣地の篝火が一斉にゆらめいた。動揺は、波紋が広がるかのようだ。

「が、牙旗が仏塔の上にあるぞ」

「どうして、あんなところに」「おのれ、東軍め我らを愚弄するか」

「待て、牙旗が四足門から動いたなどと聞いていないぞ」

まるで鍋が煮えるかのようだ。あちこちで動揺の声が爆ぜる。

「あれは、御所の牙旗ではないぞ」

「そうだ、形がちがう」

「じゃあ——」

一若は大声で叫んだ。

「そうだ、こっちが本物の牙旗だ。御所四足門にあるのは偽物だ」

一若は、牙旗を目茶苦茶に振り回した。

囲む西軍から、正体不明の気が立ち上る。

「お前ら、これが欲しいんだろぉ」

屋根を走り大きくなびかせると、西軍から発せられたどよめきがかすかに七重塔を揺らした。旗に松明を当てると、火の粉が瀑布(ばくふ)のように散る。

「狼藉(ろうぜき)者が仏塔にいるぞ」

境内からも声がした。篝火で照らされる陣の中で、いくつもの影が忙(せわ)しなく動いている。七重塔の異変に、東軍の兵たちが気づいたのだ。が、まだ牙旗があるとまでは思っていないようだ。

「へへ、来やがった」

囲む西軍の武者たちの目差しを十二分に引きつけてから、一若は叫んだ。

「助けてくれェ、東軍に牙旗を奪われる」

見えぬ何かが弾けた。囲む西軍の陣地からだ。

「牙旗を東軍に渡すな」

「あれこそが、正統なる幕軍の証ぞ」

「我もと思う者は、この朝倉孫右衛門に続け」

「賊軍から本物の牙旗を取り返せ」

巨大な波濤が打ち寄せてきたかと思った。西軍の軍勢がひとつの生き物になり、相国寺へ迫りくる。軍列などない。彼らが目指すのは、相国寺の七重塔の頂きに翻る牙旗のみ。

「敵襲だ」

「矢をつがえろ。西軍が攻めてきたぞ」

叫びつつ、東軍の兵が持ち場へと駆ける。

相国寺に火矢が次々と射ち込まれた。最初は東軍の陣幕に火が移り、しばらくもしないうちに伽藍にも火の手が伸びた。

「焚、いつまでこの旗を振っていればいい」

一若は汗だくになっていた。さすがに疲れた。

「気が済むまでやればいいさ。きりがいいとこで燃やす」

「燃やすのか。牙旗だろ、もったいない」

「売っても足がつくから危険なだけだ。もういらないさ」

「そうなのか……って、やべえ火がついた」

松明の火に近づけ過ぎてしまった。緋色の旗に鮮やかな朱が付加される。よく乾いていたのか、どんどんと炎が大きくなった。

「飛んでけ」

一若は勢いよく放り投げた。火のついた牙旗が夜空をはためく。まるで泳ぐかのようだ。屋根の上に置いていた松明を蹴り落とし、一若は帰り支度をする。

「さて逃げるのは大変だぞ」

戦の真っ最中である。伽藍の焼亡も激しそうだ。命がけの退避行になるが、望むところだ。

「おい、熒、何してんだよ」

降りようとして、熒が続かないことに気づいた。熒は、下界を見ていた。その顔には表情がない。まるで傀儡のようだ。足下から阿鼻叫喚がせり上がる。

炎と悲鳴を過分に浴びたせいだろうか、熒の白い肌が赤らみはじめる。首の根元に、赤い痣が浮かび上がった。四本の足を持つ蛇の形をしていた。細い指で、熒が痣を撫でた。その吐息を漏らし、足下の殺し合いを見つめている。冷たかった目に妖しい熱が籠もる。その様子に、一若は見入る。ごくりと唾を呑んだ。熒の姿は人ではない何かのように、ただただ美しかった。

四章　足軽奔躍（ほんやく）

一

野武士たちを引き連れて、藤七（とうしち）は京の大路を歩いていた。遠くに七重塔が見える。相国寺（しょうこくじ）のものだが、寺域にあった伽藍（がらん）は仏塔を残しほとんどが焼亡してしまった。昨年の応仁（おうにん）元年（一四六七）十月の合戦でのことだ。両軍の膠着（こうちゃく）を破ったのは、七重塔の上で翻る（ひるがえる）牙旗（がき）だった。西軍が奪うべく動きだし、東軍が激しく抵抗した。三日三晩に及ぶ戦いは寺の伽藍を炎で彩り、だけでなく京のあちこちを燃やした。

都は、その姿を一変させた。多くあった寺社のほとんどが戦火にまかれ、民家も多く焼けた。瓦礫（がれき）が至るところにある。代わりに出現したのは、砦（とりで）だ。守護大名たちが自分たちの邸（やしき）を砦に変えたのだ。堀を深く穿（うが）ち高い櫓（やぐら）をあちこちに建てた。

両側に深い堀ができた大路を歩く。地べたに寝そべるのは、武者たちの骸（むくろ）だ。頭蓋（ずがい）を割られ脳味噌（のうみそ）をぶちまけた郎党（ろうどう）、鎧（よろい）と内臓を粉々にした被官、頭が胴体にめりこんだ殿原（とのばら）。

矢や刀で落命した武者の数は少ない。ほとんどが、石によって命を落としている。

「これが合戦かよ。武者の技で死んだ奴なんかほとんどいない」

藤七は大きく息を吐き出した。あちこちが砦と化した京の戦いで、弓箭よりも有効なものがあった。投石である。礫などという生易しいものではなく、両手でやっと抱えることができるほど大きな石を放つのだ。

細川勝元などは、大和国から工匠を呼んできて霹靂車なる投石機まで造ったという。きっと、藤七の足元に横たわる骸の幾人かはその餌食になったのだろう。

情けねえ合戦だ、と心中でぼやく。動員される兵力だけを見れば、源平合戦や南北朝の合戦に比肩する。にもかかわらず、どれほどの武者が弓馬の高名を上げたのだろう。これほど人が死んだのに、心躍らせる武談を聞かない。耳にするのは、どこの路地で誰が石の餌食になったかだ。

そのまま進み、都の北西にある船岡山を目指す。ここにも櫓が林のように建っていた。新しく掘った深い堀は赤々とした土を見せ、石でできた築地が高くそびえていた。

「誰だ」と弓を向けられた。

「大内様旗下の池田家被官だ」

腰にさした紺色の小旗をふる。西軍の証である。ちなみに東軍の武者は、紅練絹の小旗を腰にさしている。重い音とともにゆっくりと扉が開く。随分と時間がかかる。十人がかりでもなかなか動かないと評判の門扉だ。

「おう、藤七、遅かったな」

池田充正が翡翠や紅玉でできた腕輪を鳴らして声をかけた。昨年の八月、充正は細川家を裏切り大内家についた。池田城を明け渡し、今は大内政弘の手先として京で戦っている。細川家の被官とも戦うことが多い。充正は決して手加減しない。躊躇なくかつての味方に矢を向ける。充正の手勢は、銭で雇った野武士ばかりだ。彼らには細川家への忠誠もないし、細川家の被官たちにとっても以前の同僚という気持ちはない。案外にさばさばとしたものだった。

「で、どうだった」充正は、急造の陣屋の隅へ藤七を誘った。

「幸い、東軍から矢や石は射かけられなかったから、十分に様子を見ることができた。堀がさらに深くなっていたし、大きな櫓がいくつもできていた」

「じゃあ、次攻めたらまたいっぱい死んじまうな。まあ、銭で雇った野武士がいくら死のうが哀しくないけど、犬死にされると財布に響くぜ」

最後の方だけ心底辛そうに充正はいう。

「で、どうなんだ。つながりはできたのかい」

「つながりって何だい」

「お前なあ、宝だよ、宝。大内の奴から宝を盗むって、京兆様と約束したろうが」

周りに人はいないが、充正は声を落としていう。

「いいか、宝探しはお前の仕事だ。池田家の他の被官は忙しいんだ。かといって、野武士たちは信用がならん。お前しか動ける奴がいない。そんなこともわからんのか」

「なんだよ、いってくれないとわかるかよ」

「お前に任せるって前にいったろ。誰でもいいから、大内家の被官と仲良くなれ。そして、内情を探れ」

「そんなのはあんたがやってくれよ」

「だから、わしは忙しいんだよ。大内の野郎め、降伏を許すかわりに、たっぷりと矢銭(やせん)を要求しやがった。戦(いくさ)で領国の商いも不調だ。色々と立て直さにゃならん」

京の戦場にありながら、摂津(せっつ)の商売を気にかけるとは、わが兄ながら相当な商魂だ。

「勘弁してくれよ。おれは苦手なんだよ。他家との付き合いとかが。べんちゃらや賄賂(わいろ)で近づけってのなら銭をくれよ」

「莫迦(ばか)っ。誰がお前に人付き合いをよくしろっていった。そんな蓬髪(ほうはつ)頭が賄賂持ってきても怪しまれるだけだろ。武功だよ。お前は、わしよりも弓馬の道では数段上だ」

「数段じゃねえよ、数十段だよ」冗談ではない。ここらにいる武人どもに、弓や刀の腕で負けるとは思えない。

「とにかくだ。戦で手柄を上げろ。そしたら、いやでも向こうからお前によってくる」

頭によぎったのは、仏塔のように巨大な櫓を持つ東軍大名の邸の姿だ。人の背丈より遥(はる)かに深い堀。鎧を着た武者が、あの堀と櫓をどうやって乗り越えろというのだ。

二

熒(けい)を抱く日尊(にっそん)の体は汗にまみれていた。いつもとちがい、冷たい汗だった。顔色も悪い。

「嗚呼(ああ)」とうとう、寝床から日尊が這(は)い出てしまった。

「どうされたのですか。お体の具合でも悪いのでしょうか」

熒は夜着を身につけつつ訊(き)いた。日尊が激しく頭を振る。

「熒や、私は怖いのだ」

物陰にうずくまり震えている。一体、どうしたというのだ。雲が動き、月明かりが日尊の足元を照らす。逃げるようにして、足を物陰の中へとやる。そういえば、夕刻前に訪れた時、寺に何重にも御簾(みす)をして、日の光をさえぎるようだった。まるで日月(じつげつ)を恐れるかのようだ。

「ご安心ください。確かに戦乱は猖獗(しょうけつ)を極めています。が、いずれ終息に向かいましょう」

「たわけ、そんなことではないわ」

物陰の中で日尊は叫ぶ。

「私が怖いのは、今年になって正月や節会などの朝廷儀式が、ことごとく行われなくなったことだ」

目がかすかに血走っていた。

「祇園会も催行されないと聞いた。このままでは、都に恐ろしい疫病が流行る」

祇園会は疫病封じの祭りである。開催されなければ、恐ろしい疫病に日ノ本が襲われると信じているのだ。朝廷や祇園会だけではない。炎上した諸社も祭祀ができない状態だ。

「わ、私は恐ろしい。日月が正しく東から西へと運行されていたのは、朝廷の儀式と諸社の祭祀があってこそだ。それが、ことごとく催行されなくなった。今や、日月の光は穢れてしまった」

日尊の歯がかちかちと鳴っている。筵や御簾で日光を遮るのは、日蝕や月蝕の時の儀式だと思い出す。欠けた太陽や月は穢れた光を放つので、帝が浴びぬように御簾や筵で禁裏を守るのだ。

「いずれ日月は狂い、その運行に惑いが生じる」

がりがりと頭をかきはじめた。日尊がいうには、今かろうじて太陽や月が東から西へと運行しているのは、吉田兼倶ら一部の神官の必死の祈禱のおかげだという。

「私は怖い。武士どもが殺し合い、民が苦しむことなどは何とも思わぬ。が、朝廷と諸社の祭祀が行われなくなることは恐ろしい」

身を縮めるようにして、日尊はうずくまる。

「そもそも、今の帝と上皇の所業も許し難い。何故に玉体を禁裏より遷御した。どうして、穢れが満ちる武家の邸へと遷宮されるのじゃ」

帝とその父の上皇は、今は将軍義政の花の御所に避難している。三種の神器も伴っているので、戦乱が終息するまでは禁裏へと戻らないはずだ。戻ろうにも、禁裏や仙洞御所（上皇の御所）は西軍の土岐家や畠山義就の兵が占拠してしまっている。

「やはり、北朝は間違っていたのだ。正統ではなかったのだ。偽りである北朝の帝や上皇では、正しき祭りごとを行うことはできない」

「では、いかがなさるのですか。いかにして、皇室を正しく導くのですか」

日尊から明瞭な答えはない。ただ、ぶつぶつと独り言を放つだけだ。

「私めが動きましょうか」

日尊の体を冒さんとする月光を、熒はその身をつかって遮った。

「おお」と、日尊が見上げる。

「この世にはびこる穢れを滅ぼし、日月の運行を正常たらしめるために、この熒もお助けします。偽りの北朝を誅伐しましょう。吉野に逼塞する、南朝の皇子を正しき玉座に据えるのです。偽りの北朝が乱れる今こそが、南朝復権の最大の好機」

「南朝復権……そんなことができるのか」

「できますとも」焚が説く。昨年、将軍義政の弟で今出川殿と呼ばれていた義視が、伊勢国国司の北畠家のもとへ出奔した。義政との仲が決裂したのだ。北畠家は、南朝に心を寄せている。約七十年前の明徳の和約の約束が反故にされた時、真っ先に幕府に対して兵を挙げたほどだ。

「南朝皇胤の日尊様の使者として、私が北畠様を説得いたします」

北畠家が匿う足利義視を再び京へ上洛させる。そして、西軍へと走らせる。

「いわば、もうひとつの幕府が西軍によって確立します。そこに、南主を呼び寄せるのです」

南主——吉野に逼塞する南朝の正統なる皇胤である。

暗闇にうずくまる日尊の目が限界まで見開かれる。

「焚や、お前という子は」

物陰から日尊が這い出してきた。焚の薄い胸には、月光を遮りできた影がある。その影に、日尊が童のようにむしゃぶりつく。

「お前は、まことの観音菩薩だ。お前ほど尊いものがこの世に存在しようか。成るぞ。焚の策があれば、永き逼塞を余儀なくされた南朝が復権する。この世を穢れから救えるのじゃ」

喜悦に咽ぶ日尊は滂沱の涙を流し、焚の薄い胸を湿らせた。

三

「このままじゃ、商売上がったりだぜ」

土一揆の寄合では、怒号が響いていた。一若にも唾が降りかかるほどだ。薄暗い板間に、男たちが並んでいる。皆、首から一揆株の木片をぶら下げていた。以前とちがうのは、郎党や殿原の姿が全く見えないことだ。皆、応仁の乱と呼ばれる都の合戦に駆り出されている。

「大声を出すな。一揆一味の寄合は秘密裏にやるもんだ。外に知られたらどうする」

渋い声でいったのは、御厨子某だ。

「このまま西軍東軍の好きにさせるのか。昨年は土一揆が起こせなかった。だけじゃない。西軍も東軍も、矢銭徴収の名目で土倉や酒屋に火を放っている」

一若の言葉にみなが肯いた。東西両軍はあらゆる手を駆使し、土倉から銭を巻き上げている。時には、敵に加担したと決めつけて土倉を軍勢で攻める。かといって、一揆たちが戦乱に乗じ土倉を襲おうとしたら、西軍東軍が矢を射かけて妨げる。そして、守ったのをいいことに土倉から銭を巻き上げる。

「奴らも、領国から離れて大軍を維持しなきゃならん。わしらに土倉を襲われたら、食い扶持が減るから必死だ」

そういった男の顔には、厚いさらしが巻かれていた。まだ新しい血が滲んでいる。きっと土倉を襲い、東西どちらかの軍から矢を射かけられたのだろう。

「癪なのは、奴ら案外、土倉を壊すことに長けてやがることだ」

若い男が床を叩く。

「仕方ねえさ。土一揆には貧乏被官や殿原もたくさんいたろ。奴ら、ちゃっかりわしらの土倉のつぶし方を覚えてたんだ」

「食い扶持を奪う野良犬に、食い扶持の奪い方を教えたようなもんじゃないか」

一若が呆れる。

「こんなことなら、一揆に被官や殿原を入れるんじゃなかったぜ」

御厨子某が頭の後ろで腕を組んだ。

「武士どもめ、やることがえげつねえ。このままじゃ、襲う土倉がなくなっちまうぞ」

寄合が重い空気に満たされる。

「か、頭ぁ、大変です」

若者が駆け込んできた。

「どうしたんだ。寄合中だぞ」御厨子某が、頭の後ろの手をほどく。

「下京の土倉が焼かれた。骨皮道賢だ」

「なんだと」何人かが腰を浮かす。

「奴め、正気か。そんなに派手に動けば、西軍東軍から袋叩きにあうぜ」

「そ、それが、頭ぁ」

「なんだよ、まだあるのか」

「道賢の野郎、腰に紅練絹の小旗をつけてたって。唄の入った小旗だ」

皆が絶句した。詩句の入った紅練絹の小旗は、東軍の合印である。骨皮道賢は東軍の手先として、下京の土倉を襲ったのだ。

「奴め、考えたな」御厨子某が指を鳴らした。「東軍か西軍の手先となれば、少なくとも一方からは襲われないってわけだ」

今は土一揆の衆は西軍東軍からも襲われるので、大きくは動けない。目立たない少数で土倉を襲っても稼ぎは知れている。が、どちらかのお墨付きがあれば——

「だけじゃねえ。敵側の兵糧を奪えばいいんだ。きっと褒美もでる。一石二鳥だ」

御厨子某は、すでに稼ぎを手にしたかのように興奮している。

「けどよう、それって東軍につけば西軍を敵に回すってことだろう」

「そうだ。逆に西軍につけば、東軍を敵に回すだろうな」

御厨子某は呑気にいう。

「戦をするってことじゃないか。わしらにできるのかよ」

「わしらだって知ってるだろう、戦の仕方を」

「あ」と、何人かが声をあげた。

「土一揆の時、守護の軍勢と何度も戦った。勝つことは滅多にないが、ぼろ負けって訳じゃない。なぜか、わかるか」

「えーと、そうか。うちら土一揆にも貧乏被官や殿原が大勢いた」

「そうよ。あいつらから、わしらも合戦の仕方を教えてもらったじゃないか」

「すっかり忘れてたぜ」

さらしを顔に巻いた男の声で、みながどっと笑う。

「武士どもがわしらのやり方を盗んで土倉を襲うなら、こっちもやり方を盗ませてもらうだけだ。西軍東軍両方を相手にするのはしんどいが、どちらか一方だけならやれねえことはねえ」

御厨子某の瞳（ひとみ）がぎらつく。

「合戦上等だ。武士なんかに、みすみすお宝を奪われてたまるもんか。村に触れを出せ。今から、わしらも応仁の乱に参加する」

一斉に雄叫（おたけ）びがあがる。

「ま、待て、どっちにつくんだ。西軍か東軍か」

一若が慌てて訊（き）いた。間髪（かんはつ）をいれずに「わからん」と御厨子某が答える。

「そんなものは、褒美がたんまり出る方に決まってんだろう。なんなら、今ここで決めるか。ちょぼ（サイコロ）の目に託すってのも、土一揆らしくていいだろうさ」

御厨子某が懐からちょぼを出し、それを指で弾いた。床に落ち、六の目で止まる。

四

稲荷山の頂きにつづく参道は、美しい朱の鳥居が何百と連なっていた。まるで朱色の洞窟に潜りこんだかのようだ。

百人ほどの野武士を連れて、藤七は都の南にある伏見稲荷にいた。池田充正の調べで、骨皮道賢がここ伏見稲荷を寝ぐらにしていることはわかった。とはいえ、いくつかあるうちの寝ぐらのひとつにしかすぎない。ここにいる確証はない。が、手下の者は間違いなくいるはずだ。

「藤七様、西軍の本隊がくるまでに一刻（約二時間）あるかないか、かと」

追って、西軍の畠山義就や朝倉孝景らも大軍でもって駆けつける。

何日か前に、骨皮道賢が下京の土倉を襲ったという報せが西軍の陣地にもたらされた。骨皮道賢が襲ったのは、ことごとくが西軍寄りの土倉だという。だけでなく、西軍の輜重にも攻めかかった。運が悪いことに、燃やされた輜重のひとつには池田充正のものもあった。これに激怒したのが、当の池田充正だ。なんでも西軍諸将への贈答の品が多くあったという。これに勝元の助言をいれて、少なくない銭を費やしたものだ。その宝物のことごとくが灰になったのだ。

「本当に行くんですか。道賢の手勢は三百と聞いてますが」

野武士のひとりが恐る恐る訊く。こちらは百人ほどしかいない。

「仕方ないだろう。そうしろって命令されたんだ」

充正の怒りは凄まじく、諫めた野武士のひとりの耳を削ぐほどだった。そして、必ず骨皮道賢の首をとれと藤七に厳命したのだ。鎧を鳴らして、藤七は最初の鳥居の下を進む。これは当たりかもしれんな、とつぶやく。人の気配が濃い。数百人はいるだろう。すでに、こちらのことはばれているようだ。

「何者だ」

誰何の声が、連なる鳥居の先からした。狐面をつけた悪党どもがいる。中央にいるのは、赤橙黄など七色の小袖を着た悪党どもだ。どうやら、あの七人が頭目らしい。が、骨皮道賢ではない。道賢の背丈はもっと大きいと聞いている。

「周防国守護、大内周防介様が被官、池田〝筑後守〟充正が舎弟――」

名乗りの途中で襲ってきたのは礫だった。

「くそ、戦の作法も知らぬのか」

「去れ、ここは神域だ」

悪党たちが腰を落とした。同時に散開を始める。去れといいながらも、帰らせる気はないようだ。数に任せて、包囲するつもりか。が、怖いとは思わない。逆に、血が沸きたつ。不足があるとすれば、敵だろう。ほとんど甲冑をつけていない。安物の胴巻や小具足姿が半数ほどか。下肢を守る草摺しか身につけていない男もいる。

「手筈通りやるぞ。一旦、退く」

藤七は弓を引き絞る。と同時に、手下たちが一斉に背を向けた。

「逃すな」「包囲しろ」

藤七が放った矢が風を切り裂く。七人いるうちのひとりの狐面に命中した。まっぷたつに割れる。朱色の小袖を身につけた男だ。

「朱昆」と、藍色の小袖を着た狐面の男が駆け寄る。

その間も、悪党たちが藤七に殺到する。ひとり残らせていた従者に弓をあずけ、刀を抜いた。十人ほどの敵が近づいてくる。

一合二合と受けつつ、後退していく。鳥居が邪魔で、敵は囲めない。

刀を一直線に突き、悪党のひとりの喉を貫いた。敵は烏合の衆だ。残った藤七ひとりを囲もうとしている。

「地の利もいかせぬ素人め」

失望を嚙みしめつつ、刀を幾度も閃かせた。そのたびに、悪党たちが血煙をあげてのたうち回る。機をみて、背を向けた。鳥居の下を駆け抜ける。

入り口に出た刹那、弓箭の音が響く。つづいて、何十人もの悲鳴。鳥居の入り口に、百人の野武士を鶴翼の形に陣取るように布陣させていたのだ。

「退け」「罠だ」「戻れ」

怒号はすぐに絶命の叫びに変わる。藤七の目分量でも、狭い鳥居の道を百人以上が追いかけていた。罠とわかっても急には止まれない。鳥居の入り口から次々と悪党たちが押し出され、野武士たちが容赦なく矢を浴びせる。鳥居の外から囲もうとした悪党たちは、あまりのことに呆然と立ち尽くしていた。

「弓はもういい。斬り伏せる」

藤七の命令に、野武士たちが得物を弓から刀や薙刀に変えた。

「懸かれぇ」

百の手勢が、三百の敵に斬りかかる。

悪党どもは大したことがなかった。藤七は散歩でもするように、伏見稲荷の神域を歩く。野武士たちに任せて、刀は極力振らなかった。が、時折、油断ならぬ相手がいる。七色の小袖を着た若者だ。すでに狐面は外している。黄色の小袖を着た若者が、野武士と互角に渡りあっている。数は敵の方が多い。時がたてば劣勢になるやもしれない。

「おれがやる」

味方を押しのけ、黄色の小袖を着た若者の前へと立ちはだかる。迫る刀は、わずかに体を傾がせるだけでよかった。切っ先をやりすごし、すれ違いざまに胴を薙ぐ。斬り抜けざまに足を速めたのは、返り血を浴びぬためだ。

また走って、紫の小袖を着た悪党を斬った。殺気を感じ、きびすを返した。右からだ。朱と藍の小袖を着た悪党だ。朱の小袖の若者は、確か最初に狐面を矢で割った。額から血を流している。

「よくも仲間を」

ふたりがかりで斬りかかる。速いが無駄な動きが多い。数合も受ければ、攻めているはずの相手の体がよろめきはじめる。

「武士を舐めるな」

紺色の小袖を着た悪党の半面に、一閃を叩きこむ。たちまち顔が朱に染まる。

「藍峯っ」

眉間を割られた悪党——確か名を朱昆と仲間は呼んでいたか——が割って入る。刀を水平に薙いで、右肩を深く斬った。さすがに、汗をかいてきた。そういえば何人か捕らえねばならない。うっかりしていた。

「骨皮道賢を出せ」

「ここにはいない」

半面を朱に染めた悪党——藍峯が噛みつくようにして答える。どうやら片目が潰れてしまったようだ。嘘はいっていないだろう。事実、道賢らしい風体の男はいない。

「では、どこにいる」

「いうわけないだろう」藍峯が立ち上がる。刀を持つ腕は震えていた。

「悪党に忠義をたてるのか」

「あの方は育ての親だ」

斬りかかってくるが、よけるのは容易かった。死角に逃げて腹を蹴る。たちまち藍峯がうずくまった。気合だけで立てると思っているのか、もがいているのが実に愚かしい。背後を見ると、土煙が上がっていた。西軍の本隊が近づきつつある。

うなじが粟立った。殺気だ。今までとはちがう。何も考えずに後ろへと飛んだ。さっきまで己のいた地面が爆ぜた。得物は撮棒――金棒を細く長くした武器だ。

長身の悪党が立っていた。ひどい撫で肩で、枯れ木がそびえるかのようだ。間違いない。骨皮道賢だろう。

「道賢様」朱昆と藍峯が叫んだ。

「血路を開け」道賢が短く命じる。「もう、敵の軍勢に半ば囲まれている」

見れば、道賢の撮棒は血に染まっている。どうやら伏見稲荷にはいなかったが、急を聞き駆けつけ、包囲する西軍を蹴散らしてきたらしい。

「そんな、まだ土煙は遠い」肩を押さえる朱昆がうめいた。

「莫迦が。武士は戦で身をたてているのだぞ。砦や城を囲むのは、お手の物だ」

藤七の言葉に、朱昆と藍峯の顔が歪(ゆが)んだ。

「骨皮道賢殿とお見受けした、いざ尋常――」

一騎討ちの名乗りをせんとした刹那、撮棒が唸(うな)る。

「悪党め、戦の流儀を知らんのか」

刀で受け流したが、掌(てのひら)に衝撃が爆ぜた。指が痺(しび)れる。視界の隅では、藍峯と朱昆が肩を貸しあい、戦場を離脱しようとしていた。

つづく撮棒の一撃は避けたつもりが、鎧をかすった。片膝(かたひざ)をつく。すかさず、道賢が撮棒を落とさんとする。が、撮棒は明後日(あさって)の方向へと飛んでいった。握り締めた拳(こぶし)ごとだ。

膝をついたのは、撮棒の一撃に屈したからではない。刀を振る間合いをとるためだ。退くよりも、膝をついた方が速かっただけだ。そして、道賢の右手首を断った。

道賢は左手で右手首を握り、なんとか止血しようとしている。

断頭の太刀の軌道を頭で思い浮かべ、それを実行するために腕を振り上げた時だった。

後ろから誰かに組みつかれた。不覚だ。目をやる。黄の小袖を着た悪党だ。腹から臓物を出しているにもかかわらず、必死の形相で腕に力をこめる。

「道賢様、逃げて」叫んだ拍子に、はらわたがこぼれた。

振り払った時には、すでに道賢は背を見せている。

「それが都の悪党の戦い方か。恥を知れ」

罵声を浴びせるが、道賢は逃げる足を緩めない。足元を見ると、振り解いた悪党がすでに絶命していた。小袖は血の色に染まり、もう元の色はわからない。

「探せ。道賢の首を何としてでもとれ」

藤七は下知を飛ばす。包囲していた西軍は、すでに神域に乱入していた。逃げんとする悪党たちを次々と斬り捨て、あるいは矢で葬っていく。

「味方に先をこされるな。道賢を捕まえろ。殺しても構わん」

藤七は必死に叫んだ。

「近づくことは不敬なり。こちらは桐島家の女駕籠」

声がした方を見ると、手下の野武士が女物の駕籠を囲っていた。相当大きいが、桐島家は神事を司る公家なので神具でも入っているのだろう。

「やめろ、手を出せば後難が怖い」

藤七は野武士たちを制した。女物の駕籠が、よろめきつつ鳥居の道を降っていく。さらに神域深く入ろうとした時だった。

「骨皮道賢討ちとったりぃ」

勝鬨が藤七の背を打った。慌てて、声のする方へと駆ける。見逃した女駕籠だった。御簾が上がり、そこから巨軀の男が半ば体を出していた。ひどい撫で肩だった。先ほどあった時と違うのは、首がないことだ。畠山義就の郎党と思しき武者が、蛇のような異相の男の首を誇らしげに手に掲げている。

なんだ、この戦いは。藤七は呆然と立ち尽くした。

恥も外聞もなく逃げる悪党ども。女駕籠に乗ることを屈辱とも思わない首魁。

ここは——本当に戦場なのか。

えいえいおうの耳に馴染んだ掛け声を聞きつつも、体には今まで感じたことのない徒労がまとわりついていた。

「見ろ、駕籠から血が滴っているだろう。点々とだ」

不機嫌な声で池田充正が地を指さした。伏見稲荷の神域は、鳥居があちこちで倒れている。骨皮道賢の手下の骸がいくつも折り伏している。山上には火の手も上がっていた。

「駕籠にもべったりと血がついている。道賢ほどの巨軀だ。きっと担ぎ手たちも重かったろう。足元はおぼつかなかったはずだ」

大きな女物の駕籠が倒れている。地面には血溜まりができていた。もう、道賢の骸や首はない。西軍が持っていってしまったのだ。

「なんで、これだけの手がかりがあるのに気づかなかったんだ。いや、気づくとかじゃねえ。女駕籠の中をなぜ検めなかった」

藤七は拳を握り締めて、罵声に耐える。正論だけに、何も言い返せない。

「けど、筑後様、藤七様の采配は見事でしたぜ。相手は三百からいたのに、あっという間にやっつけた。こっちは、ほとんど死んでない」

野武士のひとりが割ってはいる。

「だからどうした」

「え、いや」弁護した野武士の舌がたちまちもつれる。

「誰が上手な戦をしろっていった」

いつのまにか刃を抜いて、野武士の首筋につきつけていた。

「いつ、わしが合戦に勝てなんて命じた」

刃を肌に押しつける。

「藤七よ、わしはな、道賢の首をとってこいっていったんだ。あいつの首を足蹴にしなけりゃ、わしの宝を焼いた罪は償えねえ。まさか、お前、今から畠山様のとこに連れていって、道賢の首を足蹴にさせてくれってわしに頭を下げさせるつもりか」

ゆっくりと刃をもとに戻す。息を止めていたのか、野武士の顔は真っ赤になっていた。

尻餅をつき、がたがたと震えだす。

藤七は無言でうつむくだけだ。

「使えねえ男だ」

がりっと奥歯が鳴った。暗い衝動が肚の底にわだかまる。なぜ、己がこの男に貶められねばならないのだ。弓馬の技、采配の術、どれも己の方がはるかに上なのに。

充正が去ってから、「糞」と女駕籠を蹴りつけた。弾みでひっかかっていた枝が外れ、斜面を転がり落ちていく。

「藤七様」と、野武士たちが寄り添おうとしたが「声をかけるな」と吐き捨てた。よほど苛烈な声だったのか、野武士たちが遠巻きにする。荒い息を何度も吐いた。

どうすれば、充正に己を認めさせることができるのだ。方法はひとつしかない。充正が求めているのは、武者働きなどではない。そんなものは、戦上手の野武士を雇えばすむことだ。

「お見事な、戦でしたな」

「放っておいてくれといったろう」

「こ、これは失礼しました」

手を振って去れと命令する。

「いえ、それがしのおる周防国では、悪党相手とはいえ、これほど軽妙なる戦の駆け引きを目にするのは初めてでしたので、つい」

しつこい男だ。顔を荒く撫でる。ふと、思った。雇った野武士に、周防国の出の者がいただろうか。ゆっくりと顔をあげると、美麗な鎧を身につけた武者が立っている。野武士ではない。蜘蛛を思わせる痩せた手足、細い髭が揺れる顔は陰が籠もっている。

「あんたは……」訊ねると、陽光がさしたかのように武者の顔が明るくなる。

「それがしは、杉七郎と申します。大内家が郎党でございます」

「杉殿とおっしゃるのか。大内様というのは、周防の」

「はい、大内周防介様のもとで働いております。といっても、それがしは武はからっきしでして。文官働きをしております」

「文官働きとは」

「公方様には同朋衆という方々がおられるでしょう。あのようなものです。といっても筆や絵、歌の才で奉公するのではありません。周防介様の名物を管理する役目をいただいております」

「名物の管理ですか」

将軍の同朋衆の主な仕事は、御物と呼ばれる名物珍品の収集鑑定、そして管理である。

「戦場とはいえ、ここは都。公家や皇族の方と会う時に、陣羽織というわけにはいきませぬからな。着るものはもちろん、会見の間に飾る絵や書、香炉や壺――」

滔々と杉七郎が宝物を列挙していく。

「杉殿といったか」

「七郎とお呼びください」砕けた声で笑いかけられた。

「たとえばだが、その中に唐物はあるか。遣明船からもたらされたような」

「ああ、まだ遣明船は博多にはついておりません。ですが帰港すれば、その中のとっておきの宝物をきっと都にまで運ぶはずです。ええと、お名前は……」

「藤七だ……高野藤七」

「藤七殿は、名物や唐物に興味がおありか」

「いや、全く」といってしまった。慌てて「今までは武辺ばかりの生き方ゆえ、そろそろ唐物も嗜みたいと思っていた」と何とか舌を回す。また、杉七郎の顔に陽がさす。

「それはそれは。実はそれがし、武辺働きに疎く、それがゆえに家中で軽んじられることが少なくないのです」

口元には人好きのする笑みが浮いていたが、目に一瞬よぎった光は剣呑だった。軽んじられる己に我慢できないのだろう。

「これはと思う英雄豪傑がおられれば、ぜひ好誼を結びたいと思っておりました」

「私も……これはと思う方がおられれば、ぜひ」

何とか、そういった。

「ならば、これは伏見稲荷の神の引き合わせ。藤七様とそれがし、足りないところを補いあうのはいかがでしょう」

そんなつもりはさらさらないが、口端に笑みを無理やりに浮かべて豪傑っぽく肯いてみせた。

五

駒太郎や千たちが放った矢は、みな明後日の方向へと飛んでいく。

最近手下になった少年や骨皮道賢の残党たちも加入し、数十人ほどはいるだろうか。また矢を放つが、菱形の木片にかすりさえしない。

「お前ら、なんだその腕は。これからは東軍の足軽として働くんだぞ。弓矢が使えなくちゃ、話になんねえだろ」

一若が怒鳴りつけるが、飛ぶ矢はますます的から遠ざかる。

「今更だけどよ、東軍につくって決めてよかったのか」

刀を肩に担ぐ駒太郎が珍しく不安気な声をだした。一若らは、東軍につく。決め手は、骨皮道賢が西軍の手によって討たれたことだ。藍峯や朱昆には盗人市に逃げ込んだ時に救ってもらった恩がある。

「御厨子某のおっさんは西軍についたんだろう」

「じゃあ、藍峯や朱昆たちを見捨てるのか」

負傷した藍峯や朱昆は、内野にある寝ぐらで静養させている。傷は深いが、回復する見込みだ。

また、矢が明後日の方向へと飛んでいく。

「何やってるんだ。わかってんのか、櫓ひとつが三十貫文だぞ」

東軍についた一若らに命じられたのは、西軍の陣地に侵入して櫓を焼くことだった。大人がほとんどいない一若らには、兵糧や土倉を襲わせるよりも忍びこみ櫓を破壊させる方がよいとふんだのだろう。

「弓なんか今まで使ったことがないんだ。あんまり無理いってやるなよ」

駒太郎の声に、弓を引いていた千たちが何度もうなずく。

「お前らなあ、もうすぐ真板がくるんだぞ。こんな様だと愛想をつかされちまう」

一応、弓は真板の手ほどきを受けさせた。基本だけを教えられ、三日後に来るから上手くなっていろ、とひどく乱暴な言葉を残して去った。今日がその三日目である。

「いってるうちから、来やがったぞ」

駒太郎があごをしゃくる。美しい髪をなびかせた真板が馬に乗ってやってくる。背後には部下たちの女騎も数騎つづく。

「これは、ひどいもんだね」

的の周りに散らばる矢を見て、真板が笑う。

「ちがうんだよ、真板。これは……」

「言い訳はよしな。女騎の真板様が教えて、この程度じゃ、あたしの名折れになる。弓矢はやめときな、生兵法は怪我のもとだ。全部、持って帰らせてもらうよ」

「そんな待ってくれよ」

真板の前に立ちはだかろうとしたら、月鼓が小癪にもいなないて威嚇してくる。この馬は、一若に全く懐こうとしない。

「そんなに射手が必要なら、あたしたちが加わってやろうか。ただし、分け前は半分だ」

「半分は多すぎる。こっちは五十人を食わせなきゃいけないんだ」

「じゃあ、弓は諦めな。さあ、さっさと矢と弓を回収しな」

手下の女騎たちが下馬して、矢を集めだす。

「早まるなよ。半金は無理だけど、四割はどうだい」

「四割か。もう少し花をつけてくれたら考えるよ」

「そ、そうだな」一若が腕を組んで考えた時だ。

「待ちなさい、あたしがやる」

真板の前に立ちはだかったのは、一花だった。女騎から取り上げたのか、手には弓矢を持っている。

「なんだい、この娘は。随分と出しゃばるじゃないか」

「あなたたちの力はいりません。あたし一人で十分です」

「弓を使えるのかい」

返事のかわりに一花が矢を番え、躊躇なく弓を引き絞った。

女騎たちが笑いだした。一花が放った矢は、的から遠く離れたところに飛んでいったからだ。二矢三矢と放つが、的にはかすりもしなかった。が、真板の顔から侮蔑の笑みが消える。一花が射た矢の方へと歩み、放った矢を拾い上げた。

「あ」と皆が声をあげる。矢に貫かれ、鼠が絶命していた。外れたと思った矢は、ある一矢は落ち葉を射抜き、別の一矢は落ちていた鐚銭を砕いていた。

「一花といったかい。確か、あんたの親は一向宗だったね。罪深い生業の子かい」

漁や猟に従事する人々のことだ。生き物を殺めるため、罪深い職だと思われている。そんな彼らを救ったのが、一向宗だ。悪人正機説を唱え、殺生をする猟師や漁師こそ阿弥陀仏により救われると説いた。

「そうよ。あたしの親は猟師だった」

「きっと、いい腕だったんだろうね」

「ええ、真板さんよりもね」

真板と一花が睨みあっている。戦場で気後れしたことがない一若だが、とてもではないが割って入る勇気はなかった。こういうのを女の戦いというのだろうか。

「そういうことだから、真板さんの助けはいらないわ。今までご苦労様」

「気の強い娘だねぇ。まあいいさ。忠告だけはしておいてやるよ。どう狙うかより、どう狙われないかを考えな。合戦と狩りはちがう」

それだけ言い捨てて真板は馬を回す。弓と矢を集めていた女騎たちもつづく。

「待てよ、真板。射手は多い方がいい。四割に色をつけるから加勢して――痛え」

一花が、一若の腕を矢で思いっきり打擲したのだ。

「何するんだよ」

「一若、かっこ悪いよ。いつまで、ふられた女に未練ひきずってんの」

「はあ、そんなんじゃねえし。味方を集めるためだ。それに、まだふられてねえ」

まだ、と一花が目を細めた。

「あーあ、あたしも運がないな。こんなにかっこ悪い男に助けられたなんて」

いいつつ、一花がまた矢を番えた。

「何がかっこ悪いだ。もしかして、嫉妬して――」

恐ろしい矢響きと小さな悲鳴が上がった。走っていた鼠を、一花が見事に射抜いたのだ。

「だから、一若、あまりあたしを失望させないでね」

笑顔を一若に向ける。

「あんまりかっこ悪いと、あたし仕事の時に手元が狂っちゃうかもしれないから。味方だって射ちかねないし」

今まで見たこともないような凄惨な笑みを深めて、一花は矢を番えていない弓を一若へと構えた。そして、眉間を射抜くようにして弦を鳴らす。

六

大きな石が空を飛ぶと、こんな音がするのか。耳をすまさずとも、一若には細川勢から放たれた石の音が聞こえてきた。巨人が吹く口笛を聞くかのようだ。

「敵襲だぁ」

「応戦しろ」

炸裂する音が響く。投じられた石が、山名邸の塀にぶつかったのだ。

三国志の曹操も使ったという霹靂車が、車軸を鳴らしつつ前進していた。五台が横一列になっている。その前には、盾を持った郎党たちが壁を作っている。

石や矢を放ち、じりじりと山名宗全の陣へと迫る。霹靂車はかなり遠くまで石を飛ばすが、いかんせん狙いを定めることが難しいようだ。塀や堀にめりこむが、ばらばらであまり意味があるようには見えない。一方の山名邸からは、高い櫓から雨霰のように矢を飛ばしている。一本一本は弱いが、こちらは細川勢の要所要所に矢を集中させることができるようで、苦戦を強いることに成功している。

「よし、時が惜しい。細川勢に引きつけられているうちに行くぞ」

一若が手勢たちに合図を送る。駒太郎がにやりと笑い、一花と千が硬い表情で肯く。傷が癒えたばかりの朱昆と藍峯は、眉尻を過剰なまでに吊り上げていた。

細川勢や山名勢のように、鎧を着ている者はいない。兜もほとんどかぶっていない。一若もそうだ。防具といえば、ただ下半身を守る草摺だけで、脛当てや籠手もない。かわりに、舞楽の衣装を身につけている。碧地の裲襠を右肩から素早く着て、大きな丸い目と鼻をもつ異相の蘭陵王の半面を摑んだ。

「走れ」一若の号令とともに皆が駆ける。瓦礫があっても迂回はしない。飛び越えて、進む。二手に分かれた。一隊は、朱昆と藍峯らに采配を任せる。一若は十数人とともに瓦礫の上を飛ぶ。まだ焼けていない倉にしがみつき、登る。もう大地には降りない。屋根から屋根へと飛びつつ、山名邸へとまっすぐな線を引くようにして進む。

塀と堀が見えてきた。鉤縄を投げて、塀の内側にある木にからめ屋根に縛りつける。

「猿になった気分だぜ」

駒太郎らが縄を伝う。背を下にして足と腕で縄にぶら下がり、手繰りよせるようにして進む。一若は手勢の十数人が半分以上渡ったのを確かめてから、縄に両手両足でぶら下がる。立って綱を渡ることもできるが、こっちの方が速い。

「待たせたな」

「じゃ、おれたちは手筈通りに門を襲うぜ」

いうや否や、駒太郎たちが駆ける。一若は反対へと走った。すぐに櫓が見えてきた。

「敵襲だ」

「外じゃない。内側だ」

「門を破られるぞ」

山名邸に怒号が満ちる。その隙に櫓の下へと至る。梯子はあるが目立つので使わない。木組みに手と足をかけて、どんどんと登っていく。櫓の上では、十人ほどの射手が必死に弓を引き絞っている。

「門が破られたぞ」

振り向くと、千や一花、朱昆、藍峯らの姿が見えた。返り血を全身に浴びた駒太郎もいる。刀を薙いで敵を斬り伏せている。駒太郎が敵を引きつけている間に、千や一花たちが散開する。

一若は櫓の頂上に躍りでる。気づいた射手が振り返ると同時に、両刃の剣を薙ぐ。狭いが、一若の剣は短い。弓から刀に得物を持ち替えようとする間に、八人を斬った。残りのふたりは体当たりで、櫓から落とす。腰につけていた竹筒の中身を振りかける。縄を地面に落とし、櫓から飛ぶ。一花が矢を構えている。矢尻はないが、かわりに炎が赤々と灯っていた。

「やれ」一若の声を合図に、火矢が放たれる。櫓の頂上へと吸い込まれた。大地に降りた頃には、もう櫓は紅蓮の炎に包まれている。

「よし、次だ。おれはあっちに登る。千と一花は向こうだ」

一若は別の櫓へと走る。朱昆と藍峯に援護を任せ、櫓を登っていく。視界の隅で、油入りの壷を宙高く投げる千の姿が見えた。櫓に当たるや否や、一花の火矢が打ち込まれる。巨大な炎柱が立ち上がった。

「やるなあ」

櫓を登る手足に力が満ちた。剣を片手で抜いて、足場を蹴って頂上へと躍り上がる。

「さ、猿か」

「莫迦野郎、人だ」

たちまち数人を斬り伏せる。よほど驚いたのか、三人が真っ逆さまに大地に落ちた。

「朱昆、藍峯、片付いた。頼む」

また縄を落とし、一気に地上へ降りる。朱昆たちが、先ほど一若が制圧した櫓の足に油を振りかけていた。たちまち火が上がる。

「これで九十貫だ」

次の櫓を探す。すぐ真上で、大きな風切り音がした。燃える櫓が粉砕される。細川勢の投石が命中したのだ。櫓からの矢の勢いが減ったのが幸いしたのか、狙いを十分に定めて石を放っているのがわかる。

「あっちの櫓も落とそう。細川の石が届かないところだ」

一若の指図に、朱昆や藍峯が「おう」と応える。

七

「君がこんなに莫迦だとは思わなかったよ」

一若に容赦のない罵声を浴びせたのは、焚だった。激しくはないが、焚の言葉は一若には恐ろしく鋭利に思えた。筵と倒木でできた寝ぐらは、人払いをしている。少々大きな声を出しても大丈夫だ。隅には革の大きな袋が鎮座している。こたびの褒美でもらった銭だ。全部で二百十貫文ある。が、明日には手下たちに分けるので、半分残ればいい方だろう。

「こんなことなら、ひとりで伊勢なんかに行くんじゃなかった。無理にでも一若を連れていくべきだったね」

焚は、しばらくの間、京を不在にしていた。日尊という僧侶の走狗として、伊勢国を訪れていたという。その理由は訊いても教えてくれない。

「一若は、本字壹號の宝を掠めとりたいんだろう。なのに、なぜ東軍についたんだ。本字壹號は大内家が持っているんだよ。つくんなら、西軍につかないと」

「これは仇討ちだ。西軍につくってことは、西軍から褒美をもらうってことだろう。仇に恵んでもらうなんてご免だ」

「じゃあ、本字壹號は諦めるのかい」

「そんな訳ないだろう。おれは堺に必ず帰る」

姉との約束があるのだ。今この時も姉が堺を訪れているかもしれない。

「やってることが滅茶苦茶だね。折角、遣明船が博多について、本字壹號も都に運ばれてきたっていうのに。どうして、ことをそれだけ難しくするんだい」

「なんだって、本字壹號が運ばれてきたのか」

「西軍の船岡山の陣に運ばれたらしい。やっぱり、大内周防介は自分の目の届く範囲に大切なものを置きたがる人のようだ」

にやりと笑う熒の顔は、凄惨なまでに美しかった。

「本字壹號が――宝がとうとう大内の陣に運ばれたのか。好都合だぜ。道賢らを殺ったのは、大内家の池田って被官だ。あの富貴無双の」

「へえ、摂津国の池田を知ってるんだ」

「ああ、以前、盗人市であった。本字壹號を奪いに行くついでに、仇を討てるかもしれない」

「二兎を追う者は一兎をも得ず、だ。仇討ちは後回しにせざるをえない。下手に刺激すると、本字壹號を奪うのが難しくなる」

理屈はわかる、と一若は内心でつぶやいた。仇を討つ好機はいくらでもあるが、本字壹號を奪う機会は多くはない。しくじることは許されない。

「忍びこむのならば、それほど問題はない」

西軍の陣の周囲には、瓦礫や蔵、家屋が多くある。それらには、すでに足場や手がかりとなるような縄や金具を打ち込んでいる。夜陰に乗ずれば、人目につかない屋根の上を天狗のように駆けて、西軍の陣のどこにでも降り立つことができる。いつ東軍から西軍の陣を焼けと命ぜられてもいいように、支度に抜かりはない。

「へえ、見直したよ。一若に盗人の才があったとはね」

「下手な世辞はいい。一番大切なのは、本字壹號の在り処だ。わかるのか」

「公家や僧侶たちを遣って、それとなく探らせている。船岡山の陣に、大きな蔵をわざわざ建てたそうだ。あるとしたら、そこだろうね」

「蔵なら屋根を破ればいい。本字壹號ってのは、重さはどのくらいだ」

「牙旗よりは軽い。前にいわなかったっけ。ひとつが紙一枚の重さだよ。数は百だ。紙百枚分の重さだ。けど、問題は時間だ」

数日前、東軍が丹波からの援軍を呼び寄せていた。もし、船岡山を東軍が攻め、万が一にでも蔵が燃えたら厄介だ。本字壹號が焼亡しないとも限らない。無事だとしても危ういと判断した大内政弘が、周防へと宝物を引き返させるかもしれない。能う限り早く、本字壹號を盗む必要がある。

足音がした。「一若」と、駒太郎の声がかかる。

「薬師寺様が来られた。ご本人直々だ」

薬師寺与一という、細川家の被官だ。山名宗全邸を攻める時の采配をとった男でもある。

「熒、どうする」ここにいるか、と訊いた。

「いてもいいかな。けど、顔は見られたくないな」

「じゃあ、この下に隠れてろ」

幌を上げて、褒美の銭と一緒に熒の上にかぶせる。

「これは薬師寺様、わざわざようこそ。上座下座のない寝ぐらですのでご自由に」

一若は満面の笑みで出迎えた。薬師寺与一は摂津国に領地を持ち、父祖は摂津国守護代も務めた家柄だ。灰色の髪と髭が豪傑然とした気を醸している。

「一若よ、もう少しいいところに棲めばよいものを」

「お金を貯めないといけないもので」

膝は折ったが、薬師寺は腰を床につけなかった。服が汚れるのを惜しんだのだろう。

「明日、動けるか」

「急ですねえ。まあ、出来ます。五十人の足軽や疾足でよければ。ただし、ひとりあたりの日当はいつもの倍、いただきます」

「いいだろう」

「で、仕事は」

「船岡山を攻めてほしい」

隠れる熒が、息を呑む気配が伝わった。

「事は急を要する。丹波の味方が嵯峨に布陣しているのは知っていよう。そこを西軍が叩くというのだ。援軍を送りたいが――」

嵯峨は西にあり、細川勢の本陣から一里半（約六キロメートル）ほど離れている。その間に横たわるのが、西軍の陣地だ。迂回しての援軍はあまりに時がかかりすぎる。ならば、西軍を直接攻めて、嵯峨の味方を援護しようというのだ。

「嵯峨へ向かった軍は、大内周防介が率いている。ならば、船岡山の陣は手薄なはずだ。そこを叩く。うまくいけば、敵が嵯峨を攻めるのを断念するはずだ。お主らが忍びこみ、櫓を焼き陣を燃やす。それを合図に、我らが一気に攻めかかる。やってくれるか」

あごに手をやって考える。どうするか。熒に相談したいが、隠れている今はできない。かといって明日の話なので、返事を引き延ばすわけにはいかない。ひとつ確かなのは、東軍の本隊が船岡山を攻めれば本字壹號を盗むのが難しくなることだ。

「わかりました。やりましょう」

東軍が攻める前に本字壹號を盗む。その上で船岡山の陣を焼く。それしかない。

八

月光の下を一若は飛んでいた。手がかりや足がかりの場所は覚えている。目を瞑(つぶ)っても進める。やがて、船岡山の陣が見えてきた。

「よし、おれと駒太郎のふたりがいく。お前たちはここで待っていてくれ」

そして、本字壹號の宝を盗みだしてから、他の数十人を忍びこませて、東軍の疾足としての仕事をさせる。腕力のある千が、かぎ爪のついた縄を投げた。船岡山の石築地にひっかかり、もう一方は一若らがのる屋根に縛りつける。ぴんとはった縄を駒太郎とふたりで伝っていく。

「本当だ。人の気配が薄いな」駒太郎がくぐもった声をだした。すでに大内政弘の大軍は、嵯峨攻めのために陣を立っていた。

「行こう」足音をたてずに走る。すぐに大きな蔵が見えてきた。かぎ爪を投げて登る。少し遅れて、駒太郎もつづく。素早く瓦をはぎ、鋸(のこ)で屋根板に穴を開けた。縄を投げて、一若らが滑り落ちる。

「目が慣れるまで待とう」

一若の指示に、駒太郎がうなずく。蔵の中にあるものが輪郭をぼんやりと持ち始める。人の背丈より高い棚がいくつもあり、葛籠(つづら)や行李(こうり)、銅製の筐(はこ)などがぎっしりと並べられている。

「これは大変だぜ」駒太郎が、うんざりした顔でいう。

「ひとつひとつ探すしかないな」

行李のひとつひとつに手を伸ばした時だ。

物音が外からした。

厚い鉄扉の向こうからだ。どんどんと近づいてくる。

「本当によいのですか、七郎殿」呑気な男の声だ。

「気になさらずともよい。今はちょうど軍勢が出払っていて、人目もない。よい機会です。ぜひ、周防介様の名物をご覧になって、藤七殿の目の肥しにして下さい」

錠をいじる音も聞こえてきた。天井から垂らした縄を、棚の上に慌てて投げる。幸いにも雲が出ていて、天井に開けた穴からは光は差し込んでいない。

一若と駒太郎が身を隠す。鉄扉が軋んだ。手燭台だろうか、明かりが蔵の中に差し込む。ふたりの男が入ってきた。すかさず、扉を閉める。

「これをご覧ください。唐物の茶器でございます」

手足の細い男が、葛籠の蓋を開ける。もうひとりの体格のいい武者が覗きこむ。夜目でもわかる蓬髪と無精髭だが、身の捌き方が熟練の能役者を見るかのようだ。あの男、どこかで会ったことがある。一若は記憶を探る。盗人市だ。池田充正の従者か。藤七と、充正から呼ばれていた。今も痩身の武者がそういった。あいつは、かなりできる。

「こちらは明国の皇族が着るという官衣でございます。見なされ、龍の刺繍がありましょう。が、よく見れば指が四本しかない。龍の指の本数によって、位がわかるのです。五本指の龍は皇帝しか許されません。四本指は皇帝の家族や高官のみ、三本指の龍は中級の役人に許されます」

「では、これが四本指の龍ということは」

「蟒袍（ぼうほう）といって、皇族や高官のみが着ることができる大変珍しい着衣です」

瘦身の男——七郎といったか——が服を両手で広げて得意げに語る。

「ところで七郎殿、この中で一番の宝といったら何だろうか」

蓬髪頭の藤七は、広げられた服には興味がないようだ。

「一番の宝とは」七郎が声を落とす。

「大内様ほどの方ならば、この世にふたつとない——公方様や帝でさえ欲する宝があるのではないかと思って。それこそ、水牛のような」

「そういうことならば」七郎が首を折って考える。

しばし沈黙が流れた。

「本字壹號はご存知か」

一若の心臓が止まるかと思った。

「はて、本字壹號、とな。聞かぬ名前ですな」

初耳の割には、藤七は一字一句間違うことなくいってのけた。

「茶器ですか。それとも錦の織物でしょうか。あるいは名刀神剣の類でしょうか」

「そんなものではありません。すべての富の源泉ともいうべきもの」

「そういって思いつくのは銭の束だけですな」

「その銭を生む宝が、本字壹號です。打ち出の小槌のようなものです。まあ、なりは小槌とは似ても似つかぬものですが」

「ぜひ、見てみたいものですな」

「いいでしょう」

駒太郎が唾を吞む音が聞こえてきた。これは好機なのだ。探す手間が省けた。が、心臓が異様に高鳴っていた。本能が、ここにいては危ういと警鐘を鳴らしている。

七郎は、大きな銅製の箱の錠を開けた。中からひとまわり小さな箱が出てきた。蓋を開けると、漆塗りの文箱が姿を現す。それを、大きな行李の上に置いた。

「さあ、ご覧ください」

朱房のある紐を解き、蓋をとった。

「これが――本字壹號」

藤七がうめいた。一若からは中身を見ることができない。

「驚いたでしょう。が、これが万貫の銭を生みます」

「まさか……てっきり銅や木でできているものかと」

「はて、藤七殿、本字壹號を知っていたのですか」

「あ、い、いや、宝といえば銅か金銀とばかりに」

藤七が狼狽えだす。

「なるほど、あなたは本字壹號が何かを知っていたようだ。これは参った、知っていてそれがしに近づかれたのか」

「ち、ちがう。誤解だ。おれは、知らない」

藤七が見苦しいほどに動揺している。

「本字壹號の正体を知っていて、それがしに近づいた。藤七殿は、恐るべき野心の持ち主のようだ」

燭台の火が大きく揺れる。

「ちがう。七郎殿、信じてく――」

「それがしと同じですな」

「へ」

「それがしも野心があります。藤七殿に近づいたのは、そのため」

舌舐めずりして、七郎がつづける。

「それがしの知恵と藤七殿の武、そして本字壹號、これがあれば一国を奪うも容易いでしょう。いかがですか」

「いかが、とは」

「鈍いお方だ」本字壼號が入った文箱を指さした。

「藤七殿、我らを見下したものへの復讐の刻がきたのです。池田程度の裏切り者の風下に、いつまで立つつもりですか」

戸惑いのあまり、藤七は返答さえできないようだった。

「さあ、あなたがやりなさい。ここまでの案内はそれがしの仕事。本字壼號を己のものにするのは、藤七殿の仕事だ」

文箱を藤七の方へと近づけた。

震えるようにして、手燭台の灯りが揺れている。

「怖がることなどありません。実は、それがしはある方と通じております。日ノ本で一、二を争う力を持つお方です。本字壼號を奪い、その方のもとへいけば栄華も――」

「鼠だ」

それまでとは違い、芯の通った藤七の声だった。

「それがしを鼠と愚弄するか」七郎の声に、たちまち怒気が満ちる。

「ちがう。あんたじゃない」

いつのまにか、藤七の背中から薫るほどの気迫が生じていた。

「鼠が紛れこんでいるようだ。七郎殿、ぬかったな。もっと早く気づくべきだった」

やけにゆっくりした手つきで、文箱の蓋を閉める。こちらに半身を向けて立った。一若らは慌てて物陰に頭を引っ込める。

「ひとりではないな……ふたりか。出てこい、賊め」

刀を抜く音がした。目で、駒太郎がどうすると訊いてきた。指で己の得物を示す。一若の方が短い。蔵の中の立ち回りでは有利だ。お前は逃げろ——と口だけを動かす。そして、火をつけるんだ、東軍が攻めてくれば、一若にも逃げる機はある。これは口を動かさずとも、一若の目の色だけで理解してくれた。両刃の剣を抜く。鞘走(さやばし)りの音が聞こえたのか、

「ひい」と七郎がくぐもった悲鳴を発した。

一若はゆっくりと物陰から這(は)い出た。藤七と対峙(たいじ)する。

「お前、どこかであったか」

藤七の声が合図だった。一若と駒太郎が同時に動く。一若は藤七へ、駒太郎は屋根の穴へ。

躊躇なく両刃の剣を繰り出した。二つ三つと刺突を繰り出す。が、藤七は動じない。腕を器用に畳んで、難なくさばく。それだけで一若の額に汗が滲(にじ)む。くそぅと呻(うめ)く。

この男は、恐ろしく強い。

藤七の持つ刀が光に変わり、脇(わき)と太腿(ふともも)に痛みが走った。血が流れる感触がするが、深傷(ふかで)か否かを確かめる暇はない。

「ああ、藤七殿、ひとりが逃げますぞ」

七郎が、縄を伝う駒太郎を指さした。

藤七が床を蹴った。駒太郎を斬らんと、刀を振りかぶる。一若は飛び込んだ。剣で藤七の斬撃を受け止めたが、壁に叩きつけられる。すぐに立ち上がった。藤七は涼しい顔をしている。滅茶苦茶に刃を振り回した。切っ先が葛籠や行李に当たった。

「藤七殿、宝物を傷つけんでくれ」

舌打ちを放って、藤七が間合いをとった。なんとか息をつくことができる。

かすかにだが、藤七は驚いているようだ。天井から垂れる縄が静かに揺れている。

「逃げられたか」と、藤七がいう。一若など、数合で斬り伏せられると思っていたのだろう。ゆっくりとした動作で、藤七は懐から短刀を取り出す。一瞥しただけで、放った。一若にではない。ざくりと音がして、穴から垂れる縄が床に落ちた。見れば、天井に短刀が刺さり、縄は半尺（約十五センチメートル）ほどのところで切断されている。

「投降を勧めるか、それとも血で汚れるが一合で始末をつけるか。あるいは、葛籠を傷つけるやもしれんが生捕りにするか。ああ、童、お前に選ばせるために口にしているのではない。己がどうすべきか考えるために、声に出しているだけだ」

藤七の切っ先が、一若の心臓にぴたりと狙いをつける。

「しばし考える。お前は、おれが二つ目を選ばんことだけを祈っておけ」

気迫に後退ったのは、七郎だ。

「畜生がぁ」

喉が裂けんばかりに叫んだ。一若は飛ぶ。前でなく、斜め後ろへと。

「莫迦が」

藤七が滑るようにして間合いをつめた。棚が、行手を阻む壁に変わる。構えた藤七の刀が一閃した。一若は飛んでいた。迫る棚を蹴って、逆方向へと。背中が熱い。斬られたのだ。さらに棚を蹴る。手を柱にかけて、また蹴った。腕を思いっきり伸ばす。指が、天井穴からわずかにぶら下がる縄にかかった。手首を回し、素早く巻きつける。己の重みが一気にかかった。眼下では、藤七が呆然と見上げていた。剣を口にくわえ、体を持ち上げ、穴から屋根の外へと出る。

厚い鉄の扉が開く音がする。七郎が外から一若を追うつもりか。

穴から中を見た。藤七と目があう。釣られて外に出てくれれば、本字壹號を盗める隙もできたのだが——

背後で火の手が上がった。駒太郎や千、一花たちが攻め入ったのだ。

「あんた、藤七といったな。池田と一緒にいたろう」

「どこで会った。骨皮を攻めた時か。いや……そうか盗人市、二十貫の勧賞首か」

藤七の目が大きく見開かれる。

「待て、お前、道賢を攻めた陣にいたのか」

問いつつ、何も不思議はないと思った。朱昆や藍峯から、池田の手勢が先陣となって襲いかかり、骨皮道賢に深傷を負わせたと聞いている。

「そうだとも。おれが先手の采配をとった」

「道賢を斬ったのもか」

「ああ、ただ留めは刺せなかった。まさか、女駕籠で逃げる卑怯者とは思わなかった」

髪が逆立つかのような怒りに一若は襲われる。落ち着けと自身を叱りつけた。この男は、一若を逆上させようとしている。

「そういえば、お前は骨皮の盗人市で助けられていたな。どうだ。仇討ちとやらをしてみんか」

藤七が刀をこちらへと突きつけた。降りてこいと、もう一方の手で挑発する。

「はよう、こい。蔵を守るのじゃ。他はどうでもよい。燃える櫓など放っておけ」

七郎と呼ばれる男の悲鳴が聞こえてきた。

何十人もがこちらにやってくる。

一若は、穴から藤七へと唾棄した。

「必ず仇を討つ。覚えておけ」

一若は七郎らと反対の地面に飛び降りた。

九

船岡山の陣のあちこちで火が上がっていた。高い櫓が次々と燃え落ちていく。石を積んでできた築地塀を、東軍の武者たちが乗り越えんとしていた。

まさか、あの童たちにここまでやられるとは。走りつつ、藤七は悔いた。

池田充正の姿が見えてきた。両手に、宝石や名物の茶器を一杯に抱えている。

「藤七ぃ、何をしてた」

目を吊り上げる充正のもとに素早く近寄る。

「見つけた。本字壹號だ。紙でできていたぞ。銅でも鉄でも木でもない」

「ほ、本当か」

首をひねって、充正の目を誘った。瘦身の杉七郎が、蔵から慌てて名物の入った行李や葛籠を運びだしている。

「あの中にあった。今は暗くて、どの箱かはわからんが、どうする」

今、奪うかと訊いた。

「この混乱では、分の悪い博打だ。わしは手下を率いて、葛籠を運びだすのを手伝う。万が一にも、東軍の手に渡ったら、何をしてたんだかわからねえからな」

躊躇なく、両手に持っていた名物を放り投げた。

「藤七、お前はしんがりだ。東軍を近づけるな」

葛籠や行李を運ぶ杉七郎のもとへ、充正の手勢が走っていく。

「ち、よくやったの一言もなしかよ」

兄に背を向けた。船岡山の陣はもうすぐ落ちる。今、やるべきことは、できるだけ時を稼ぐことだ。

「残ったものは続け」

藤七も少ない手勢をかき集めて走りだす。すぐに乱戦を演じる敵味方が見えてきた。獣でもいるのか、と一瞬思った。低い姿勢で、恐ろしく俊敏に長い刀を操っている足軽がいる。地を這う刃が、次々と西軍の武者の足元を刈る。あいつは——先ほど蔵の中で隠れていたひとりだ。

「邪な剣法を使いおって」

藤七が躍りでた。

「貴様、さっきの」

足軽が吠えた。背は低い。地べたに体をすりつけるようにして、構えた。剣風が藤七の足元をかする。脛当てに当たり、火花が散った。

「名乗れ、おれは大内家被官、池田筑後守が家臣、高野藤七だ」

またしても剣風が足元を吹き抜ける。が、藤七は踊るようにして足の位置を変えることでよけた。

「ここはおれがやる。お前らは櫓や塀を焼け」

矮軀（わいく）の少年が、藤七を睨（ね）めつけたまま仲間に指図した。ろくに胴丸もつけていない足軽たちが左右に散る。

「名乗れ、時が惜しい」

「莫迦か。お前らの戦い方を、疾足（はやあし）のおれたちがなぞるわけないだろう」

地面を削るような刃筋だった。飛んでかわす。なるほど、疾足とはよくいったものだ。最近の足軽たちの神出鬼没ぶりを、巷（ちまた）では疾足と呼び恐れている。足だけでなく、太刀筋も疾（はや）い。

つづく太刀はさらに低かった。土煙とともに襲いくる。鈍い音がした。矮軀の童の顔が激しく歪む。藤七は、足で敵の刃先を踏んだのだ。先ほどまでの攻めを受けて、力量を完全に見切っていた。

若いな、と思った。

必死に刀を足から抜こうとしている。ここは刀を捨てて、別の得物に持ち換えるべきだった。

「あの世で修行しなおせ」

いい終わる前に、少年の額が割れる。血が盛大に吹き出た。瞳から命の色が急速に失われていく。絶命を見届けるような無駄なことはしない。

藤七は左右に素早く目をやった。

「四半刻（約三十分）は持たぬか」

足軽ばかりでなく、東軍の武者たちも多くなっていた。櫓などはほとんどが焼け落ちている。

「ならば、その間に斬って斬って斬りまくるのみ」

刀を構え、狼藉（ろうぜき）を働く足軽たちのもとへと駆けていく。

五章　疾足踏歌

一

十一月の冬の雨が降りそそいでいた。熒が身につける簑や笠を嘲笑うかのように、冷たい湿りが肌を冒す。青銅製の鳳凰が見下ろす、宇治平等院の境内に熒は立っていた。

水びたしの土の上で、踏歌奔躍している者たちがいる。

一際目立つのは、空を跳ね、宙で回転する少年だ。割れた蘭陵王の面で顔の上半分を隠し、上半身には何も身につけず、薄い胸をさらしている。手には、両刃の剣を握っている。

一若が、踏歌奔躍していた。水滴を弾き飛ばすようにして空中で何度も回転する。両刃の剣を躍らせる。

一若を中心に、足軽や疾足たちが大勢いた。

時代がかった矛を振り回し踊る者、赤い付け髪を旋回させて歌う者、金色の鎧を誇示し刀を構える者。踊りつつも目には喜びの色はない。弔いの踏歌だからだ。

二月前、一若らは船岡山の大内勢の陣を襲った。足軽衆とも疾足衆とも呼ばれる者たちの活躍で、櫓や塀、陣屋のことごとくに火をつけ、東軍の武者たちの侵入を容易くした。船岡山は落ちたが、一方で嵯峨の東軍は負けた。西軍本隊がくる前に、東軍は船岡山を捨てて元の自陣に戻った。これを勝利というのか、敗北というのかはよくわからない。

少なくとも、一若らにとっては喪ったものが大きすぎた。まず本字壹號を目の前にしながら、奪うことができなかった。そして、駒太郎ら十数人の仲間が死んだ。

乱の最中ゆえ、一若らは弔いさえも満足にできなかった。

二月たった今、やっと駒太郎らのための弔いを行っている。しめやかな葬式などはしない。踏歌奔躍を宇治平等院にそびえる青銅の鳳凰に奉納することが、足軽たちの弔いだという。

「焚、おれたちは行くよ」

声をかけたのは、千と一花だった。背に大きな籠を背負っている。ふたりは一足早く京へと戻る。焚も同行することになっている。

三人は黙々と都への道を歩いた。

途中で、他の仲間たちとも合流する。

「これで、一若兄がふっきれたらいいんだけどね」

白い息を吐きつつ、一花がいった。船岡山から帰ってきた一若は、目を真っ赤に泣きはらしていた。そして、無言でずっとふさぎこんでいた。戦いがあれば先頭に立ったが、まるで自らを死地に追い込むかのような蛮勇を何度も見せて、周囲を心配させていた。

「けど、す、すこし安心した。一若の乱舞はすごい。体は大丈夫」

千が言葉をこぼすようにいう。

「一若兄の乱舞、あれが具足能なの」

一花が、焚を振り返らずに訊（き）いてきた。

「ああ、そうだ。私たちのいた寺で教える具足能は、鎧はつけない。本物の剣は使うけどね。その分、軽技のような動きを叩（たた）きこまれるんだ」

「あれだけの乱舞なら、足軽働きせずとも暮らしのお金は稼げるだろうに」

一花が無念そうにいう。が、一若の軽技が堺（さかい）仕込みなのは、芸能の徒が見ればすぐにわかる。ただの宙返りでも座によって方法が違うからだ。芸を披露すれば、堺の勧賞首（けんじょうくび）だとばれてしまう。本来なら弔いの踏歌も控えるべきだ。

一花の足が止まった。背負っていた籠を乱暴におろす。

「みんな、身を沈めて。気配がする」

短弓を素早く構えた。千は籠を負ったまま、足元の石を摑（つか）んだ。

雨で煙（けむ）る風景の中、遠くの木立と思っていた影がどんどん濃くなっていく。薙刀（なぎなた）や鉞（まさかり）も見えるようになった。

「ま、待ち伏せだ」

千が小さく叫ぶ。鎧兜の武者もいれば、野武士と思しき者たちもいる。腰には紺色の小旗——ということは西軍の手勢だ。熒は素早く周囲に目を配った。厚い布陣で、隙は見つからない。

「戻ろう。都より、まだ宇治が近い。血路を開くなら、そっちの方がいい」

熒の言葉に、一花と千がうなずく。

「か、固まるんだ。宇治へ戻る」

千が叫んだ。一花が行き先を示すように、矢を放った。

「走れ」千が先頭に立つ。同時に西軍の兵たちが一斉に包囲の輪をちぢめる。

目の前には、武者と野武士たちによって厚い壁ができていた。千と一花の石と矢によって、何人かが斃れる。亀裂のように隙間ができた。

「こ、こじ開けるぞ」千が石を立て続けにふたつ放ち、また野武士がふたりもんどり打つ。

道が開けた——そう思った刹那、立ちはだかる武者がいた。

脛当てや籠手をつけた小具足姿、顔の下半分を布で覆っている。

千の礫がうなる。それを難なく叩き落とす。一花が弓を引き絞った。矢叫びの音が突き抜ける。

「あ」と、声を出してしまった。

　覆面の武者の体の中心を射抜くはずだった矢が通りすぎていく。武者は空中に飛んでいた。一回転して音もなく着地する。手に持つ得物は、両刃の剣だった。

　一若のものではない。それよりもずっと長く鋭利だった。

二

　ぬかるむ地面を蹴って一若が駆けつけた時、仲間たちの骸がいっぱいに折り伏していた。着ている簑は血にまみれている。駆けよるが、息がある者はいない。

「一花は、千はどこだ。焚もいたはずだ」

　怒鳴りつけるが、折り伏す仲間で反応を返す者はいない。

「誰だ。誰にやられたんだ」

　睨みつけたのは、血路を開くことができた仲間だ。肩に大きな傷を負っている。

「わからない。西軍なのは確かだ。名乗りもせずに襲ってきた。けど……」

「けど、なんだ」

「矢は放ってこなかった。刺又や梯子の捕物道具を持っている奴も多くいた。誰かを捕まえようとしているようだった」

　また、骸たちに目をやる。一花は——いない。唯一の女性だから体つきでいないことがすぐにわかる。巨軀の千もいない。さらに骸ひとりひとりの顔を確かめる。焚もいない。

「焚と一花、千は捕まったのか」

　そうとしか考えられなかった。

三

　かつて禁裏があったという内野は雑草が生い茂り、流民たちがたむろしている。ところどころ大地に穴があいていた。朽ちた土塀の跡が、抜け残った老婆の歯のようだ。

今、都は応仁の乱で荒廃がすすんでいる。このままつづけば、都もこの内野のようになってしまうのだろうか。柄にもなく、そんなことを藤七は考えていた。詩歌は嗜まないが、こんな気分の時に皆は詩を詠むのだろう。

「おい、藤七、さっさと案内しろ」

　同じく詩興とは無縁の男——池田充正が乱暴に声をかけてきた。

「こんな貧乏臭いとこにいたら、疫病神に取り憑かれかねない。さっさと用事を終わらせるぞ」

「なら、あんたは陣にいればよかったんだ」

「まあ、それもありだがよ。けど、わしが盗人市で二十貫くれてやった童が、船岡山の陣を焼いたんだろう。どれほど出世したか、この目で確かめてみてえじゃねえか」

　あちこちに筵でできた荒屋が点在している。そのひとつに、一若が棲んでいるという。

「いた、奴だ」

両刃の剣を帯びる少年がいる。恐ろしい形相で短刀を研いでいた。気づいたのか手が止まる。こちらを見た。飛び上がり、剣を抜く。

「待てっ、早まるな」

藤七の制止の声が終わるより早く、一若が大地を蹴る。咆哮とともに、剣が迫ってくる。

「くそ」充正を殴るようにして突き飛ばす。胴体を一若の剣がかすった。

油断した。いや、それ以上に——息を呑んだ。一若はすでに体を反転させ、再び突きかかってくる。疾い。避けられない。

「仲間を助けたくないのか」

とっさに叫んでいた。一若の剣が止まる。すんでのところだった。切っ先は首筋から半寸の隙間だけをあけて止まってくれた。一若は、肩で大きく息をしている。

「お前の仲間だ。一若よ、西軍に捕まっている、お前の仲間三人だ」

「一花と千と熒か」

「名前までは知らん。女と大男、そして女か男かどっちかわからんが、最後のひとりは多分、稚児崩れか」

一若の目が大きく見開かれる。

「そうだ。話ぐらい聞け。盗人市で、お前の絵を二十貫で購ってやったのを忘れたのか」

「わしらは、お前のためにきたんだ。さあ、剣をしまってくれ。仲間を助けたいんだろう」

充正が、藤七の体ごしに詰(なじ)る。徐々に一若の呼吸が落ち着いてくる。

「その仲間をお前は殺した」

充正の猫撫(ねこな)で声は、鳥肌がたつほど藤七には気持ち悪かった。

充正ではなく、藤七を睨む。きっと船岡山の陣で殺した足軽のことだろう。いや、骨皮(ほねかわ)道賢(どうけん)のことも含まれているかもしれない。残党を一若が吸収しているのは知っている。

「藤七、お前、そんなひどいことをしたのか。失望したぜ」

「白々しいことをいうなよ。あんたを置いて、帰ってもいいんだぞ」

充正の腕では、一若には到底敵(かな)わない。

「仲間を殺したのは確かだろう。一若殿に謝ってやれ」

「ふざけてるんじゃねえ」

怒声を張り上げたのは、一若だ。

「ああ、悪かったよ。一若殿よ。若くして都鄙(とひ)に名を轟(とどろ)かせる疾足(はやあし)の大将様を怒らせたのは謝る」

この男をこの場に置き去りにしようか、と半ば本気で藤七は検討する。

「藤七を連れてきたのも謝ろう。こいつがぜひ同行したいというもんだからな」

全くの逆だ。藤七は無理やりに連れてこられたのだ。

「その上で、単刀直入って奴で話をすすめさせてもらう。一若殿よ、西軍の本陣を襲ってくれんかね。ああ、疑問はもっともだ。我ら池田家は、西軍大内家の忠勇なる被官だからな。まあ、その辺はいいだろう。詮索はしないでくれ。わしはただ、仲間と引き裂かれた一若殿が不憫ゆえ、その救いの一助になれればと思ったのだ」

藤七を盾にする位置で、充正は滔々と語る。

「三人が囚われている場所を教えよう。今は西軍陣地の奥深くとしかいえない。この話にのるなら、詳しい場所を教える。条件は一若殿が手勢を率いて、西軍陣地を襲うことだ」

「お前は信用できるのか」

「おいおい、二十貫で絵を購ったのを忘れたのか。どれほど貴重な銭だったか」

「銭で信用は測れない」

「ああ、お前に銭の何がわかる」急に充正の声に不穏が満ちる。

「もしも、我らの言葉が嘘だったら、手引きしたのはこの池田筑後守だと西軍に白状すればいいだけだ」

仕方なく、藤七が割ってはいる。

「我らのことを信用する必要などない。それとも、他に仲間を救う手はあるのか」

一若は無言だ。日差しが藤七らから離れているので、黙考しているのだろう。

「西軍の陣を襲うといったが、どの程度の攻めを考えている」

ぱちんと池田充正が指を鳴らした。

「宗全(そうぜん)の陣を襲え。できれば首をとってほしい。まあ、難しいのはわかる。わしがいっているのは、そんな気持ちで襲えってことだ。そのための支度はこちらで整える。宗全がどの陣屋にいついるか。襲う日に何をして、誰に会っているか、などだ」

「宗全を討てなかったら」

「いったろ、難しいのは百も承知だ。全力で宗全の本陣を叩け、それがこちらの条件だ。全力でないと判断したら、仲間の居場所は教えん」

「教えない、だと。なら、おれは誰に手引きされたかを西軍に内通するだけだ」

「よせよぉ、そしたら仲間は永遠に帰ってこないぜ。そんなに、別れた友達のとこへ三人を送りたいのか」

一若と充正が睨みあう。

「おれが思うに」藤七が仕方なく口を挟む。「仲間を思うなら、この話を呑むしかない」

剣を握っていた一若の手がゆるむ。

「ひとつ聞きたい。あんた」剣先が藤七をさした。

「船岡山の土蔵でいってたな。本字壹號って何だ」

不覚にも動揺してしまった。一若の目つきが鋭くなる。舌打ちを放ったのは、充正だ。

「本字壹號、何のことだ」充正がとぼけた声で援護してくれた。

「まあ、いいさ」

一若が剣を鞘に納める。

「癪だが、あんたらの話にのるしかないようだ。ただし、嘘はつくな。嘘をつけば、おれは全てをばらす」

「わしらが、西軍を裏切ってることをかい」

「だけじゃない。本字壹號っていう宝を、お前らが狙っていることもな」

藤七の背が冷たくなるほどの殺気を、充正が放つ。

「大した童だぜ」と、藤七にだけ聞こえるように充正が呟いた。

「たった一言で、こっちと対等まで持っていきやがった。こんなことなら、盗人市で情けなんかかけるんじゃなかった」

その声には警戒の気が過剰に籠もっていた。

四

まさに、猿だな。

夜空を飛ぶように疾る一若らの手勢を見て、藤七は感嘆を抑えることができない。西軍は過去に一若に櫓を焼かれた。その経験から、宗全邸のはるか前の芝薬師堂周辺を要害へと変えていた。にもかかわらず、今、宗全の陣近くにいる藤七の目に一若らの姿がある。戦うことはおろか、見つかることさえなく、芝薬師堂の西軍陣地を突破したのだ。

事前に支度をしていることは知っていた。藤七や池田充正も手伝った。西軍陣地の櫓や蔵、大木に足掛かりとなる金具などを打ち込んだ。とはいえ、やはり今夜空を躍動する姿は信じられない。なかでも、ひとり抜群の動きの者がいる。右肩から腰にかけて身にまとっている碧地(あおじ)の着衣は、舞楽で使う裲襠(りょうとう)か。星明かりをうけて、頭にかぶる異相の面のまなこが妖(あや)しく光る。背に剣を負った一若だろう。

「まさに足軽、いや疾足だな」

馬に乗る。じっと待つ。小さな火の手が上がった。とうとう、一若が宗全本陣に火をつけたのだ。斬り込む剣戟(けんげき)の音も響く。「よし」と小さく気合の声を放ち、馬腹を蹴る。船岡山の陣へと駆けに駆ける。宗全の陣から船岡山まではそれほどは離れていない。

船岡山の陣につく頃(ころ)には、背後の宗全の陣から大きな火の手が上がっていた。

「池田家被官、高野(たかの)藤七だ。変事出来(しゅったい)、門を開けろ」

門櫓の上にいる番兵たちに怒鳴る。

「な、何があった」

「宗全様の陣が東軍の疾足に襲われた」

「一大事ではないか。周防介(すおうのすけ)様は宗全様の陣で開かれた軍議にご参加しておるのだぞ」

「ま、まことか」と、藤七は驚くふりを大袈裟にする。

「火の手の大きさは」

「見てわからんのか、宗全様の陣を燃やし尽くしかねんぞ」

背後に指をつきつけた。

「殿をお助けせねば。陣鐘を鳴らせ」

「大内勢よ、今すぐに出るのだ」

武者たちが鎧を鳴らし走ってくる。厚い門をこじ開け、次々と騎馬武者が駆けていく。

「そうだ。いけぇ、早くせねば、周防介様が討死にするぞぉ」

馬に乗らずにはしゃぐようにけしかけるのは、池田充正だ。

「おい、もうすこし真面目にやらないと警戒されるぞ」

藤七が馬を寄せた。

「なあに、野武士を百人ほど、周防介様のご救援の軍に参加させている。それより、いくか。この刻を待ちわびたぜ」

馬を降りて、気合をいれる充正についていく。大きな蔵が見えてきた。真新しいのは、一若らに襲われた時に焼亡したからだ。こたびの蔵は、天井にも厚い鉄板をはめていると杉七郎はいっていた。横を見ると、数百人の野武士がいる。巨大な丸太が何本も横たわっていた。

「さて、悪党たちよ、目の前に見えるのが何かわかるかね」

「そりゃあ、周防介様の名物を納めた蔵だ」

髭面（ひげづら）の野武士が恐る恐る答えた。

「そうだ。悪政によって貯（た）めた宝物だ。こたび、心ならずも大内家に降（くだ）り、この池田〝筑後守〟充正は痛感した。大内周防介がいかな大悪人かを。天下紊乱（びんらん）の元凶こそは、民の蓄えをむさぼる周防介の悪行にある。よって、今より義挙にでる」

「まさか、西軍を裏切るんですか」

「裏切るのではない。諸悪の根源である大内周防介を退治するのだ。そのためにあの蔵を襲う」

野武士たちが目を見合わせた。

「もっと、わかりやすくいうと、あの蔵の中身をお前たちが好きにしていいってことだ」

反応の薄い野武士たちに、とうとう充正が怒鳴りつけた。たちまち、皆の顔がにやける。

「大内の本陣が混乱している今しか好機がない。それはわかっているだろう。躊躇（ちゅうちょ）はするな。あとお宝だが、ひとつだけは決して手をつけるな。手を出した奴は殺す」

「手を出しちゃいけない宝ってのは」

野武士が行儀よく手をあげてきく。

「蔵をぶっ壊したら、藤七にまずは取りに行かせる。それまで待て。念のためにいうと、紙だ」

「かみ、紙なのか髪なのか神なのか、どれだい」

「百枚の紙だ。絵や書のたぐいじゃねえ。見ても、お前らには値打ちなんてわからん」

「困ったなあ、尻拭(しりふ)く紙と間違えそうだ」

みながどっと笑った。

「もうわかったろう。難しい仕事じゃねえ。さっさと用意しろ」

充正が言い終わる前に、野武士たちが丸太から垂れた縄を肩に担ぐ。重い丸太がわずかに宙に浮いた。

「いけっ。宝物をひとつ残らず奪え」

充正の号令とともに、何本もの丸太が餓狼(がろう)を思わせる勢いで襲いかかった。

五

「それ以上、行かせるな」

「宗全様の御本所ぞ」

武者たちがあちこちで怒号を放っている。斬り結ぶ一若が進むたびに、さらに声が激しく厚くなる。西軍総大将山名(やまな)宗全のもとへと近づいている、何よりの証(あかし)だ。

太刀を振りかぶる武者が四人襲ってきた。鎧を着ているので、動きが遅い。ふたりの喉(のど)

笛をかき切った。残るふたりを手槍で絶命させたのは、朱昆と藍峯だった。

「ここから先はおれだけでいく。朱昆と藍峯は皆を連れて、退いてくれ」

思っていたより、敵の数は多い。ここが潮時だろう。

「一若、お前だけでどうやっていくんだ」

藍峯が怒鳴った。

「まっすぐに行く。おれなら、壁を乗り越えられる」

いいつつ剣を鞘に納め、壁にたてかけた。足をかけ、一気に塀の上へ登る。

「わかった。こっちは手筈通り敵陣を突っ切る。無理するなよ」

朱昆が身を翻し、退却の指揮をとるために戻っていく。

一若は塀の上を駆け抜ける。

二年近く前の御霊合戦を思い出す。一服一銭の商いで、山名宗全の陣に忍びこんだ。威厳と威圧が滲む巨体、白い肌、興奮すると赤らむ姿は、毘沙門天のようだ。

一太刀でいいから浴びせたい。宗全が骨皮道賢や駒太郎らに直接手を下したわけではないが、西軍の総大将だ。きっと死んだ者の無念も幾分か晴れるはずだ。

目を細める。ふたつの塀が遮る先の庭に人がいる。赤糸縅の甲冑を着た偉丈夫だ。兜はかぶっていない。剃り上げた頭、刻まれた皺が見える。山名宗全だ。

周囲には十人に足らぬ武者。僥倖だと思った。皆、近くにいない。遠巻きにするようにして宗全を守っている。かわりに、陰陽師や神官、山伏と思しき男たちが必死に祈っていた。何人かは半狂乱になっている。

飛び降り、また塀に上り、飛び降りる。最後の壁に貼りついた。塀ごしに気配を探る。

心臓が高鳴る。乾いた唇をぺろりと舐めた。唾は呑み込めなかった。

「船岡山、周防介様のご陣で反乱です」

伝令だろうか、塀の向こうから大声がした。

「ま、まことか」

狼狽える声は高いので、きっと宗全ではない。

「はい、池田筑後めが造反したようです」

池田筑後、あの富貴無双の池田〝筑後守〟充正か。あいつめ、おれたちは囮か。本来の目的は、船岡山の陣で反旗を翻すことだったのか。

「周防介殿、早く戻られよ。ここはわしが引き受ける」

野太い声がした。鳥肌が疾る。間違いない。山名宗全の声だ。

そして、周防介という名前。大内政弘もいたのか。

ああ、糞、そういうことか。奴め、本字壹號を奪ったのだ。が、すぐに頭から追いやった。今は、宗全に一太刀浴びせることだけに集中する。

「おのれ、池田め。救ってやった恩を忘れおって。続け、大内家の者どもよ、船岡山の陣へ戻るぞ」

忙しない足音が、何十とつづく。剣を壁にかけて鍔を蹴る。塀を一気に飛び越した。ひとりの武者が気づいた。予想の内だ。塀越しに気配は感じていた。喉を裂いて、無音のうちに絶命させた。

「きえぇぇぇ」

絶叫が響いた。祈禱する陰陽師だ。祈りに没頭するあまり叫んだのか、口からは白い泡を吹き出している。皆の目差しが向くうちに、一若は藪の中に身を潜める。

本殿のような邸を背にして、宗全が立っている。まだ誰にも気付かれていな――いや、ひとり気付いた。宗全だ。

顔をこちらへ向け、大きな眼をかっと見開いている。

「皆、そこから動くなよ」

いったのは宗全だった。何かの紙片を胸の前にやる。お神籤だろうか。

「どういうことでしょうか」

「今から余興を見せてやる。わしが――猿王たるわしが天命を享けていることの証をたてる」

「も、申し訳ありませぬ。ご命令の意図が理解できませぬ」

護衛の兵たちがざわつきはじめる。

「一歩でも動けば、手打ちにいたす。そう理解せよ」

ゆっくりと宗全が、隠れる一若のもとへと歩みよる。

「舐めやがって」

頭が痺れるかのようなのは、悔しさのあまりか。あるいは、己は宗全のことを恐怖しているのか。

「御霊合戦の天狗の落とし文は覚えていよう。猿の王、天下を破る。あの予言が真であるならば、曲者の刃は、わしの肌には届かん」

「まさか、何者かが」

「動くなっ」

隠れる藪が揺れるほどの一喝だった。動こうとした護衛の武者の体も金縛りにあったかのように静止する。一歩一歩、ゆっくりと近づいてくる。

何が、天狗の落とし文だ。あんなものに踊らされやがって。

間合いになるまで待った。剣を強く握る。

息を止めて、大地を蹴る。声は放たない。ただ、剣の先端に全身全霊をこめる。

宗全も太刀を抜いていた。横薙ぎの一閃。老人とは思えぬ膂力だ。身を沈めて、尻で滑り、脛を刈る。固い衝撃が走る。脛当てに阻まれた。

薪を断つような一撃を飛んで避ける。

宗全の太刀が大地に食い込んでいた。

首筋に切っ先の狙いを定め、己を矢に変じさせる。無心に、ただ一直線に飛ぶ。心身を剣と同化させる。

護衛の武者が駆けよる姿が、視界の端に見えた。だが、遅い。

興奮で、宗全の肌が赤らんでいる。首に四本足の蛇の紋様が浮かぶ。

宗全の背後に人がいた。少年で稚児髷を結っている。

「焚っ」

思わず叫んでしまった。切っ先がぶれる。宗全の首のすぐ横の皮膚に赤い線が穿たれた。手ごたえは――ない。外したのだ。わずかに皮一枚を斬っただけだ。

組みつかれた。宗全が太刀を捨て、一若の両腕を捕まえている。物でも持ち上げるようにして、頭上に掲げ、そして叩きつけられた。後頭部を激しくぶつける。見える風景が激しく歪む。右も左も天地もわからない。起き上がろうとしているのに、手足がいうことをきかない。

全身が激しく震えている。

髪を摑まれた。

「曲者よ、今、お主は焚といったのか」

宗全が不思議そうに首を傾げてから、後ろを見た。青白い顔をした焚が立っている。

「焚よ、これはそなたの知人か」

焚が跪いた。

「はい。私の大切な仲間のひとりでございます。もし、お赦しをいただけるならば、この者の助命もお願いしたくあります」

「赦すもなにも」一若の髪が解放され、地面にべちゃりと崩れる。

「歓迎しようではないか。わしが天命を享けていることを、こ奴はその剣で証してくれた。何者もわしを害することはできぬ。猿王であるわしが、この天下を破るまではだ」

宗全は、慈しむように首にできた傷を指でなでた。指を口にもってきて、血を味わうように舌でなめとる。

六

藤七は、池田充正とともに月光の下、馬を駆っていた。

藤七が抱える文箱は恐ろしく軽かった。本当に、この中に本字壹號の宝が入っているのかと疑うほどだ。前をいく充正を必死に追う。背後では、宗全本陣から火の手が上がっている。飛ぶ火の粉が、藤七らを追いかけるかのようだ。

櫓がいくつも屹立する細川邸が見えてきた。篝火が多くたかれ、地面は昼のように明るい。

「止まれ、何者だぁ」

「池田〝筑後守〟充正だ。京兆(けいちょう)様への至急の謁見を所望する」

「池田だと、あの裏切り者のか」

門番たちが槍を突き出そうとする。

「否、裏切りにあらず。敵を欺く偽降(ぎこう)なり」

充正が怒鳴り返す。

「偽降だと、そんな話は聞いておらんな」

門を開けて出てきたのは、灰髪灰髭(はいはつはいひげ)の武者だ。薬師寺与一(やくしじよいち)——池田充正と同じ摂津の国人(こくじん)だ。

「大方、山名の本陣が燃え、臆病風(おくびょうかぜ)に吹かれて帰参を申し出たのであろう」

「知らぬのは無理はない。あんた程度の器量の武者には易々(やすやす)と教えられぬ謀(はかりごと)だ」

「手下の野武士を捨ててか。いや、愛想をつかされたのか」

「心配するな。手切れ金はたっぷりとやった。まあ、わしの財布でなく大内の蔵からだがな」

充正が馬から降りたので、藤七もつづく。

「そういうことだ。薬師寺殿、さっさと道を空けてくれぬか」

「通せるわけがあるまい。刺客やもしれぬ。そもそも謀とは何なのだ。それほどまでの大事ならば、なぜこの薬師寺与一に京兆様は教えなかったのだ」

「だから、あんたには扱いきれぬ秘事だっていったろうが」

「わしを器でないと愚弄するのか」

薬師寺与一の灰髪が立ち上がるかのようだ。門の中から武者が来て、耳打ちをした。薬師寺与一の顔が歪んだ。

「入れ。お会いになるそうだ」

「ありがとうよ。あんたのおかげで、忙しいのにたっぷりと無駄話ができた」

充正が門を通る。藤七も背中を守るようにつづく。

「筑後よ、ひとつだけいっておく」

「まだ、無駄話をするのか」振り返るどころか、歩みも止めず充正は言い捨てる。

「次の摂津国の守護代は、わしと決まった」

ぴたりと充正の足が止まった。

「今から楽しみだな。摂津守護代として、お主に命令することがだ。我らふたりが力をあわせれば、きっと西軍など蹴散らすのは容易いだろう。誰かがまた裏切らぬ限りはな」

「そいつはめでたいな。あんたには桜井郷の一件では色々と世話になった。お返しができれば幸いだ」

充正は歩みを再開する。

「とんでもない奴が守護代になっちまうな」

「世も末だぜ。けど、誰が守護代だろうと関係ない。わしの商いを邪魔する奴は蹴落とす」

そうこうしているうちに、細川勝元の部屋に通された。西軍の変事を聞きいつでも出陣できるようにだろうか、鎧を身に纏っていた。腕を組み口を真一文字に結び、充正と藤七を待っている。護衛の武者は、以前の密談の場にもいた男だ。

「帰参が遅くなり申し訳ありません。が、お喜びください。宝を、本字壹號を見事に大内めから奪いました。おい、藤七、お渡ししろ」

「ははぁ」

立ち上がり、両手で文箱を持って勝元の前に置く。

「開けてみろ」勝元が短く指示を出す。護衛の武者が動かないので、己に命じられたと判断し朱色の紐を解き、蓋を両手で持つ。ゆっくりと開けた。

宝が、その姿を現した。

文字通り本字壹號であり、ある意味では文字通りの本字壹號ではなかった。

箱の中にあるのは百枚の紙の束である。そこに〝本字壹號〟の文字が朱色で捺印されていた。

が、奇妙なのは〝本字壹號〟の文字が縦半分にまっぷたつに切れていることだ。文字だけでなく、紙もだ。きっと最初は、本字壹號と紙の中央に印字してあったのだろう。それをまっぷたつに切った。そして、百枚の紙全てに〝本字壹號〟の左側だけが押印されている。よく目をこらせば、一番上の紙の左下隅に〝一〟とある。次の紙には〝二〟だ。以前、杉七郎に見せてもらった時、百枚全てに一から百まで印判されていたことは確かめていた。

「いかがでございますか。正真正銘の本字壹號でございます」

充正の声は誇らしげだった。

一方の勝元は本字壹號を手で数度撫でた。そして、両腕を硬く組む。

「小栗宗湛殿を呼んできてくれ。この刻限にお呼びするのは心苦しいが、急を要する。なんとしてでも来てもらえ」

「まさか、真贋を目利きさせるおつもりですか。これが偽物だとお思いか」

静かに勝元は肯いた。

「もしや、私めが贋作と掏り替えた、と思っているのですか」

膝をつかって、充正がにじりよる。

「思っておらん。本字壹號はお主ひとりの力で扱いきれぬ。そのことを、お主が弁えぬほど愚かだとも思っておらん」

勝元は目を閉じた。一言も発しない。黙って待っていろ、ということか。

小栗宗湛が来るまでは、実に長く感じられた。

襖が開き、疲れた顔の絵師がやっと部屋に入ってきた。

「宗湛殿、夜分遅く申し訳ない。ある物の真贋を鑑定してほしい。そして、何を見たかは一切忘れてほしい。無論のこと見返りは十分にする」

「承知しました。して、何の真贋を」

勝元が文箱を指さした。

「はて、これは書ではありませんな。大きな判子が押してありますが、版画でもなさそうだ。正直、あまりいい値のものとは思えませんが」

「宗湛殿に鑑定していただきたいのは、これが明国のものか否か。値付けは結構」

困惑顔で、小栗宗湛が文箱に近づく。

「もし、これが本物であれば、明国のどこで作られたものでしょうか」

「明国の朝廷である」

「ならば、これは贋作でございましょう」

紙をひと撫でだけして、小栗宗湛はいった。

「な、何を根拠に」充正が片膝立ちになる。

「この紙は、日ノ本で造られたものです。この滑らかさからするに、美濃の紙でしょう。明国でも、紙は当然のごとく造っております。質も高くあります。どうして、わざわざ日ノ本の紙を使いましょうか」

ひどく大きな耳鳴りに襲われた。嘘だろう、と藤七が呟く。

本字壹號が偽物……あんなに苦労して奪ったものが偽物なのか。まるで船の上にいるかのように、藤七の見る風景が揺れ出す。

わなわなと震えているのは、池田充正だ。

「な、何かの間違いでは」

小栗宗湛は躊躇することなく、首を振った。

「これが、いかなる来歴のものかはわかりません。印字の墨の具合、紙の汚れ具合から察するに、まだできて三年とたっておりませぬ。きっと、古(いにしえ)の賢人由来の品とでも吹聴(ふいちょう)されたのでしょうが――」

小栗宗湛が見当はずれの推測をいう。

「そういうことだ、筑後よ」勝元の声は、どこまでも平坦だった。

「本字壹號が日ノ本の紙であるわけがないこと、お主はよう知っていよう」

充正の歯軋(はぎし)りの音が聞こえてきた。

「お主らは、謀(たばか)られたのだ」

勝元の声は罪人に刑を宣告するかのようだった。

七

宗全邸の一室の障子が、橙色に染まっていた。まだ櫓や蔵が燃えているのだ。

先ほどの一若の襲撃から、半刻（約一時間）もたっていない。熒は茶筅を回し、茶碗の中の茶をなじませた。

「面白き工夫だな。まさか、茶を点てる者と喫する者が場を同じくするだけで、こうも妙味がでるものとは」

低い声でいったのは、赤糸縅の甲冑を身にまとった宗全だった。白い肌が赤らんでいるということは、熒の茶の作法を喜んでいるのか。あるいは、先ほどの一若との剣戟の興奮の余韻ゆえだろうか。

静かに茶碗を置いた。宗全の太い腕が動く。躊躇することなく、喉の奥へと流しこんだ。

「私が毒を盛るとは考えませんでしたか」

「毒ごときでわしが絶命するものか。天狗の落とし文にも書いてあったろう。猿の王が天下を破る、と」

「確かに、今の大乱を引き起こしたのは宗全様です。まだ、暴れ足りませぬか」

「天下を破るには程遠かろう。なれば、わしはまだ死なぬ。天命がわしを必ずや守る」

障子ごしに見える火焔が、さらに激しくなった。宗全の赤らむ肌を濃くするかのようだ。

太い声で、宗全が謳いだす。

――王朝、天命を喪い
――百代の王で滅ぶ
――猿王と犬王、互いに英雄を称す
――星流れて野外へ飛び
――陣鐘軍鼓、全土に轟く
――青丘と赤土、穢れに満ち
――色を喪い空に帰す

予言詩こと、野馬台詩の一節だった。

「宗全様ほどのお方が、予言詩を頼みにされるのですか」
「稚児灌頂の夜とちがって、随分と饒舌になったものだな」

焚の心臓を殴打するかのような言葉だった。胸に手をやった。その様子を見る宗全は、笑んでいる。腕が震えだした。息をするのが、これほど苦しいことがあったろうか。

「そういうお主はどうなのだ。実の父の導きにより稚児灌頂の儀を受け、観音菩薩の化神となった」

「私が観音菩薩の化神である、と。この穢れた私がですか」

骸と戯れ、怪しげな儀式を行い、日尊の慰みものにされるために宮刑に処された己がか。

奥歯がぎりと鳴った。血の味が口の中に満ちる。

「事実、そうだ。お主は観音菩薩の化神にふさわしかろう。日尊なる南朝の後胤を見事にたぶらかした。知っているぞ、伊勢にいき北畠を動かし今出川殿（義視）を上洛させた。今出川殿は我が西軍の総大将となり、西幕府と呼ばれるまでになった」

「私のことを調べていたのですか。いつから……」

「慈済寺から逃亡したと報せを受け、すぐにだ。見つけるのに少々手間取ったがな」

「なぜです」

「なぜ、とは。父が子の行方を気にするのは当然であろう」

「宗全様」

障子に大きな人影が映った。いまだ、外の紅蓮は力を弱めていない。

「杉七郎様が来られました」

「入っていただきなさい」

すうと障子が開く。眩しいほどの火焔が焚の目をさした。瘦身の武者が入ってくる。額や頬に新しい火傷の痕があった。

「危ないところでした」

懐から取り出したのは、文箱だった。朱紐を恭しく解く。震える手で、杉七郎という男が蓋を開けた。

心臓が爆ぜたかと思った。胸にやっていた手の爪が肌に食い込む。文箱にあったのは紙の束だ。百枚はあろうか。印字されている文字は——本字壹號。その左半分しかない。右半分は紙が途切れてない。

「本字壹號、すんでのところで無事でございました。間一髪でございました。宗全様のご本陣に火の手が上がり、万が一を考え、企みを早めましたのが吉と出ました。まさか池田の賊めが、この宝を狙っておったとは。危ういところでございました」

平伏した姿勢で、杉七郎が腕を伸ばし文箱を宗全の膝元へとやる。

夜目にも、その紙質が日ノ本のあらゆる紙とはちがうことがわかった。まるで絹のように美しい。どういう技法かはわからぬが、紙に隆起をつけて龍の透かし紋様が入っている。その指の数は五つ、皇帝にしか許されぬ龍の姿だ。

紙を撫でる宗全の顔が恍惚とする。肌が血の色をさらに濃くする。

「間違いなく、本字壹號。杉殿、お手柄ぞ」

「で、では褒美は」

「うむ、望みのものをとらす」

「ならば、ならば……私めを一国の守護代にしてくだされ。それがしを侮った全ての者を、見返したいのです」

杉七郎が這いつくばる。

「守護代」と、宗全が惚けた。いつのまにか、手には大きな太刀が引き寄せられていた。

「そうです。一国が欲しいといったら、宗全様は請け合ってくれたではないですか」

「なぜ、守護代なのだ。欲のない男だ」

杉七郎が不思議そうな顔をした。

太刀を抜いて、宗全は刀身を目で愛でた。

「守護代では、一国を己のものにするには不足であろう。守護だ。この功に相当する褒美は、一国の守護しかあるまいて」

「し、しゅ……守護」杉七郎は、ただ舌をもつれさせるだけだ。大内家の被官を守護にする――それは宗全が日ノ本の王とならねば不可能だ。

「ご不満かな」

「め、滅相もございませぬ」

杉七郎が、再び床に這いつくばる。

興味を失ったかのように、宗全は杉七郎に「去れ」と命じた。刃から目を移し、虚空を睨んだ。

「西軍の剽悍なる諸大名と郎党たち」

宗全が歌うようにつづける。

「今出川殿を擁し開府した、西幕府」

宗全がまぶたを閉じた。自身の発する言の葉を味わうかのようだ。
「南朝の後胤と、本字壹號の宝」
嚙みつくようにして、まぶたを上げた。
「わが業、修羅のごとし」
この言葉を焚は知っている。かつて一休宗純という高僧が、山名宗全のことを評した漢詩の一節からきている。
——山名金吾は鞍馬の毘沙門の化身
——業は修羅に属し
——名は山に属す
「猿の王が天下を破る。面白いものだ。向こうの方から、その支度がことごとく舞い込んでくる」
最後に、燃える自陣に目をやった。紅蓮を浴びる宗全の肌が艶やかに輝く。四本足の蛇の姿が、襟の隙間からちらりと見えた。

六章　西陣南帝

一

　牢屋にしては広く風通しがよかった。少なくとも、一若が堺の公界寺で大勢の童たちと寝起きしていた長屋よりは数段ましだ。広さは同じくらいで、陽当たりもよく、何よりたったの三人しかいない。

「格子がなければ、一生ここで暮らすのもいいかもね」

　捕らえられている一花が呑気なことをいう。

「茶の道具があるなら、一年くらいはのんびりしたいね。飯も悪くないし」

　千は輪をかけて呑気だ。

「お前らなあ、心配していたおれの身にもなれ」

　一若が睨みつけた。宗全に斬りかかり、捕らえられた。そして牢屋というには待遇のいいところへ閉じ込められたら、一花と千がいた。襲撃者は西軍の山名宗全の手の者たちで、熒を生け捕ることが目当てだった。それに気づいた熒は、千や一花らの助命を条件に投降した。わかっているのは、それだけだ。なぜ、宗全が熒を必要としているのか。捕らえた熒を、なぜそば近くに宗全は置いていたのか。さらにもうひとつは――

「もう一度聞くけど、本当に西軍の手勢の中におれと同じ宙返りをした奴がいたのか」

「うん、一若とそっくりの飛び方だった。何より刀じゃなくて剣を持っていた」

剣をつかう軽技は、堺の慈済寺の具足能しか思いつかない。ということは一若への追手か。

「あ、あの人だよ」

一花が格子の向こうを指さした。顔の下半分を覆面で隠した男が近づいてくる。ぞわりと鳥肌がたった。あの重心の運び方は間違いない、慈済寺の具足能の男だ。

「一若、久しぶりだな」

男が格子の間際まできた。下半分を隠す覆面を指で下げた。むごい火傷の痕が姿を現す。

「お前は、西鬼丸……」

「かつての師匠を呼び捨てとは嬉しい再会だな」

火傷でただれている唇を、西鬼丸は歪めてみせた。

「おれを追ってきたのか」

「残念ながらちがう」

「なぜ、西軍の陣にいる」

堺は摂津と和泉国にまたがる港で、両国ともに細川家の領地だ。この男が加勢するにしても、東軍の細川家が筋である。

「まあ、その辺りから話すのが妥当だろうな」

西鬼丸は周りに目を配る。番兵はいるが、はるか遠くだ。

「まず、堺の衆はこの応仁の乱では、細川家には負けてほしくないと思っている。堺は地下請けで領主や守護から干渉は受けない——とはいえ、周辺の町や惣村との取り引きは重要だ。もし細川家が負けて、摂津と和泉国が乱れると商いに大きな支障が出る」

「なら、なおさら東軍の細川の加勢にいけばいいだろう」

「それよ。我らは細川家に負けてもらっても困るが、逆にいえば勝ってもらっても困る。もし細川家が力を持ちすぎると、きっと奴らは堺を手にいれようとする。堺の南荘が相国寺の塔頭から、一年七百四十貫で地下請けを請け負っているのは知っているな」

一若は肯く。以前、焚からも聞いたことがある。

「応仁の乱に東軍が勝利すれば、きっと細川家は相国寺にこういう。一年八百貫で堺の代官を請け負うとな」

「細川家が、堺を守護請けにするというのか」

守護に荘園代官を任せることを守護請けという。

「そうだ。そうすると堺の町衆の自治が崩壊する。まあ、堺の町衆も莫迦じゃないから、では年九百貫で地下請けします、と値をあげるだろう。すると細川も年一千貫とあげる。地下請けを勝ち取っても年貢が上がれば意味がない。かといって細川の守護請けになれば、町衆は細川の被官に成り下がる。つまり、堺の町衆にとっては細川家には負けても欲しくないが、勝ちすぎても欲しくないということだ」

「そこで、あんたが派遣された」

「そうだ。東西両軍を探り、応仁の乱の盛衰を把握するためにな。まあ、東軍は細川家との伝手があるからいつでも潜りこめる。手始めに西軍の山名勢の足軽として潜り込んだのさ」

「狸と狐の化かし合いだな」

「よくいうぜ、あの堺の公界から逐電した子猿の片割れのくせに。まあいい。そこで、だ。一若に訊きたい。お前の狙いは何だ」

まだ、酉鬼丸については疑問がある。赞と酉鬼丸は、どのくらい互いを知っているのか。

「取り引きだと思え。お前が黙ったままだと、これ以上は教えない。お前は何を企んでいる」

「三千貫を稼ぐ。そして、遣明船の権利を買う」

「ほお、宣阿様みたいなことをいうんだな」

久々に聞いた名前だ。湯川宣阿――堺の寄合衆のひとりである。口ぶりから宣阿の命を受けているのだと想像がついた。

「が、どうやって三千貫稼ぐ。あの宣阿様でさえ、四年前に三千貫を調達できずに、遣明船の権利を買うことを断念したんだぞ」

「足軽稼ぎは案外に儲かるんだよ。まあ、あんたみたいに堺の走狗になっていたら、稼ぎも知れているだろうけどな」

「牢屋の中でよかったな。じゃあ、もうひとつ訊く。熒は何を企んでいる。ああ、取り引きだったな。訊きっぱなしは公平でない。今度はこっちの手札を明かそう。最初は奇妙な因縁だと思った。捕らえる小僧の名前が熒だと聞いてな。そして、久しぶりにあってもっと驚いたよ。あの熒だったからだ」

西鬼丸は一方的に語りかける。

「まあ、お互いに顔見知りさ。そのまま堺に送り返そうとも思ったが、やめた。すぐに宗全の寵童みたいな地位に納まったからだ。一応、話はつけている。わしが堺の出であることは熒は明かさない。わしは伏士（間諜）だ。素性がばれれば殺されかねない。熒も同意した。まあ、ひとつ貸しを奴に作ったようなもんだ。ここまでが、わしの手札だ。で、一若よ、お前に訊く。熒は何を企んでいる」

「おれにもよくわからない」

正直な答えだった。熒の意図が読めない。

「お前らは慈済寺で仲良しだったたじゃねえか。朋輩の心もわからないのか」

「偉そうに、あんたはわかるのかよ」

「わかるとも」ずいと、酉鬼丸が火傷の痕を近づけた。

「熒の目的はわかる。わからないのは手段だ」

「目的はわかっているのか」

「そうだ。奴は、この世に復讐するつもりだ。熒はこの世を憎んでいる。滅茶苦茶にしてやりたいんだ」

「なんで、わかるんだよ」

「わしもそう思っているからだよ」

火傷でただれた唇を歪めてみせた。

「わしがなぜ大人になっても露頂だと思う。どうして、大人になっても酉鬼丸なんていう童名を名乗っていると思う」

酉鬼丸の目つきに険が宿る。

「それは、わしが卑しい牛飼いの身分だからだ」

牛飼いは身分が低く、ゆえに成人しても冠をかぶることはおろか髷を結うことも許されない。童のような髪にして、名前も幼名のままだ。

「昔話をしてやる。あるところに可哀想な牛飼いの子供がいた。十三歳になったが、髷も結えないし、冠や烏帽子もかぶれない。ある時、地べたに烏帽子が落ちていた。それを拾って、こっそりと家でかぶっていたそうだ。ささやかな楽しみさ。が、それが隣の惣村で盗まれた烏帽子だった。その牛飼いは裁きにかけられた。拾っただけだといったが、盗んだと疑われたんだ。で、火起請さ。焼けた斧をこともあろうに、隣の惣村の奴らはわしの顔に押し付けた。無実なら、火傷はしないはずだとな」

いつのまにか、酉鬼丸の息が荒くなっている。

「で、この様だ。罪が決まり河原のもがりに閉じ込められた」

火起請で有罪を受けた者は、もがりと呼ばれる簡易の牢に閉じ込められる。

「あとは晒し首を待つだけだったが、たまたま大水がおきてもがりが流された。そして、わしは堺の公界へと流れついた」

酉鬼丸が火傷の境界を指でなぞる。

「熒の気持ちはよくわかる。奴は稚児灌頂を受けた夜に逃亡した。どうも実の父から稚児灌頂を受けたようだ。熒は、この世に復讐したいはずだ。でたらめで偽りに満ちたこの室町の世を破壊しつくしたいはずだ。一若、お前も落書裁きで姉を罪人にされたからわかるだろう。この世は間違いなく狂っている」

酉鬼丸の熱い息が降りかかる。

「熒とわしがちがうのは、奴はこの世に復讐するだけの切り札、そしてそれを駆使する知恵があることだ」

うらやましいことにな、と低い声で酉鬼丸がつけ加える。

「その上で話を戻そう。熒の目的はわかっている。この世を無茶苦茶にすることだ。わからないのは、手段だ。どうやって、熒はこの世に復讐をする。どんな切り札を持っている」

格子に顔を押し付けんばかりの勢いで、酉鬼丸が訊く。

「一若、お前は熒の切り札を知っている。そうだろう」

静かに肯(うなず)いた。酉鬼丸の目が妖(あや)しく光る。

「教えるかどうかは考えさせてくれ」

酉鬼丸の目差(まなざ)しが一若の体を這(は)った。

「いいだろう。逃げられるわけでもない。明日、返事を聞かせろ」

酉鬼丸が格子から顔を引き剝(は)がす。悠々と去っていく。

「ねえ、一若、どうするの」

恐る恐る、一花が訊く。

しばらく無言で考えた。

「おれは、この世を無茶苦茶にしたいとは思わない」

　一花にというより、己に言い聞かせた。

「たしかに、糞ったれな世の中だ。救いようのないことがあまりにも多すぎる」

　拳を握りしめる。灰の臭いがよみがえった。全身に鳥肌が立つ。無実の姉を陥れた、落書裁きの夜を嫌でも思いだす。叫びたい衝動を必死にねじ伏せる。

「じゃあ、この世を正しく直すのか。乱世を糾すのかっていわれると、あまりにも荒唐無稽だ」

　一花の眉尻が悲しげに下がる。

「この世を救うのは途方もない。けど、苦しんでいる人は救いたいと思う。落書裁きのようなでたらめで、罪に落とされた人は救いたい。おれの出来る範囲でだけど」

　徐々に、一若の心の中にある衝動が輪郭を持ちはじめる。今まで直視しなかった、一若の根源だ。

「おれや姉ちゃんは、堺がそういう場所だと思っていた。公界に逃げれば、この理不尽な罪が消えると思った。けど、公界なんてまやかしだ。ただの牢屋がわりだ。なら、おれが創ればいい」

　やっと、輪郭が確かな形を結んだ。

「おれは、堺に本当の公界を創る。この世を追われた人を救う、本当の公界を創る」

　血が、凄まじい勢いで一若の体を流れだす。

「お、おいらは賛成だよ」いったのは、千だった。

「きっと、一若の目指すのは村田(むらた)珠光(じゅこう)様の茶室みたいなもんだと思う。茶人と客に身分の違いがない。そんな村をつくりたいんだろう」

一若は千を見た。

「牛飼いも百姓も武士も公家(くげ)も、その町や惣村にいる時は上下がなくなる。敵も味方もそこにいれば喧嘩(けんか)はしない。一若が、もし……もしも、そんな公界を作ってくれるなら――」

「くれるなら」と、一若と一花が復唱する。

「おいら、そこで茶を点(た)ててみたい」

「なんだそりゃあ、茶を点てるだけか」

「そうよ、千も死にもの狂いで働いて、一若を助けなさいよ」

広い牢屋に笑いが満ちた。

二

熒にかしずく西軍の武者が一若らの牢の扉を開けたのは、その日の夕方だった。

「一若、不便をかけたね」

まるで主人のような言葉で、一若を労(ねぎら)う。

「その上で、また仕事を頼みたい。ちょっと遠出をするから、一緒に来てくれないか」

「どこへ行くんだ」何気ない風を装(よそお)ってきく。焚はかしずく武者たちを遠くへやってから「吉野(よしの)だ」と短く答える。

「吉野、ということは南朝か」

「そうだよ。この世を無茶苦茶にする材料はほとんどそろった。あとは南朝だけだ」

「材料がそろった、だって。冗談いうな。本字(ほんじ)壹號(いちごう)はまだだろう」

「もう手中にしたも同然だよ」

「どういうことだよ」

「まあ、おいおい」

さすがにそこまで口は軽くないようだ。ここまでだな、と一若は諦(あきら)めた。

「焚、悪いが、お前とは一緒にいけない」

焚の顔色がさっと変わる。

「おれは、お前の企みには乗れない」

「この世に復讐したくないのかい」

「この世を八つ裂きにできるならしてやりたい。それはおれの本音だ。けど、おれは壊すんじゃなくて、創る」

「創る」かすかな笑みには、嘲(あざけ)りが含まれていた。

「公界だ。本当の公界を創る。おれのできる範囲で、けど全力でおれや姉ちゃんみたいな人を救う」

「綺麗事だね。虫唾が走る。そもそも、どうやって」

「本字壹號だ。今、お前の近くにあるんだろう」

先ほどのわずかな遣り取りで確信した。熒は、いつでも本字壹號を手にできる立場にある。

「騙したね」熒の顔から、あらゆる種類の笑みが消えた。

そうだ。油断させて、本字壹號の手がかりを吐かせた。

「お互い様だろう。お前のおかげで、おれは堺を追放された」

「あなたが、一若を侮った報いよ」

一花が勝ち誇ったので、「よせ」と慌てて制止した。一若は、知恵では熒にはかなわない。出し抜けたのは、熒が油断していたからだ。

「じゃあ、これでお別れだね」

「なんだ、牢屋にぶちこまないのか」

「そうすれば、私が人質にとられかねないからね」

熒はやはり賢い。

「仕方ない。吉野には真板でも連れていくよ」

ああ、それは惜しい気がする。急に一緒に吉野に行きたくなってきたが、なぜか一花に尻を強めに蹴られた。女は怖い。

「じゃあな、熒」

「一若も精々あがくといいよ」

ふたり互いに背を向ける。一若と一花、千は足早に西軍の陣を歩く。やがて両刃の剣を腰に帯びる男の姿が見えてきた。顔の下を覆面で隠した酉鬼丸だ。

「ほお、どんな手妻を使って牢を出た」

「熒が出してくれた」

「色々と進展があったようだな」

酉鬼丸が小さな小屋へと誘う。そこで、ふたりきりで向き合った。

「熒の切り札と思しきものを教える」

「随分と素直だな」

「そのかわり、おれを堺の寄合衆にしろ」

「はあ、頭、大丈夫か」

「熒がいっていた。その切り札は三千貫に匹敵するって」

「なるほど、その切り札で堺の寄合衆の地位を買うのか」

「そうだ。そして、堺を本当の公界に創り変える」

「三千貫もあれば、別の村を公界に変える方が早いだろうに。まあ、いい。で、切り札ってなんだ」

「取り引きだ。まず、西鬼丸からだ」

「おい、勝手に話を進めるな」

「おれの質問に答えるだけでいい。そんなに難しい問いじゃない。おれが堺を離れている間、誰かがおれを訪ねてこなかったか」

「誰かだと」

「お輪という名前の女性だ。歳は——」

「そんな奇特な女がいれば、天竺までも噂になってるさ」

「そうか」と、胸にこみあげる落胆をなんとか押しとどめる。

「なら、次はわしが問う番だな——」

「焚の切り札は、本字壹號だ」一若が機先を制した。

「ほ、んじ……。なんだ、そりゃ」

「おれもよくは知らない。紙切れらしい」

西鬼丸が首をひねった。

「確かなのは、明国由来の宝だということ。五年前に遣明船が三隻、出港したろう。兵庫と博多から。そのうちの大内船が、本字壹號を明国で手にいれた。そして、本字壹號は博多につき、今は大内の手によって都に運ばれた。焚の口ぶりでは、もう大内の手にはない。きっと、焚かあるいはそれに近しい者が持っている」

「雲を摑(つか)むような話だな」

「本字壹號だ。酉鬼丸は知らないか」

「ああ、全く知らねえ。が、いいことを聞いた。これで、次に打つ手は決まった。堺へ帰るぞ」

「なんだって」

まさか、一若を勧賞首(けんじょうくび)として突き出すつもりか。

「勘違いするな。二十貫程度の首と一緒に京を離れちゃ、大目玉だ。堺に手がかりがある」

「なぜ、そんなことがいえる。あんたは本字壹號の正体を知らないんだろう」

「お前、まさか知らねえのか」

「なんだよ、もったいぶらずにいえよ」

「遣明船だよ。五年前に発(た)った遣明船は三隻。一隻は本字なんちゃらを持つ大内船、これは博多から発った。もう二隻は細川家が手配した細川船で、兵庫を発ち博多で大内船と合流して明国へと渡った」

「だから、早く結論をいえ」

「応仁の乱がはじまり、細川船は博多の港と瀬戸内海の航路を使えなくなった。どっちも大内家の勢力圏だ。だから、薩摩や土佐をぐるっと回る南海航路を通っている。恐ろしい遠回りだ。気が遠くなる」

「だからぁ」

「やっとつきそうなんだよ。細川船が、堺に」

「へ」

「本来なら出港した兵庫に帰りたいが、西軍の大内勢が駐屯している。だから、堺が細川船の帰着港に名乗りを上げたのさ。当然だな。遣明船のような巨大な船が停泊できる湾と唐物の物資をさばける港は、畿内では兵庫か堺しかない」

あまりのことに、一若は言葉を挟むことができない。

「あと何月かで、堺に遣明船が帰ってくるらしい。ならば、ほんじ……えっとなんだっけ」

「本字壹號だ」

「そう、その本字壹號のことを知っている奴も必ずいるはずだ。好都合だ。今すぐ堺へ戻ろう」

三

池田の城が燃えていた。ごうごうと音を立てて、火焔が猛る。離れた高台にいる高野藤七のもとにも、火の粉と灰が風に乗ってやってくるほどだった。

「嗚呼、わしの城が燃えてる。わしの宝が、苦心して貯めた銭が」

嗚咽を吐き出しているのは、池田充正だ。

「畜生、大内め、よくもわしの城を焼きやがったな」

拳で激しく大地を打擲しだす。池田充正と藤七は大内政弘を裏切り、本字壹號を奪った。

だが、苦心して奪った本字壹號は偽物だった。そして、大内政弘は摂津国に兵を進め、裏切りの報復として池田城を大軍で攻め火にかけたのだ。

燃える時は呆気ないものだな、と藤七は己が案外に冷静なことに驚いた。若くして出奔させられたから当然といえば当然か。

「許さねえ、わしは許さんぞ」

殴りつかれたのか、池田充正が喘鳴とともに言葉をつむぐ。

「わしはやり返してやる。このままじゃ終わらせねえ。本字壹號を必ず手にして、今一度、いや、今まで以上の富を手にしてやる」

大したもんだと思うのは、目の前の池田充正だ。紅蓮よりも危険な闘志を、ふつふつと肌から薫らせている。

「そこにおわすは、池田殿か」

見ると数騎の武者が近づいてくる。腰には紅練絹の小旗があるから東軍である。

「拙者らは赤松次郎法師様が郎党」

顔に傷のある武者がそう名乗った。見れば、他の武者も同様に顔に傷が走っている。

赤松〝次郎法師〟政則――名門赤松家の若き棟梁だ。赤松家は、約三十年前の嘉吉の変で大逆を犯した。籤引将軍と呼ばれた足利義教を自邸に招き、宴席で殺害したのだ。殺された義教は悪御所とも呼ばれ、大名や公家、郎党たちを容赦なく粛清した。それは病的までに執拗だった。赤松家もいずれは粛清の対象になると噂されていた。先手を打つかのようにして、赤松家が義教を暗殺したのだ。

そして、その赤松家討伐で名を揚げたのが山名宗全である。功績により山名一族は九ヶ国守護にまで昇りつめる。没落した赤松家だが、南朝のこもる吉野へ潜入し、奪われていた三種の神器のひとつ八尺瓊勾玉を奪回した。旧領こそは戻らなかったが、この功績により加賀北半国の守護に返り咲いていた。

「赤松家が、いかなご用件か」

充正にかわり、藤七が語りかける。蓬髪姿に疑念を抱いたようだが、気を取り直すように軍使が背を伸ばす。

「池田城の件、ご無念のことと察する。つきましては、我らにご助力をお願いしたい。ことが上手く運べば、池田の城を奪い返す際、我らは粉骨の働きで大内勢と戦ってみせます」

「おお、それはまことか」

充正の顔に陽がさす。今まで泣いていたのが嘘のような笑顔だ。

「して、何をすれば。いかような仕事でも請け負いますぞ」

「実は、南朝を担ぎださんとする動きが西軍にある」

「吉野の南朝をか」

驚きの声をあげたのは、藤七だった。にわかには信じ難かった。確かに、過去、南朝は容易ならぬ力を持っていた。実は西軍の主力である山名家、大内家、そして東軍の盟主である細川家もかつては南朝に与し、北朝を擁する幕府と戦っていた。今から百年ほど前のことだ。好条件を提示して彼らを北朝側へ寝返らせたことがきっかけで、山名、大内、細川は将軍家を凌ぐ領地を得て、それが今の応仁の乱の元凶となっている。

が、今はちがう。南朝に心を寄せるのは伊勢国の北畠家ぐらいで、それも大っぴらには援助などはしていない。

「かつての力がないとはいえ、南朝を担げば錦の御旗になります。今のままでは西軍は朝敵扱いゆえ。また逼塞する南朝にとっても、西軍の力は魅力でありましょう」

赤松家の郎党が、藤七に丁寧に教えてくれた。

「西軍と南朝が結びつけば、容易ならざることになります。そのために我らは命をうけました。吉野へいき、南主を討つ」

皇朝を手に掛けるというのか……。藤七には、神を討つに等しい蛮行に思えた。一方の充正はいたって冷静だった。いや、逆に嬉しげでさえあった。池田の城を取り戻す算段がついたゆえだろう。

「なるほど、それで赤松家の皆様の出番というわけか」

赤松家が吉野で八尺瓊勾玉を奪回した時、南朝皇胤である自天王と忠義王のふたりの首をあげたことは有名だ。

「けど、なぜ、わしらに声をかけたんだ。まあ、城を燃やされて身軽にはなってるが」

嬉しげではあるが、油断なく詳細を確かめる充正はさすがというべきか。

「京兆様の御指名でもある。よくはわからぬが、池田殿らはこの件については当事者であるともいっておられた」

「わしらが、片足を突っ込んでるってことか」

「拙者たちには、京兆様がそういっておられるように聞こえた」

充正と藤七は目を見合わせる。

「わかった。やりましょう。ただし、池田の城の件はお忘れなく、とくれぐれもお伝えください」

「ご安心あれ、赤松家の総力をあげて必ずや大内家を退散させてみせます」

頼もしげに確約して、赤松家の郎党たちは風のように去っていく。

「なあ、どういうことかな」

「片足を突っ込んでるってことは、本字壹號が関(かか)わっているんだ」

充正が指を鳴らしつづける。

「考えられるのは、本字壹號を南朝が狙っているということだ。おいおい、糞ったれめ、西軍が南朝を擁して、さらに本字壹號まで手にいれるのか。こりゃ、事と次第によっちゃあ――」

そこで充正の体が大きく震えた。顔から、かすかに血の気がひいているような気がする。いつのまにか、先ほどまでの喜色も消えていた。この男が恐懼(きょうく)するほどのことが、今密(ひそ)かに進んでいる。それが何かは藤七には想像できぬが、兄の充正の様子から、ただごとではないことだけはわかった。

四

一若の目の前にあるのは、寺の本堂のように巨大な船だ。それも一隻でなく二隻、堺の港に停泊していた。細川船と呼ばれる遣明船だ。

舷梯から商人や船夫たちが続々と出てくる。近くには寺があり、近在の商人たちが市を作らん勢いで集まっていた。

「運がよかったな。抽分銭の査定がちょうど終わったところだ」

酉鬼丸が口にした抽分銭とは、船荷を寺の一角に集めてその価値を査定し、十分の一の額を税として納めることだという。その間、遣明船に同乗した船夫や商人は下船を許されない。今、舷梯から商人たちが降り立っているのは、抽分銭の査定が終わったからだ。

「おい、酉鬼丸、あの袋は何だ」

抽分銭の査定が行われていた寺では、人夫ふたりがかりで巨大な袋を運んでいた。

「あれは銭だ。永楽通宝だろう。日ノ本では銭を鋳造していない。していたとしても、堺銭みたいな鐚銭だからな。幕府が遣明船を派遣するのは、銭が目当てだ」

「ねえ、一若、ちょっと見てきていい。あっちに唐物の器があるって」

一花が割り込んできた。抽分銭の査定が終わったことで、即席の市が開かれるという。

「酉鬼丸、おれも見てみたい」

「一若も行くのかよ。千と一花は好きにしろ、一若は半刻（約一時間）だけだ。宣阿様との約束の刻限があるからな」

「ああ、わかっている」一若は千や一花と駆けだす。

商人たちが茣蓙や木の台の上に、商いの品を広げている。絹や綿などの織物が多く、山のように積み上げられていた。

「へえ、すげえや。さすが明国の品だな。色遣いが独特だ」

一若は、書物や巻物を並べている一角で足を止めた。

「童のくせに、いい目利きをするじゃないか。こっちも見てみな」

商人が絵巻物を広げてみせる。秦の始皇帝だろうか、百官に見守られる皇帝や、馬車に乗る将軍の姿が勇ましく描かれている。

「これは、どんな場面なんだい」

「こいつはな、始皇帝が趙の国に攻め込んだ時の故事をもとにしてる」

商人も嫌いな話ではないのか、舌が軽やかだ。

「おい、一若、そろそろいいだろう」

背後からの不機嫌な声で我にかえる。いつのまにか酉鬼丸がすぐそばにいた。

酉鬼丸と船の前まで戻ってみると、灰髪の男が待っていた。歳はまだ中年の域である。湯川宣阿だ。

「お前が一若か」と、鋭い目で問う。

「ああ、そうだ」

「おい、口を慎め」

「いやだね。あんたとおれは対等だ。でないと、協力はできない」

「ふん、勧賞首になっても生き残るだけはあるな。まあいい、経堂へ行こう」

かすかに緊張が走る。経堂は堺の寄合衆が集まるところだ。一若が堺へ逃げ込んだ時、一度きり足を踏み入れた。懐かしくも胸が苦しくなる慈済寺を横に見つつ、一若は黙ってついていく。古墳に寄りそうような、経堂が見えてきた。門をくぐり、本坊に入る。すでに、数人の寄合衆がいた。みな、宣阿と同年代だ。働き盛りゆえか、武者のような覇気を感じる。

「まず、本字壹號だが」湯川宣阿は腰をおろしつつ訊いた。

「本当に、熒は本字壹號を手にしたのか」

「まず間違いない。少なくとも、いつでも奪えると踏んでいる」

一若の答えに、寄合衆がどよめいた。

「本字壹號って何なんだよ。さっさと教えてくれ」

一若が床を叩(たた)いたので「莫迦者が、控えろ」と西鬼丸が叱(しか)る。が、無視して一座を睨みつける。

「本字壹號とは、勘合のことだ」

「かんごう」と、間抜けにも宣阿の言葉を一若は復唱する。

「そうだ。割符のようなものだ。勘合は明国の皇帝が発行する。明国皇帝に臣従する国の王として認めた証(あかし)だ。朝鮮(ちょうせん)や琉球(りゅうきゅう)は、日ノ本とは違う勘合を持っている。日ノ本のものは、日字壹號と本字壹號という」

宣阿は矢立を手にとり、二枚の紙にそれぞれ〝日字壹號〟と〝本字壹號〟と書く。

「文字通り、勘合にはこのように日字壹號と本字壹號と印が押されている。判子がないので、筆で書いてみた」

「日字壹號ってのもあるのか」

「そうだ。日字と本字で、あわせて〝日本〟になる。そして割符として使うために、こうやって切る」

日字壹號と本字壹號の紙を、文字が左右に離れるように綺麗に半分に切った。

「一方を明国が持ち、一方を日ノ本が持つ。そして、遣明船が中国皇帝に認められた正しき使節である証として、本字壹號の左側を帯同して海を渡る。ひとつの船に一枚ずつ。五年前には三隻の使節船が出たので、計三枚の本字壹號を持っていった。そして、明国の港でもう半分の紙――本字壹號の右側と合わせて、明国皇帝が認める使節だと証明できる」

ふたつに分かれた本字壹號を、宣阿は一枚にしてみせた。

「これがないと、命がけで明へ渡っても門前払いされるだけだ。いや、使節を騙った賊として誅伐される」

「本字壹號はわかった。日字壹號は」

ふたつに分かれたままの日字壹號を、一若は指さした。

「こっちは、建前は明国の使節が片方を持つ。右側だな。そして日ノ本がもう片方の左側を持つ。ふたつ合わせて、渡日した明国使節が正統な明国皇帝の使者だという証にする。が、日字壹號は今は使われていない。明国の使節にしてみれば、日ノ本のような蛮国相手に自らの地位を証明するのも莫迦らしいということだ」

ふたつに分かれたままの日字壹號を、宣阿は火に焼べた。

「で、本字壹號だ。基本は、百枚、日ノ本に下賜される。明国の皇帝が代替わりしたら、直近の年に訪れた遣明船の使節に新たに百枚下賜される」

「百枚、随分と多いな」

遣明船は十年に一回と定められている。今回のように三隻だとしたら、一代の皇帝で五回遣明船を送るとしても十五枚しか必要でない。

「先例という奴だな。過去には、遣明船は十隻以上だった。確か十五隻だったかな」

なるほど、それなら五回の遣明船で七十五枚の本字壹號が必要になる。

「そして明国は寛正五年（一四六四）に、新しい皇帝に代替わりした。九代目の皇帝だ。新しい皇帝の本字壹號が発行された。そして、それを今、堺の港に停泊する使節が持って帰るはずだった。だが、応仁の乱が起こった。本字壹號は大内船に奪われてしまった。幕府や細川にとっては痛恨の極みだな。ちなみに、本字壹號の書体は各皇帝によってちがう。次の遣明船には、前の皇帝の本字壹號は使えない」

本字壹號の書体以外にも違いがある。勘合には〝景泰〟や〝成化〟などの明王朝の元号と百枚それぞれに一から百まで番号が印字されている。これにより成化勘合一号、成化勘合二号などと一枚ずつに名称がつく。なお勘合の単位は枚ではなく、道だ。一道二道三道と勘合は数える。こたびの遣明船では、景泰勘合一号から三号の三道を持参し、新皇帝の成化勘合一号から百号の計百道を京に持って帰る手筈だった。

「つまり本字壹號がなければ、幕府や細川は遣明船を送れない。交易ができず、大損をこくってことか」

今の港の商いの様子で実感した。堺は大きな貿易港だが、それでもこれほどの商人が集まっているのを一若は見たことがない。遣明船が来たからだ。

「それだけならばいいのだがな」宣阿は声を落とす。「問題は、西幕府が南朝とつながろうとしていることだ。もし、山名宗全が本字壹號を手にしていたら、最悪だ。大内家が持っている分にはよかった。大内周防介の野心など知れている。ただ、細川家との交易争いに勝ちたいだけだ。幕府を潰そうとも乗っ取ろうとも思っていない。しかし、南朝を引っ張りだそうとする宗全はちがう」

「何がそんなに都合が悪いんだ」

「本字壹號を手にしたことで、西幕府と南朝は遣明船を派遣できる。それは、明国が西幕府と南朝を正式な日ノ本の王朝と認めたことになる」

「今の幕府と北朝が朝敵になるということか。ちょっと信じがたいな」

　実力のない南朝が、北朝を朝敵といっても実体が伴わない。

「明国が西幕府と南朝を正統と認めたら、明国と朝貢貿易をする外国も追随せざるをえない。琉球や朝鮮などだ。他の外国もつづく。北朝と幕府は、外国のことごとくから相手にされなくなる」

「仲間外れは嫌だな」

「そんな悠長なことではない。遣明船は過去には一度で十五隻が出港し、莫大な善銭を輸入してきた。今はたったの三隻だ。これで、どうやって日ノ本の経世済民を支える」

　一若には難しい話はわからない。

「今、かろうじて日ノ本の経世済民が成り立っているのは、朝鮮や琉球と交易しているからだ。明国から足りない分は、この二国と交易して善銭を補っている。が、それでも足りない。だから、今の世は乱れている。銭は、日ノ本の経世済民にとっては血に等しい。銭が少なくなることは、血を失うことだ。その上もし、西幕府と南朝が本字壹號の勘合で正統な王朝と認められれば、今の幕府と北朝は交易の手段を失う。北朝や幕府には一切の銭が入ってこなくなる。今でさえ、幕府は善銭不足で悲鳴を上げているんだぞ。ここで銭が入らなければ終わりだ」

「室町の幕府が滅びるのか」

「まだ、わからんのか。滅びるのは幕府だけではない。北朝もだ。いや、宗全の野心は底が見えん。あるいは、擁立した南朝さえも滅ぼすやもしれん」

しんと経堂の中が静まりかえった。寄合衆の何人かが汗をぬぐう。

「今、わかったことは」と、酉鬼丸がつづける。「焚と山名宗全はこの世を無茶苦茶に破壊しようとしている、ということですな。そして、その切り札は四つある。まず、本字壹號、二つ目が西幕府、三つ目が南朝、そして最後が宗全の野心。あのぅ、ひとつ念のため確かめたいことが……宗全が焚の実父というのは事実ですか」

「なんだって、あんた何をいってんだ」

驚く一若に「秘中の秘だ」と声をかぶせたのは、宣阿だった。

「知っているのは、慈済寺の高僧と寄合衆ぐらいだ。酉鬼丸も耳にしたということは、口の軽い高僧でもいたのだろうな」

あまりのことに、一若は二の句が続けられない。が、心とは別に頭は冴えてきた。かつて、宗全を間近に見たことがある。あの時、首の根元に足の生えた蛇のような痣があった。同じものが焚の首元にもあった。間違いなく、ふたりは血がつながっている。

「実の子を稚児灌頂に差し出すとは、まさに〝その業、修羅のごとし〟ですな」

酉鬼丸が呆れた声を出す。

「なんだ、その修羅のごとしってのは」思わず訊いてしまった。

「一休(いっきゅう)っていう偉いんだか頭がおかしいんだかわからない坊さんの宗全評だよ」

聞けば、一休宗純(そうじゅん)和尚は堺をたびたび訪れているという。

「北朝と幕府が滅びても、我らが儲(もう)かるなら望むところだ」

一際大きい宣阿の声に、みなの背筋が伸びた。

「が、それはないだろう。これほどの大乱が出来(しゅったい)すれば、堺も無傷ではすまぬ。いや、間違いなく滅亡の縁(ふち)に立たされる。地下請けなどという悠長なことをいっておられぬ」

宣阿の顔はかすかに青ざめていた。

「今の北朝と幕府が至高とは思わぬ。が、熒と宗全の無謀な行いは何としてでも阻止する。この堺の町を守るためにだ」

全員が硬い顔で肯く。

「そのためにはどうすればよいでしょうか」

西鬼丸の問いに、宣阿を含めた寄合衆が一若に目をやった。この場の答えはすでに出ているようだ。

「本字壹號をこちらが奪う」

一若を見る宣阿の目がぎらりと光った。

「一若、お前が、だ。本字壹號を奪うのだ。船岡山の陣を襲った技で、宗全と熒を出し抜け。助力は惜しまん。堺の総力を挙げて、お前を助けてやる」

五

霧で煙る吉野の山中を、焚と真板は進んでいた。幸いにも今はふたりとも騎乗しているが、途中何度か下馬せねばならぬほどの急坂がいくつかあった。

焚は汗をぬぐった。胸騒ぎがする。やけに気持ちが悪い。

「どうしたんだい。まさか迷ったわけじゃないだろうね」

「いや、道は間違えていない」

「本当かい。さっきから、全然地図を見てないじゃないか」

「見なくてもわかるんだよ」

「どうしてだい」

真板が声を落とした。

「どうしてだかわからないけど、見なくてもわかるんだ。道は間違えていない」

見えぬ糸に導かれるように、焚は馬を進ませる。どうしてだろうか。なぜ、霧に煙る風景を焚は懐かしいと思っているのだろうか。

「気味の悪いことをいわないでおくれ。それよりまだかい。南朝の隠れ里は」

真板が霧を腕で押しのけるが、一向に視界は晴れない。

「もうすぐのはずだよ」

地図を確かめずに熒は断言した。

「この霧はあまりいい気分じゃないね。吉野は鬼が棲む土地だそうじゃないか」

約八百年前、法力をもつ役小角は吉野の山中で修行した。その際、使役した鬼の子孫が今も住んでいる。

「それはそうと、この馬は乗りやすいね」

胸騒ぎから心をそらすために、熒は話題を変えた。

「ああ、月鼓の弟分だよ」

「一若も月鼓を懐かせようなんて考えずに、別の馬にすればいいのに」

「なんだって」

「どうしてか知らないけど、しきりに月鼓を懐かせる方法を私に訊くんだ」

「そりゃ、おもしろいね」

理由はわからぬが、真板が破顔した。

「真板、どうすれば一若が月鼓を懐かせられるかな」

「一若にいってやりな。下心を持つ下衆な男が、月鼓は大嫌いだってね」

「ひどいな。まるで、一若が下心を持ってるみたいだ」

「そういってんだ——しっ。静かにっ」

小さく真板が叫んだ。いつのまにか、馬の足も止まっている。真板が無言で矢を番える。

る。

真板の頰を汗が一筋、流れた。焚の目にも、ぼんやりと人影が見えてきた。十人以上い

「わからない。獣かもしれない」

「誰かがいるのかい」

「面でもかぶっているのか。気味が悪い」

確かに、顔の部分がやけに大きい。鬼の面のようで、角のようなものが突き出ていた。

風が吹いて、霧が晴れてくる。男たちが現れる。

「何者だ。ここを南朝縁の地と知って足を踏み入れるか」

敵意が過剰にこもった声だった。

「私は日尊様の使いの者だ。隠し元号も知っている」

鬼の面をかぶった男たちがざわつく。

今の南朝には、正式に元号を発布できるだけの陰陽師や神官、学者がいない。南朝が独自の元号を使っていたのは、八十年近く前だ。が、その野心を捨てたわけではない。北朝を刺激せぬよう、密かに隠し元号を使っていた。知っているのは、南朝とつながるごくわずかな人間だけだ。

「ならば、文正元年の隠し元号は」

問うたのは、一番背の高い男だった。声から、かなりの高齢だとわかる。北朝の元号で

文正元年（一四六六）は、今から三年前のことだ。その翌年に、応仁の乱が勃発した。

「南朝の隠し元号では和成三年、七月二十三日に宣玄元年に改元」

鬼の面をかぶった男たちが目を見合わせ肯いた。

「日尊様のご使者で間違いないようだな。こちらへ来られよ。馬は預からせてもらう」

老いた声で指示された。素直に鞍からおり、手綱を預ける。鬼たちに先導されて、熒と真板はさらに吉野の山深くへと歩いていく。

苔むした細い石の階段が現れた。汗をかきつつ上っていく。

鳥居をくぐり、狭い境内へと導かれた。石舞台があり、その上に駕籠が鎮座している。

あれが南主か――熒は口の中だけでつぶやいた。

三十代の男だった。細面は公卿を思わせる。髭の剃り跡が青々としている。何よりも異様なのは、女の姿をしていることだ。女官の服を着ている。一体、どういう意味があるのか。

「日尊様の使いの熒と申します」

熒は冷たい地面の上に平伏した。

「遠路よりご苦労であった」

答えた声は高く、開いた南主の口の中の歯は鉄漿で黒く塗られていた。

「朕の姿を見て驚いたであろう。が、これも止むをえぬことなのだ。偽帝とそれを擁する北朝の陰陽師どもが、朕を呪い殺さんと日夜祈祷していると聞く。鬼どもの目をくらますために、姿を変えているのだ」

　男が早逝する家では、わざと女の童名を男児につけることがある。陰陽をくらますことで、呪いや死霊の矛先を鈍らせるのだ。

「日尊様よりお預かりした新しき元号を携えて参りました」

「新元号ということは、隠し元号を捨てろということか」

　南主の声は慎重だった。

「はい。南主に心をよせます、神官、陰陽師、暦博士らが撰びましたる元号が、ここに記されております」

　熒は後ろに控えていた真板から桐箱を受け取り、両手で捧げた。

「新元号、受け取っていただけますでしょうか」

　しばし、静寂が流れる。元号を号するということは、帝を称すると同義だ。遣明船では、日本の使節は決して日本の元号は使わない。明国の元号を使う。明皇帝への何よりの臣従の証となるからだ。逆にいえば、日本の元号を使っての遣明船は、明国への反逆とみなされる。少なくとも、侮辱したことには十二分に値する。それほどまでに元号というのは、一国にあっては唯一無二のものだ。それを南朝に号させる。無論のこと北朝が黙っているはずがない。

挙兵する覚悟はあるのかと、日尊は問うているのだ。

　横に控えていた白髪の老人がしずしずとやってきて、桐箱を受け取った。

「今年の七月七日、太白（金星）が五行の頂に惑う、と報せがありました。天文博士と陰陽師が星読みをした結果、先例にならい、十一月朔日に明応元年と改元するのが吉祥なり、と。これに、神官陰陽師暦博士らも、賛成の意を示されました」

　焚の言葉を味わうように、南主は何度も肯いた。

「いかがいたします」

　白髪の老人が南主に伺いをたてる。

「あまりに途方もないことだ。人智だけでおしはかれるものではない。神慮を伺うべし」

　南主が厳かにいった。用意していたのか、三人の神官が三方を持ってきた。上にのっているのは籤だ。

「まさか、占いで決めるつもりかい」

　真板が思わずという具合に声をあげる。

「静かに、別に珍しいことじゃないよ」

　占いが政を左右した例は数多ある。今から約二百八十年前の源平合戦の頃、三種の神器を平家に奪われ、その奪還の可否を占った。だけではない。この時期、安徳天皇は平家の手にあり、西国に落ちていた。新帝を京で擁立するか否か、また、どの皇子を即位させるかについても、夢占いを含めて都合五度も占い、結果、後鳥羽天皇が新帝として即位した。その後鳥羽天皇が譲位する時も、次期天皇を籤による占いで決めている。他にも占いで政を決した例は枚挙に暇がない。

「六代将軍、義教公の故事は真板も知っているだろう」

籤引将軍や悪御所の異名をとる二代前の将軍だ。将軍だった足利義持が急死したことにより、弟たちの中から籤引きによって次期将軍を選ぶことになった。選ばれたのが、当時僧籍にあった義教だ。だからだろうか、将軍になった後、義教もまた籤引きや神占いを多用した。「神慮測り難し」が口癖で、度々重要な政策を籤や占いで決定した。境界裁判などは、湯起請によって裁きを下すことが多かった。やり方は火起請と同じ。煮立った湯の中に石をいれ取らせ、火傷を負えば実犯というものだ。義教が異常だったのは、調べればすぐに正悪がわかる事案でも湯起請を多用したことだ。そして、生来の酷薄な性格による粛清の多さと相俟って、万人恐怖と称される世となった。

三人の神官が、御幣を荒々しく振る。女官姿の南主が三方の上の籤をそれぞれひとつずつ手にとった。

「では、籤開封の儀」

老いた神官が甲高い声をあげる。本物の女官が三人やってきて、南主がひいた籤を一枚ずつ開く。

「一枚目、吉――南主立つべしとの卦」

「二枚目、吉――南主立つべしとの卦」

「三枚目、同じく吉――南主立つべし」

境内にいる鬼の面をつけた男たちが大きくどよめいた。南主が大きく肯く。

「使者よ、役目、大儀であった。そして、日尊に伝えてくれ。新元号の件、承知した、と」

「では」

思わず焚の体が前へとにじる。立ちはだかるように、老神官が前に出た。

「神慮は確かに現れました。南主は立ちます。新元号発布の明応元年十一月朔日をもって」

耳鳴りがするほどの冷気が辺りに満ちる。

「無道なる北朝を討ち、それに加担する東軍諸将をことごとく治罰いたしましょう。吉日を選び、吉野より動座し、京へと南主が還りましょう。色を喪った穢れた大地を甦らせ、狂った日月星辰の動きをまた正しきに直す。それが帝と百官の本来の役割です」

宣する老神官の目には、薄らと涙が浮かんでいた。

六

霧で煙る吉野の山中を行く高野藤七は肩で息をしていた。体力には自信があるが、山道が慣れない。甲冑がずしりと重たかった。

「大丈夫か」と声をかけたのは、十人いる赤松家の武者のひとりだ。皆、顔に傷をもつ。歳は三十代後半から四十代だが、古兵という言葉がしっくりとくる佇まいだ。十二年前の長禄元年（一四五七）、この男たちは八尺瓊勾玉を奪還するために吉野に潜入し見事成し遂げた。

「さすがに山道は慣れないのでな」

「少し息をいれるか」

赤松家の武者たちが倒木や石の上に腰を落ち着ける。藤七もそれにならった。十二年ぶりとはいえ、彼らにとっては勝手知ったる道のようでほとんど疲れが見えない。今、藤七は南朝皇子を討つために吉野の山奥へと侵入していた。ちなみに池田充正はいない。険しい山路行を嫌ったのだ。藤七にとっても、口うるさい充正がそばにいないのは気が楽なので望むところだ。

「地面に蹄の跡があった。まだ新しい。西軍の使者かもしれない」

言葉を発した藤七に、皆の目が集まる。

「ほお、よく見ているな。なら、なおさら急がねばならんな」

「そうだ、南主が発ってからでは遅い。追いかけっこよりも、襲う方が何倍も易い」

赤松家の武者たちが立ち上がる。まだ体は重いが、藤七も従わざるをえない。

霧と入れ替わるようにして、夜がやってきた。渓谷の隙間に灯りが見える。山と同化するような苔むした神社があった。鬼の面をかぶった男女が、篝火を囲み踊っている。

「狙いの一番は南主だ。そして次が西軍の使者」赤松家の武者の声にみながうなずく。

「おい、誰が南主で誰が西軍の使者かわかるのか」

藤七にはわからない。

「南主だが、あの駕籠の中だろう。我らが十二年前に自天王、忠義王を討った時も駕籠の中にいた」

目差しをたどると、確かに篝火からすこし離れたところに石舞台があり、その上に駕籠が鎮座している。左右には白髭の神官と随分と恰幅のいい女官がひとりいる。

「じゃあ、西軍の使者は――」

ふたり、気になる人物がいる。ひとりはまだ前髪のある少年。烏帽子をかぶっている。所作からして稚児上がりだろう、と見当をつける。いまひとりは女だ。長く美しい髪が夜の祭りによく映えた。

「あのふたり、ということにして動くしかあるまい。他は皆、吉野の里人のようだ」

藤七らは二手に分かれた。一手は裏手に回り、駕籠にいる南主を襲撃する。もう一手は藤七が加わり、正面から斬(き)りかかる。いわば敵の目をひきつける囮(おとり)だ。合図の火の手が一瞬だけ上がる。

「行くぞ」藤七らが一気に躍りでる。石段を駆け上がり、鳥居をくぐった。

「敵だ」「ほ、北朝か」

鬼面をつけた人々が狼狽(うろた)える。祭事ゆえか刀は帯びていない。持っているのは棒くらいか。藤七は刀を唸(うな)らせる。血煙が次々と吹き出す。何人かが石段を上がろうとしていた。南主の駕籠の担ぎ手か。だが、遅い。裏手に回った赤松家の武者が飛び出る。手槍(てやり)を一斉に駕籠につきつけんとした。女官たちは髪を乱し、夜の闇(やみ)へと逃げる。

悲鳴が上がった。ひとつではなく、いくつも。見ると、駕籠を襲わんとした赤松家の武者たちの喉(のど)に矢が突き刺さっていた。藤七はこうべを巡らす。長い髪の女が立っている。手には短弓があった。引き絞り、素早く放つ。駕籠を襲わんとした赤松家の武者の急所に矢が次々と吸い込まれていく。恐ろしい手練(てだれ)だ。

「早く、駕籠を奥へ。敵の数は多くない」

老神官の指図で、担ぎ手が駕籠に取り付く。すでに裏手に回った武者たちの大半が絶命している。残りも急所に矢を受け、息も絶え絶えになっていた。

「くそう、しくじったか」

「いや、お前らは追え」藤七が押し止めた。

「しかし」

「恐るべきはあの女だけだ。おれが引き受ける」

答えを待たずに、女へと駆ける。

「やあやあ、我こそは摂津国が国人、いけ――」

「見合いでもする気かい」

女の短弓から矢が放たれる。恐ろしいほどに狙いが正確だ。太刀で叩き落とすが、駆ける足の前進を否応なく阻まれる。が、女は射るのを止めた。矢数に限りがあるのだ。横目で、赤松家の武者たちが駕籠を追うのを確かめ、よしと息をつく。

「私は南主を追う」前髪を残した少年が女に叫んだ。

「あんたには荷が重い。足手まといだ。里にいって、人を呼んできな。女官たちも連れていってくれ。そして月鼓だ。厩から放てば、賢いから来てくれる」

少年は肯いて里への道を駆け下りていく。音をたてるものは、境内の中央の篝火だけだ。鬼の面をかぶった男と赤松家の武者が横たわっている。ふたり、無言で対峙した。いななきが聞こえてきた。にやりと笑った女が口笛を吹く。そして、身を翻した。

「おのれ、逃げるか」

暗闇を追う。幸いにも道沿いを逃げてくれたので、足元は確かだ。馬蹄の音が聞こえてくる。馬か。逃げる女の前方から馬が疾駆してくる。女が鞍に飛び乗った。

「ちっ、馬乗り、いや、女騎か」

道を外れて、馬が藤七の背後をとろうとする。風が鳴る。夜の闇に、一条二条と矢尻が鈍色の線を引いた。一本が左肩に食い込む。がくりと膝をついた。大丈夫だ。傷つきはしたが、馬上からの射術は見切った。この間合いなら、次からは全ての矢を叩き落とせる。

矢が尽きれば、あの女に為す術はない。

が、案に相違した。女騎が迫ってくる。遠間からではなく、至近からの一矢で絶命させようというのか。大した女――いや弓の使い手だ。自然と唇が綻ぶ。こんな辺鄙な山奥で、これほどまでの駆け引きができるとは思っていなかった。

血がたぎり、愉悦が全身を満たす。

馬が駆け抜けざまに矢が放たれる。転がってなんとかよけた。いななきとともに馬が反転する。

ふと、違和を感じた。この弓の使い手は何かを隠している。短弓を馬の首の陰で見えないようにしていた。

どうしてだ。

噂が頭をよぎる。都で名を轟かせるある女騎は、左右どちらの腕でも弓を使えると聞いた。今までは右手で矢を番える尋常の射法だったが……

馬が駆け抜ける。思った通りだ。右側へと飛ぶ——女にとっては左側だ。女騎は左手に矢、右手に弓を構えていた。刀を一閃させた。弓がまっぷたつになり、狙い定めていた矢が命を失う。返す刀で、背を斬りつけた。血飛沫が、藤七の体に降りかかる。女騎が鞍から転げ落ちた。

ゆっくりと近づく。

「どうして……」と、息も絶え絶えに訊いてくる。

「都の女騎に、真板というのがいると聞いた。両手を使った射術は、畿内一ともな。口ばったいが、己をこれほど苦戦させられる弓衆は畿内でも十人といない。ならば、今戦う相手が真板だと思うことにしたまでだ」

「ち、畜生、名を揚げるのも考えもんだね」

真板の瞳から急速に命の色が消えつつある。

「最後に、何かあれば聞く」

真板が口から血を吐き出した。目差しが虚空を彷徨う。

「見てみたかっ……た」

「何をだ」藤七は顔を近づけた。

「焚の絵を——」

口から溢れる血が勢いを失い、真板は事切れる。

七

一若の体のあちこちが熱い。くそう、と呻(うめ)く。血が着衣を濡(ぬ)らし、なかなか乾かない。当然か、逃げる今は体を休められない。傷は開くばかりだ。いつも身につけている碧地(あおじ)の裲襠(りょうとう)は、半ば以上切りさかれてしまった。蘭陵王(らんりょうおう)の面にも矢尻が何本も刺さっている。

「いたぞ、あそこだ」

「山名を愚弄(ぐろう)した盗人(ぬすっと)をなぶり殺しにしろ」

西軍の追手の声が容赦なく近づいてくる。

「しくじったな」

呟(つぶや)いた声は口に恐ろしく苦かった。本字壹號の在(あ)り処(か)を探るために、西軍の陣地へと忍びこんだ。千や一花は足手まといになる。単身潜り込んだが、甘かった。あちこちに鳴子が張り巡らされていた。無様に見つかり、今こうして追跡を受けている。かれこれ、一刻（約二時間）以上に及ぶ。鴨川(かもがわ)を越えて、東山(ひがしやま)にわけいってもなお追跡は止まらない。

岩陰に隠れた。湧水(ゆうすい)が出ていて、体を冷やすかのようだ。何度も気を喪いそうになった。追手の声が小さくなるのは、遠ざかっているのかあるいは死の淵(ふち)に一若が近づいているのか。どちらかわからない。

カラカラと乾いた音が鳴った。目の前を、髑髏(どくろ)が通りすぎる。ひとつではなく、何個も。

怖気(おぞけ)が一若の肌をなぶる。群れをなす髑髏が近づいてくる。

「化生か」

髑髏がカラカラと嘲笑う。まだ肉のついている髑髏だった。

「残念ながら人じゃなぁ」

だとしたら、尋常の心の持ち主ではあるまい。髑髏をいくつも腰にまとわりつかせているのだから。皮膚と肉は恐ろしく薄い。落ち窪(くぼ)んだ眼窩(がんか)から、妖(あや)しい目の光が閃(ひらめ)いている。

坊主だった名残りだろうか、伸びた髪は野良犬の毛並みを思わせる。腰には長い刀を帯びているが、僧兵には見えない。齢(よわい)は七十は過ぎているだろう。

枯れた掌(てのひら)が近づいてきた。一若の顔や頭を撫(な)でる。

「よせ」そういうのが、抵抗できる精一杯だった。

「ほう、こりゃ、いい形だ。きっと何よりも美しい髑髏になろうて。応仁の乱のおかげで、数多くの髑髏を愛(め)でたが、お主ほど形のいいものはそうはない」

一若の背後に回り、脇(わき)の下に腕を伸ばす。ずるずると引きずっていく。老人にもかかわらず恐ろしい力だ。ひいひひひいひひ、と笑声なのか呻きなのかわからぬ音を口から漏らし、一若を引きずっていく。力が入らない。逆にどんどん抜けていく。心が急速に薄らぎ、やがて完全に消えていく。

気づいたのは、まぶたに陽の光が差し込んだからだった。

ゆっくりと起き上がる。山中の庵のようで、横には囲炉裏があり炭が熾っていた。助かったのか、と呟きつつ両手を見る。動く。足もだ。縛められていない。だが、背には強い悪寒がのしかかる。目差しに似たものをいくつも感じた。

誰かに見られている。恐る恐る目を背後にやる。

喉から声が無理やりに絞りだされた。

髑髏たちがこちらを見ている。壁一面に髑髏が積み重ねられていた。その数は百をゆうに超える。

「あのじじいの仕業か」

立ち上がろうとしたら、入り口で音がした。

「なんじゃ、つまらん。死んでなかったのか」

体のあちこちに髑髏を巻きつけた老僧だった。腰にある長い刀が揺れている。素早く目をやると、壁に一若の剣があった。

「じいさん、何を企んでいる」剣を引き寄せつつ訊ねる。

「別に、お主が死んだら髑髏にして愛でようと思っていただけじゃ。けど、死なんだ。四苦八苦の満ちる世ぞ、生に執着するのは感心せんな」

老僧の腰の刀が揺れている。随分と軽そうだ。きっと、鞘の中は竹光だろう。とことんふざけたじじいだ。椀が突き出された。野鳥の肉が入っている。

「ほれ、食え。わしも食う」言葉通りに老僧も同じものをかきこむ。鳥肉の脂が汁に溶けこんでいて、悔しいが美味かった。

「何をして、追われていた。追っていたのは西軍の山名か」

「いうわけねえだろう」

「盗みか」

「まあ、そんなもんだ」

最後の汁を呑み干す。悪いじじいではないが、正気を保っているとも断言しがたかった。

「寝言を聞いたぞ」

「遊女みたいな真似するな」

「ケイや、ヨシノ、ナンシュといっていたな。ホンジやイチゴウとも唸っていた。なにをいってたんだ」

身を固くする。それに構わず、老僧は竈へいき湯を沸かす。茶碗に茶を満たしてくれた。

「もう一眠りしたいなら呑まん方がいい。茶は目が覚めるでな」

毒を盛るぐらいなら、とっくに殺されているはずだ。一若は茶碗を口につけた。苦味が強い。が、不快ではない。かすかな甘みが味を引き立てている。

「美味いな。千の点ててくれた茶に似ている」

思わずいってしまった。

「ほう、なかなかの茶人を知っているようだな」

「おれの仲間だ。茶の筋はいいようだ。村田珠光って茶人から教えてもらっているらしい」

　悔しいが、美味い茶は口を滑らかにする。

「そりゃ、味が似ていて当然だな」

けらけらと老僧が笑う。骸骨(がいこつ)が顎(あご)を鳴らすかのような風情があり、心底気持ち悪かった。茶の余韻があっという間に吹き飛ぶ。

「じいさん、ちと笑いを控えな。せっかくの茶が台無しだ」

「髑髏を背負って、平然と茶と椀物を平らげるお主にいわれとうないな」

　そういえば、と背後の髑髏の壁を見る。が、今は前ほど恐ろしいとは思わない。髑髏が、ひとつひとつ綺麗に磨き上げられているからだろうか。

「それより、味が似てて当然ってのは」

「村田珠光はわしの弟子じゃ」

　老僧は鼻毛を抜いている。

「嘘(うそ)つくなよ」

「さっきの茶を呑んでもそう思うか。まあ、茶については村田珠光がわしの師匠よ。わしは奴に禅を教えている」

茶も禅の修行の一環である、とは千がいっていたか。

「じゃあ、あんたの名前はなんていうんだ。さぞ、高名な僧侶なんだろうな」

老僧は、髑髏を一若の鼻の前に突き出した。顎の骨をカチャカチャと動かして遊ぶ。

「頭が高い童、このお方をどなたと心得る」と高い声をつくって老僧がいう。どうやら、骸骨がしゃべっているという工夫らしいが、呆れてため息をつくのさえもったいなかった。

「誰かは知らんが、狂っているのだけはわかるよ」

「狂っている――その通りじゃ。この御坊はお狂いになっている。ゆえに、号を狂雲斎と称しておられる」

骸骨がカタカタとしゃべる――ように見せているが、老僧の声と髑髏の口の動きがあっていない。

「そんな号を持つ坊さんは知らんね」

「嗚呼、浅学の童の悲しさよ。狂雲斎の号を知らぬとは。では、今一度、こちらの高僧の名を教えてしんぜよう。僧名は、一休宗純。あの赤入道、山名宗全とも腐れ縁の徳高き御坊であらせられるぞ」

まじまじと老僧を見る。

一休宗純――知らないわけがない。一説には、後小松天皇の隠し子ともいわれている。僧として名声を博しながらも、女犯男色 肉食飲酒、あらゆる戒律を無視する破戒僧として有名だ。

一休宗純は、しゃべらせていた髑髏を床に置いた。

「その上で、童よ、教えてくれんか。お主が寝言でいった、焚に吉野に南主とは何か」

どきりとした。先ほどとは、明らかに声がちがう。ケイではなく焚と確かにいった。吉野や南主と間違いなく意味を理解して発した。

「もし愚僧の考えが正しければ、ちとわしにも浅くない因縁があることゆえな」

そういってから、一休宗純は破顔する。髑髏よりもはるかに凄惨な笑みだった。

七章　その業、修羅のごとく

一

宴は仮初の歓談に満ちていた。みな、恐怖を心の内に隠し、必死で笑んでいる。逃げ出したい本音に嘘をつき、楽しむふりを全力でしている。

後に、山名宗全と呼ばれる男も同様だった。数え三十八歳の山名持豊は内心をおし隠し、必死に笑み歓談する。

「青入道」と、鋭い声で上座の男に呼ばれる。

「は、はい」と、慌てて向き直りつつ己の手を見た。持豊の肌から血の気が抜けている。

まただ。もともとの肌が白く、それゆえに恐怖に向き合うと一気に青白くなる。生まれつき体毛がうすく、確かに僧侶のような風体でもあった。とはいえ、五ヶ国守護の山名一族の棟梁を〝青入道〟と揶揄できる人間は、この日ノ本にはひとりしかいない。

「どうしたのだ。青い顔をしおって、何をそんなに恐れている」

広い額と薄く細い眉と髭、目に浮かぶ瞳は氷でできているのではないかと思わせた。

「あるいは、余のことが怖いのか」

周囲は歓談しつつも、持豊と上座の男のやりとりに耳をそばだてている。

「公方様を敬服しこそすれ、ど……どうして怖れましょうか」

言葉とは裏腹に、怖気が全身を這う。

「ほお、怖くないと申すか。青入道め、この悪御所と呼ばれる余を凌駕できるとでも思っているのか」

上座にいる公方様こと第六代征夷大将軍、足利義教が唇を吊りあげて笑う。

悪御所と呼ばれているのは、あまりにも多くの者を粛清したからだ。公家や商人、庭作り、調菜人（料理人）、神官、僧侶、女官、同朋衆はいうに及ばず、守護大名も例外ではない。領地を没収されるだけならいい、四ヶ国守護の一色家の当主などは、大和国遠征中に義教の命を受けた武田家の当主によって殺されている。

「それとも余ではなく、この宴を催した赤松めのもてなしが気に入らぬのか」

「そ、そんな、先ほどの能といい、赤松殿の馳走、と、とても素晴らしきものでした」

山名持豊は這いつくばった。どうやら、こたびは持豊をいたぶる心算のようだ。腹がきりりと悲鳴をあげる。

「ふん、はっきりせん奴め。こんなことなら、都の鶏としゃべっている方がまだましよ。

どうだ、みなの者、そうは思わんか」

義教の言葉に、追従の笑みがわく。闘鶏の見物客が義教の往来を邪魔したことに腹をたてて、京中の鶏が追放されたことがある。正気の沙汰とは思えない。

「それとも、青入道、余を籤引将軍と思って、侮っているのであろう」

「そ、そんな、籤には神慮がこもります。侮ることなど決してありませぬ」

前将軍は後継者を決めずに没した。窮した幕臣たちは、あろうことか籤で次の将軍を決めることにした。選ばれたのが、義教だった。

「そうだ。面白いものを見せてやろう」

義教が取り出したのは、一枚の紙片だった。指でつまみ、皆に見せつける。

「これは籤だ。十三年前、誰を将軍にするか決める時のな」

見れば〝義圓〟と墨書されている。義圓とは、義教が将軍に就任する前、僧侶として名乗っていた名前だ。紙は日に焼けて、手垢もついている。

「記念としてとっておいたものだ。たまたまこの紙に神官が〝義圓〟と書いたから、余が将軍になったと青入道めは思っておるのだろう」

持豊は必死に首を横にふる。

「余は生まれながらにしての将軍よ。たとえ、この籤に別の名前が書かれていて、よしんばそれを選んでいたとしても、余は必ずや将軍になった」

指の腹に籤を載せた。息を吹きかけて飛ばした。ひらひらと舞う籤が持豊の顔を横切る。

「籤が余を選んだのではない。余が籤を選んでやったのだ」

義教は高笑いをまきちらした。ふと、影がさす。義教の背後に誰かがいる。先ほどまで給仕していた赤松家の郎党で、直垂を着ているが襷掛けに縛っている。ひとりでなく、数人。白刃を義教の頭上でかざしていた。

いつのまに……

嗤う義教は背後に気づかない。周囲もあまりのことに唖然として無言だ。

義教が杯を唇に持っていこうとした時、白刃が剣光と化す。

公方の唇に吸い込まれるはずだった酒が、だらしなくこぼれる。蹴鞠のように跳ねたのは、首だ。広い額、細い眉と髭、唇は酒を受けんとしてかすかに開いている。

思い出したように、首を失った体が血を吹きあげた。赤い雨が宴席に降り注ぐ。

「覚悟ぉ」

「義教ぃ、死ねぇ」

「客人もひとりも生かして帰すな」

振り返ると、赤松家の武者たちが宴の場に殺到しようとしていた。薙刀や太刀を振りかざし、四方八方から乱入してくる。首のない義教へ、必死の形相で斬りかかる。

「莫迦、公方はもう死んでる」

「客をやれ」

「助けてくれ」

「謀反だぁ」

怒号と悲鳴が満ち、混乱というには禍々しすぎるものが宴を満たす。持豊の体に、白刃が襲いくる。必死に逃げた。客たちとぶつかり、刺客の刃が何度も体をかする。

気づけば、都の路地をふらふらと歩いていた。従者もいない。ぐっしょりと着衣が汗で濡れていた。騒ぎを聞いてか、町は騒然としていた。狭い路地でへたりこむ。

「い、生きている」

それが不思議だった。絶命必至の刃が何度も襲ってきた。あれを避けられる道理も、刺客が外した原因もわからない。なぜ——と血の気のひいた青い肌を確かめる。かすっていたと思しき刃は、全て着衣の上だったようだ。傷はひとつもない。かわりに直垂がぼろぼろにされている。何かが首に貼りついている。紙片だろうか。指をやって、汗で貼りつくものを剝がした。

全身が心臓に変じたかと思った。息がたちまち熱をはらむ。

その紙片には〝義圓〟と墨書されていた。

神意の宿る籤を、義教は捨てた。結果、十を数えぬうちに首が飛んだ。

そして、今、無傷の己の体に籤が貼りついている。

これが偶然とは思えない。

「わしは、籤に撰ばれたのか」

体の内側から、何者かが激しく打擲していた。早く目覚めろといいたげに。

もし、これが神意ならば——籤を持つ掌が血の色を取り戻す。

「わしは、朝敵の血を乗り越えられるやもしれぬ」

後に、山名宗全と名乗る男の全身が激しく火照りだす。

二

南禅寺境内を歩む持豊の姿を見るや、僧侶や神官たちが次々と跪いた。参拝に訪れていた公家や武家たちも同様だった。

南禅寺にある山名一族の菩提寺が見えてくる。いずれ、ここに本山よりも壮大な伽藍を建立するのも一興だ。山名持豊はそうひとりごちた。

決して難しくはない。

持豊の躍進が始まったのは、十三年前の嘉吉元年（一四四一）、将軍義教が暗殺されてからだ。すぐに赤松家討伐の軍が編成された。幕軍は逆賊の赤松領に、北東西の三路から攻め込む。持豊が受け持ったのは、北の真弓峠を攻める持ち口だった。

東から攻める細川一族は苦戦していた。いや、より正確にいえば、赤松家に同情していた。誰もが足利義教を恐れており、それを弑し万人恐怖と呼ばれる世を終わらせた赤松家に内心では喝采を送っていたからだ。自然、攻め手はぬるいものとなった。

だが、北から攻める持豊は違った。

一切の手加減をしなかった。いや、どころか赤松家を憎いとさえ思った。神意の宿った籤は、義教の手から離れあの時、持豊の体に貼りついていた。で、あれば成せたはずなのだ。この持豊が、義教を殺すことを。

獲物をとられた憎しみを、持豊は真弓峠の赤松勢に向けた。苛烈な攻めであっという間に峠を落とし、赤松家の本領である播磨へと攻め込んだ。赤松家当主の籠もる城山城を大軍で囲み、とうとうこれを自害せしめ、乱に決着をつけた。

思い出す今も、あの時の戦場の喧騒と興奮が持豊の肌を赤らめた。

持豊は首から下げた小さな袋を手にとった。布ごしに籤の感触を確かめた。

「これがあれば、わしは朝敵の血を乗り越えられる」

後醍醐天皇に朝敵と呼ばれつつも、室町の幕府を開いた足利尊氏のように。

朝敵の血――それはたびたび山名持豊を苦しめた。

『我が子孫は疑いなく朝敵になりぬべし』

曾祖父の山名時氏の言葉である。山名には奸雄の血が流れている。時氏の曾孫の山名持豊を何度も逆賊呼ばわりしたのは、赤松家の宴席で殺された足利義教だった。嗜虐の光を瞳に灯し、朝敵と呼ぶ度に、持豊の肝が凍えた。肌から血の色が失せて、青白い幽鬼のような顔相になった。

が、それはもう過去の話だ。赤松家攻めで大功をあげ、五ヶ国守護だった山名一族はその領国を九ヶ国にまで拡大した。比肩できるのは、細川家か大内家ぐらいだ。

「ほう、お主が赤入道か」

足を止めた。空耳か。己を赤入道と揶揄できる人物がいるとは思えない。

目の前からひとりの老僧がやってくるではないか。頬骨が浮き出た異相だった。骸骨に皮を貼りつけたかのようだ。腰には長い刀を帯びているが、きっと本身ではない。本物の刀ならば、あの痩せた体では歩くのも難しいはずだ。

「わしを赤入道と呼ばわるとはな、御坊のご高名を拝聴してよろしいか」

あえて丁寧な口調で、かつ殺気を過剰なほどにこめた。

「一休宗純という愚僧よ」

黄ばんだ歯を見せつけて嗤う。

一休宗純、確か数えで六十歳をこしていたはずだ。後小松天皇の隠し子だったというのは公然の秘密。だけでなく、もっと不穏なる噂もある。

「赤入道、随分と派手に暴れておるのう。久々にこれほどの業を持つ仁と出会ったわ。近日の無道濫吹、ただ山名にあるなり、とえらく評判じゃぞ」

今年に入って持豊は畠山(はたけやま)家のお家騒動に介入し、当主を失脚させ弱体せしめた。さらに、赤松家復興の動きに対しては、今の将軍足利義政(よしまさ)と激しく対立している。

「はて、そんな苦言をおっしゃるために、わざわざ待ち構えておったのですか」

　持豊は一休を見下ろす。

「苦言とは見当違いも甚だしい。誉めておるのじゃ。惜しいな。互いにもう少し若ければ、お主の五体を味わってみたかったわ」

　一休の瞳に淫靡(いんび)な光が宿った。

「無礼であろう。殿を稚児(ちご)扱いするか」

　持豊の背後に控えていた郎党たちが殺気だった。太い腕で制止する。この僧侶は女犯男色(にょぼんなんしょく) 肉食飲酒(にくじきおんじゅ)など、あらゆる戒律を破ることで有名だ。とはいえ、この赤入道の山名持豊をそんな目で見るとは驚きだった。この老僧の業もまた深いものがある。

「出会ったのも何かの縁よ。お主に、くれてやろう。お気に入りの一品よ」

　袱紗(ふくさ)に包まれた丸いものを取り出した。蹴鞠よりは少し小さいか。受けとり、めくる。

　現れたのは髑髏(どくろ)だった。光るほどに磨きあげられている。

「十三年前にお主が誅伐(ちゅうばつ)した赤松の武者のものよ。戦場の骸(むくろ)からとっておきのものを探し、今まで磨きあげてきた」

　背後の郎党たちはあまりのことに絶句している。

「何かお返しをせねばなりませんな」

「ひひひ、ならお主はお主の業を突き詰めろ。わしはその様を愛でる。それが何よりの返礼の品じゃ」

　髑髏を郎党に押しつけて、持豊は菩提寺へと進んだ。途中で気になり、振り返る。

　一休宗純和尚の痩せた背中が見え、それに寄り添う人物がいる。いつのまに、と思った。あるいは隠れていたのか。互いに腕を組んで歩いている。僧侶ではない。尼だ。尼削ぎと呼ばれる肩までの髪型ではなく、完全に髪を剃り上げていた。尼がこちらを振り向いた。

　厚い唇と切れ長の目をしている。頬がかすかに高く、その形が一休宗純と似ていた。朱色の首巻きを身につけている。それが目に鮮やかで、女の色香を引きたてるかのようだ。

「何が、無道濫吹だ。御坊の方が、もっと重い業を背負っておろうに」

　聞こえるはずもないが、そう語りかけた。女を孕ませ子をなしたか。そして、その子をまた尼にするか。風狂と称される一休の業を、その娘が誰よりも濃く受け継いでいるのは体つきを見ればわかった。にもかかわらず、尼という生き方を背負わせるのか。

　尼がこちらを見ている。情をはらむその眼光は、あるいは一休宗純以上に淫靡だった。

三

――青入道っ。

夢の中で、持豊は何度も呼び掛けられた。ゆっくりと寝床から上体を起こす。闇（やみ）の中に誰かがいた。頭でも痛いのか両手で耳のあたりを支えるようにして持っている。

「誰だ」寝衣の襟（えり）を整えて訊（き）いた。

――この声を覚えていないのか、青入道。

忘れるわけがない。足利義教だ。斬られた首を両手でかろうじて支えている。

「わざわざ夢に出てきてくれたか」

これほどの慶事があろうか。夢は現（うつつ）以上の存在で、神域に属すといわれる。神前での連歌の会では、夢で聞いた歌を発句にすることがある。これを夢想連歌という。眼前の足利義教も、過去に三度ほど夢想連歌の会を開いている。

今、持豊は夢という神域で義教と対峙（たいじ）しているのだ。

枕元（まくらもと）にある刀架（とうか）から太刀をとり、抜き放った。

「赤松ごときに、その首をやったのが無念であった。両腕ごと、頭を落としてくれん」

手に力を張（みなぎ）らせ、太刀筋を頭に描く。

目が吸い込まれた。義教の首に何かが貼りついている。籤だ。〝義圓〟と墨書されているではないか。

あわてて己の胸元を探る。ない、どこにも籤がない。

五体の血が足下に落ちる。かちかちと歯が鳴った。

——さあ、どうした、青入道、わが首をとってみよ。

のたまう歯には、赤いものがついていた。

——その程度の業しか、お主は持っておらぬのか。

ごろりと首が胴から離れた。義教が首を押さえる手を放したのだ。転がり、足元へとやってくる。恐怖が臓腑から染み出し、すとんと腰が落ちた。

手足を使って必死に後退った時、夢から覚めた。

荒い息をはいて、持豊は汗をぬぐう。掌を見ると、血の気が失せているではないか。あわてて胸元を探ると、小さな袋があった。首からかけている紐を緩めると、中から〝義圓〟と墨書された籤が出てきた。安堵の息が口から大量に漏れる。

冷たい掌で顔を覆った。

「ちがう」と、苦悶の声を漏らす。

「わしは青入道ではない」

食いしばろうとしたが無理だった。

「わしは、血を乗り越える。朝敵の血を超える。あの男の恐怖を乗り越える」

顔をめちゃくちゃに掻きむしった。

四

「以前の青入道に戻ってしまったのぉ」

一休宗純がため息をこぼす。自分で茶を点てて、自身で呑み干した。

「どうじゃ、一時とはいえ朝敵となった気分は」

山名持豊は無言だ。何も返答できない。山名持豊は足利義政との確執を深めた結果、山名家追討の綸旨が発給されたのだ。

「九ヶ国守護とはいえ、日ノ本全土を敵にするには及ばんか」

茶で汚れた唇を、一休は乱暴にぬぐった。家督を嫡男に譲り、領国に逼塞することで、なんとか持豊は赦しを得ることができた。

「つまらん男じゃ。わしのやった髑髏も哀しんでおろうに」

「かつて、我が曾祖父は、いずれ一族から朝敵を輩出すると予言した」

「それがお主だというのか。本物の朝敵になる前に降伏しおって」

まるで乱を望んでいたかのような、一休の口ぶりだった。

「わしは血を乗り越えたい。あの男の恐怖を上回りたい」

「ならば、もっと狂え。人でなく獣になれ」

「わしは血が欲しい」

「狂うためにか」

「血が業を乗り越える。一休宗純和尚よ、御坊が後小松天皇の落胤というのは真か」

「別に隠しちゃおらんよ。釈迦も達磨も女の股ぐらから生まれた。帝もしかりだ。わしが誰の胤かなどはささいなことよ」

「訊きたいのは、御坊の父のことではない。母のことだ」

一休宗純の目が糸のように細くなる。

「御坊を孕んだ母は……皇胤を産んだにもかかわらず朝廷を追放された。その理由が、南主の血をひく女だったからというのはまことか」

一休宗純は無言だ。

「御坊の血が欲しい。狂雲斎こと一休宗純和尚の業と同体となりたい。北朝と南朝の血を持つ御坊と交われば、わしはあの男の恐怖を乗り越えられる」

首から下がる袋にそっと手を当てる。

「青入道、その歳でわしと稚児灌頂をしたいというのか」

「それで恐怖を乗り越えられるならば」

「よせ、わしの好みではない。そもそも稚児灌頂など、仏の教えを歪めるものだ」

「御坊も稚児灌頂をしたであろう」

「ああ幾度もな。だが、己の楽しみのためだ。女も稚児もわしは大好物ゆえな。僧籍にあらずとも嗜んでいたであろうさ。稚児が観音菩薩の化神などとは言い繕わんだけだ」

持豊の背後でかたりと音がした。一休宗純はため息を漏らす。腹の底から汲みあげたような重い息だった。

「やれやれ、その業、女修羅のごとくか。さすが我が娘というところか」

　持豊のうなじに吐息がかかった。柔らかく長い腕が首に回される。頭蓋の形を探るように、掌が這う。とても美しく、長い指だった。

　一休宗純和尚が腰をあげた。

「青入道……いや」にやりと笑った。「赤入道よ、お主、これでもう後戻りはできんぞ」

　首から下げた袋の中にある籤を、尼が厚い唇で挟んだ。僧衣をゆっくりと脱ぐ。豊かな体に、持豊は溺れていく。

五

　宗全と法号を名乗るようになった山名持豊の前に、ふたりの屈強な武者が控えていた。ひとりは太田垣新兵衛、いまひとりは行木山城守、宗全の忠勇なる郎党だ。

「女の居場所はわかったか」

　僧服の襟を整えつつきいた。籤をいれた袋が心臓の位置にくるように整える。

「残念ながら、我らが行けるところは全て探りましたが」

　太田垣新兵衛がこうべを垂れる。

「一休宗純和尚の身辺も油断なく探っておりますが……」

行木山城守の語尾が萎む。

「そうか」と、山名宗全は目を庭にやった。一休宗純和尚の娘とまぐわってから四年がたった。あれから宗全は但馬に逼塞した。一休宗純和尚の娘も行方知れずとなってしまった。

「もう、但馬に逼塞しておった頃とは違います。女ひとりの身の行方などよりも、政に心を傾けていただきたくあります」

家臣のひとりが硬い声で諫言する。但馬に逼塞すること四年、今年の六月になって足利義政から赦免の使者がやってきた。その月のうちに上洛して、今は京の山名邸にいる。

「知らぬわけではありますまい。赤松家の牢人どもが吉野へ行き、南朝の皇胤ふたりを討ち、だけでなく神璽を奪還しました」

悪御所こと義教を宴席で暗殺した赤松家は追討を受け、所領の全てを失った。しかし、再興を目指す赤松家牢人はしぶとかった。南朝の拠点吉野へと潜入し、長く奪われたままになっていた神璽こと八尺瓊勾玉を奪い返したのだ。この功により、赤松家が守護として復活する目処がついた。

「赤松めは必ずや播磨の旧領回復を目指すはず。それは、我ら山名家の領土を掠めとるということ。これに細川家も力を貸さんとしております」

播磨などの赤松家の所領は、合戦の功績により山名一族がほとんどを支配していた。

「わかっておる。手は打っている」

すでに幕閣を何人か買収している。赤松家は守護には復帰するが、領地は北陸の加賀半国でまとまりそうだ。とはいえ、これで赤松家が納得するわけもない。今後も熾烈な政争が繰り広げられる。

宗全は領地を手放すつもりは毛頭ない。まだ、併呑したりないとさえ思っている。

「わしはもっと飢えたいのだ」

誰にも聞こえぬようにつぶやいた。あの夜、宗全の全てをむさぼった一休宗純和尚の娘のように、日ノ本六十余州を味わい尽くしたい。

外から歓声が聞こえてきた。

「どうやら、赤松の牢人どもが凱旋してきたようですな」

家老が渋い声でいう。数日前から祭りのように都が落ち着かなかったのを思い出す。

「楼閣へ行こう。赤松家の牢人どもの様子を見物してやろうではないか」

諫めたりぬ家老を置き去りにして、宗全は太田垣新兵衛と行木山城守をつれて庭へと出る。庭の一角にある楼閣の上階から路地を見下ろす。

〝神璽奪還〟と墨書された幟が誇らしげに進んでいる。赤松家の牢人たちが三十人ほど胸をそらしていた。皆、顔に傷がある。ある者は眉間に水平に一条、ある者は頰に斜めに一条。何でも一揆同心の証として、それぞれが思い思いの顔の場所に傷をつけたという。

「ふん」と、鼻で嗤った。懐から首に下げた袋を取り出す。神璽などまやかしだ。事実、所持していた南朝は吉野に逼塞を余儀なくされ、だけでなくふたりの皇子を討たれた。

わしは本当の神璽を持っている。それこそが〝義圓〟と書かれた籤だ。

ふと、目が赤松家の牢人のひとりに吸い込まれる。一際大きな傷がこめかみにあった。傷の大きさが地位のそれを示すわけではないだろうが、他の赤松家牢人は皆、この男に傅(かしず)くように従っている。

「あ奴は」と、ふたりに訊く。

「石見太郎(いわみたろう)と申す牢人でございます。こたびの謀(はかりごと)を企図(きと)した者と聞いております」

石見太郎という男の首に赤い布が巻かれていた。首巻きである。男がするには随分と色が派手だった。

六

また、あの声だ。あの男が歌っている。

宗全はゆっくりと体を起こす。夢の中で、連歌の会が開かれていた。ひとりの男を除いては、みな髑髏(どくろ)のなりで僧衣や直垂を身につけていた。烏帽子(えぼし)には腐った肉と髪の毛がこびりついている。

ひとり、生身の歌い手は足利義教だ。いや、生身ではないだろう。両手で頭が落ちないように支えているからだ。

手が蟲を思わせる動きを見せる。義教の首だけがこちらへと向く。

「青入道、久しいの」

そう嗤う義教の口からむかでが這い出てきた。

「そうやって、わしを見下していられるのも今のうちだ」

「ほお、少しは肝が太くなったか」

また口の中から蟲が出てきた。見たこともない蟲だ。鋏のような大きな牙があり、そこに紙片を挟んでいた。〝義圓〟と書かれている。

たちまち、宗全の五体から汗が溢れる。

「それでこそ、青入道よ。この籤が肌身を離れるのが、そんなにも怖いのか」

蟲を噛み潰しつつ、義教が嗤う。

「わ、嗤うな。わしは、朝敵の血を乗り越える」

お主の恐怖を克服する、と心中で叫んだ。

「ならば、よき機会を与えてやろう」

左手の指で、口からはみ出た蟲をつまみつついう。

「お主のために大乱を与えてやろうではないか。この世がひっくり返るような恐るべき大乱だ。恐怖を克服できるか否か、試してみるがいい。朝敵の血を乗り越えてみせよ」

心の臓が激しく胸を打つ。

「とはいえ、まずは支度が必要だ。まあ、しばし待つがいいさ」

足元で音がした。一匹の蟲が近づいてきている。鋏のような口には籤を挟んでいた。

「青入道、また会おう。それまでに肝を太くしておけ。今のお主の魂は、余が摘み取るほどには甘美ではないゆえな」

闇が深まっていく。義教の五体を喰むように包んでいく。東西南北と天地の別がわからなくなり、宗全は激しくよろめいた。

「宗全様、宗全様」どこからか声が聞こえてくる。

はっとまぶたをあげる。

「大丈夫ですか、うなされておられましたが」

行木山城守と太田垣新兵衛が心配そうに顔をのぞきこんでいた。南禅寺塔頭のひとつに、宗全はいた。抹香の匂いがやけに鼻につく。

「ああ、ちと悪い夢を見ただけだ」

宗全は太い腕を伸ばし、硬くなった体をほぐした。ひとりの使僧がこちらに向かってくるのが見えた。

「どうぞ、こちらへ」

煙るような抹香の中を案内され、お堂のひとつへと誘われる。中には、狂雲斎こと一休宗純和尚がいた。観音菩薩に手を合わせているが、その姿は仏徒というよりも遊女を愛でる酔客のようだ。伸びた腕や顔にしげしげと目をやっている。

首をこちらへとひねった。

「おお、赤入道め、久しいのぉ」

「今日は、一休宗純和尚にある物をお持ちしました」

背後に控える太田垣新兵衛と行木山城守に目をやった。恭しく朱塗りの櫃を前へと出す。蓋を外し、見えたのは塩だ。すぐ下に埋まっていたものを太田垣新兵衛が掴む。さあ、と塩が床にばらまかれた。こめかみに大きな傷を持つ首が現れる。

「赤入道よ、どういうつもりだ」

「この首の名は、石見太郎と申します」

一休宗純の眉がぴくりと動く。

「神璽奪還の赤松家牢人の長が、そんな名前だったたな。よくも、殺したものよ。失望したぞ。お主の業がその程度だったとはな」

「播磨を奪われることを恐れて、この首をとったとお思いか」

「ちがうのか」

「殺すなら、赤松家の棟梁を殺しましょう。こ奴の首をとったのには理由があります」

懐から朱色の首巻きを取り出した。さすがの一休宗純の顔色も変わる。血の気がかすかに引いていた。

「これは、御坊の娘御のものですな。この石見太郎めが首に巻いておりました」

返答がわりに、一休宗純がため息を吐きだす。

「石見めを、後ろの新兵衛と山城守をつかい拐いました。そして吐かせました。なぜ、この首巻きを持っているか、を。娘御は、吉野の南朝の隠れ里におったと。忠義王の女官として仕えておったそうです。石見ら赤松家牢人は忠義王を弑して、さらに御坊の娘御をも手にかけた。俗な言い方をすれば、こたびのこの石見めの首をとったことは、仇討ちということになりましょうか」

己の頭蓋の形を探るかのように、一休宗純は頭を撫でる。

「聞き捨てならぬのは、子がおったということです。四歳ほどの男児だとか」

宗全は一休宗純を睨みつけた。四年前、一休宗純和尚の娘とまぐわった。もし、あの時に子を生しているとしたら歳はあう。

「赤子の胤が、誰のものかは知らぬ。わしと同じで、奔放な娘であったがゆえにな。身籠もったとわかった時には、吉野に奔っておった」

「では、それを確かめたくあります」

「吉野へと行くのか」

「この石見の首と一緒に行けば、南朝も心を開いてくれましょう」

指で石見太郎のこめかみの傷を弾いた。一休宗純は俯いて表情を隠している。哀しんでいるのかと思ったが、ちがうようだ。生老病死の現世の四苦のうち、先頭にくるのが〝生〟だ。つまり生まれることと生きることは、それだけで苦しいのだ。死の苦しみは一番最後。一休宗純にとって娘の死は衝撃こそはあるが、哀しむには足りぬのかもしれない。

「わが娘ほどではないが、わしの業も罪深いものだ」

陰になった顔から眼光がちらりと見えた。

「お主の修羅のごとき業の行末を見てみたい」

「では」

「隠し元号よ。吉野の南朝の懐に入ろうと思えば、隠し元号がいる。それをお主に託そう」

七

雨混じりの風が吹きこんできていた。京の外れにある廃堂の奥で、宗全は待っていた。しとしとと雨が降っている。破れた屋根から雨が吹き込んでいた。首のもげた仏像が幾体も並んでいる。

「青入道よ」

足下からそんな声が聞こえた。見ると、小さな仏像がある。木彫りで、首のところに亀裂が入っている。

「青入道よ、浅ましいものだな。恐怖を乗り越えるために、我が子を利用するのか」

　小さな仏像が義教の声で嗤う。

　宗全は胸元を検(あらた)める。あった。紐でぶら下げた小さな袋がある。籤の感触を指で何度も確かめた。恐怖を感じていないことに、満足した。

「浅ましいのはどっちだ。そんな姿になってしか現れることができぬのか」

「えっ」と声を上げたのは、廃堂の入り口付近にいた行木山城守だ。不思議そうにこちらを見ている。

「気にするな。考えごとをしていただけだ。それよりもまだか」

　宗全は木彫りの仏像から目を引き剝がした。

「もうしばらくすれば到着するかと」

　山城守の言葉の通り、雨音に混じって足音が聞こえてきた。

「新兵衛様が戻られました」

　外から武者の声がした。行木山城守が戸を開くと、ずぶ濡れの太田垣新兵衛が現れた。その背中に、大きな籠(かご)を負っている。

「して首尾は」

　無言で、新兵衛は籠の蓋を開けた。四歳ほどの童が寝ている。

「不遜ながら、薬で眠っていただきました」

丁重な手つきで、童を床に寝かせた。目鼻立ちは美しく、かすかに一休宗純の娘の面影もある。

「間違いなく、わしの子か」

吉野に潜入させた新兵衛には、宗全の子だとわかれば拐ってこいと命じていた。

「見てください」

指で童の襟を広げた。籠の中がよほど暑かったのか、肌が火照っている。首元には、足の生えた蛇を思わせる痣が広がっている。思わず己の首元を手で押さえてしまった。

「名前は」

「熒様と」

袖から〝熒〟と書かれた紙を取り出した。

「なるほど、熒惑星の熒か」

気配がして、ちらりと背後を見る。破れた屋根の隙間から風雨が吹き込み、木彫りの仏像が揺れていた。

「熒を連れて、泉南仏国へ行け」

「泉南仏国――堺でございますな」

山城守と新兵衛が肯いた。

「堺は公界(くがい)だ。そこに熒を預けろ。寺はすでに手配している」

堺は一休宗純と縁が深い。その一寺に慈済寺(じさいじ)がある。稚児灌頂の儀式を盛んに行っていることも知っている。まずは我が血を受け継ぐこの童を、観音菩薩の化神とするのだ。

嘲笑(ちょうしょう)が聞こえてきた。木彫りの仏像からだ。義教の声で嗤っている。

宗全はゆっくりと近づいた。

「浅ましいものだな、青入道、我が子を稚児灌頂せねば、恐怖を乗り越えられぬのか」

「黙れ」背後の腹心のふたりに聞こえぬように、小さな怒声を放った。

そして、足を振り上げた。

「義教、貴様はもう消えろ。目障りだ」

力の限り、宗全は足を叩(たた)きつけた。呆気(あっけ)ない音を立てて、木像の首がもげる。さらに体の重みをかけて強く踏みにじった。

八章　天下を破る

一

山名宗全は縁側に座り、庭を見ていた。冷たい雨が降りつづけている。

七重塔が屹立し、西軍東軍の櫓があちこちに建っている。熒を慈済寺にあずけてから、十一年がたつ。応仁の乱がはじまってからは二年だ。

御霊合戦では神意ともいうべき天狗の落とし文が空から降ってきたことで、両畠山の戦いに割って入った。相国寺合戦では寺域のほとんどを焼亡する激しい戦いを演じた。足軽たちにより、宗全の陣が襲われたこともあった。東軍との戦況は一進一退だが、宗全には切り札ともいうべきものがある。横にある漆塗りの文箱を宗全は開けた。〝本字壹號〟と印字された紙が重なっている。足軽たちに宗全の陣が襲われた夜、大内家の郎党の杉七郎が密かに持ってきたものだ。

濡れカラスが視界を横切った。嘴に咥えているのは、あの仏像の首だ。

嘴から溢れ、泥の中に落ちる。

「青入道よ、随分と機嫌がいいな」

泥まみれの仏像の首が義教の声で語りかける。

「まだ、成仏できんのか。もはや、貴様など怖いとは微塵も思わぬぞ」

本字壹號を撫でつついった。

嘲笑が響く。仏像の首ではなく、カラスが笑っている。

「ならばなぜ」「その籤を手放せぬ」

仏像が叫び、次にカラスが歌うように問いかけた。

「見せつけるためだ」

胸に手をやり、籤のある場所を確かめた。

「義教、お前にわしが天に撰ばれる様を見せつけるためだ。見たであろう。天狗の落とし文を。読んだであろう。〝猿の王、天下を破る〟の文を」

一転して、仏像の首とカラスが黙り込む。

「ただいま、戻りました」

振り向くと、旅装姿の熒が平伏していた。頬がこけ、顔色が悪い。

「どうであった、吉野は」

南朝を擁立するために、熒を吉野へと送っていた。

「南主に謁見し、西軍のご意思をお伝えしました」

吉野から帰ってきた熒の報告に耳を傾ける。話し方が、以前と変わっているような気がする。聞けば、刺客に襲われ吉野行を共にした従者を喪ったという。

「襲撃はありましたが、南主はご無事でした。吉日を撰び、吉野を発つとのこと」

「お前に任せてよかった。これで南主擁立の策は九分九厘、成ったも同然」

宗全は庭にできた水たまりを見る。仏像の首が無念そうに沈んでいた。

「果たしてそうでしょうか」

宗全は熒に顔を戻した。

「厄介なる御仁をひとり忘れておりませんか。日尊様です。あの方もまた野心に囚われております。側近くに侍った身であればわかります。いずれ、南主にとってかわる。そんなお心をお持ちのお方です」

宗全は、天井に目をやって考えこむ。

「日尊殿には十分に働いてもらったが、今後、何かのお役に立つお方とも思えんな」

「いえ、日尊様はまだ役に立ちます」

明らかに先ほどの弁と矛盾している。

「矛盾はしておりませぬ。日尊様の死は、間違いなく役に立ちます。祟りでございます。過去に菅原道真公の祟りが、朝廷を混乱に陥れました。日尊様ほどの皇胤の死であれば、きっと大きな祟りが朝廷や百官を襲いましょう」

天狗の落とし文でも大騒ぎする帝や上皇、朝廷の百官たちだ。南朝の血をひく日尊が横死すれば、きっと大きな恐怖に囚われる。祟りが実際になくても、恐怖は人の思考を濁らせる。つけこむ隙ができるはずだ。

「ふむ、しかし、我らの手で日尊殿を亡きものにしては、味方が動揺するのでは」

そこまでいって、宗全は気づいた。東軍に日尊を殺させるように仕向ければいい。

「なるほどな。そろそろ、邪魔な枝を切り払う時だな」

「私めにお任せください。うまく東軍を動かしてみせます」

焚の瞳には冷たい炎が灯っていた。

「焚よ、そなたの献身、嬉しく思うぞ。が、まだ日尊殿はいい。まずは、小さな枝から始末する」

「小さな枝とは」

「杉七郎めだ。本字壹號は手にいれた。もう用済みだ。生かしておいて、謀を漏らされても厄介だ。焚よ、お前ならこの小枝をどう切り落とす」

「刺客を用意する必要はないかと。杉七郎様が大内家を裏切ったのは事実。にもかかわらず、まだ大内家の禄を食んでおります。ならば、大内家を動かすのがよいかと」

宗全は満足した。己が考えていたことを、焚は寸分違わずいってみせたからだ。

宗全は、太田垣新兵衛、行木山城守のふたりを呼びつけた。焚の指示に従うように命じる。

「では、今日は戻ってよい。長旅でさぞ疲れたであろう」

宗全の労いの言葉に、焚は深々と平伏した。退室してから、目を庭の水たまりに戻す。

「どうだ、義教よ」と、小声で泥にまみれる仏像の首に語りかけた。が、返答はない。

「では、我らも戦の支度に戻ります」

新兵衛と山城守が立ち上がった。

「ああ、しばし待て。ふたりのうち、どちらでもいい。庭に仏像の首が落ちている。処分しておけ」

「仏像」と、山城守が問い返した。

「あそこにあるであろう。松の木の下の泥の中だ。それほど大きくはない」

新兵衛が庭に降りて、水たまりのそばにしゃがみこんだ。

その間に、宗全は本字壹號の入った箱に蓋をかぶせる。また、いつもの場所に隠さねばならない。これだけは余人に任せられない。

「宗全様」

「なんだ」

「仏像の首などは……ありませぬが」

宗全は首を巡らした。先ほどまで仏像の首があった場所には、同じくらいの大きさの石が転がっているだけだった。雨に濡れたカラスが、木枝の下で雨宿りしている。

二

杉七郎の顔は青白く、どんな恐怖のもとに首を斬られたかがよくわかった。西軍の陣地の中で、最も人通りの多い広場に獄門台が置かれていた。焚に杉七郎の処置を任せた。結果、しばらくもしないうちに首がさらされることになった。大した仕事ではないが、迅速な手腕に宗全は満足した。

「これは宗全殿」やってきたのは、大勢の従者を引き連れた大内政弘だった。

「杉七郎めの件、とんだ災難でしたな」

「いや、お恥ずかしい限り。まさか、杉めが東軍に内通しているとは」

「ですが、周防介殿は果断に処された。見事なものです」

「これも神慮のお導きのおかげ。実は我ら大内の陣に、また落とし文が落ちておりまして。そこに、杉七郎めが東軍に内通していることが記されておりました。問いただしたところ、ひどく狼狽し、あげく逃亡を企てたのです」

宗全の後ろに侍る新兵衛と山城守を見た。ふたりがこくりと肯く。なるほど、焚は天狗の落とし文を偽作したのか。こきりと首を鳴らした。あまりいい気分はしない。御霊合戦での落とし文を思い出す。あれは本物だった。相国寺の七重塔より高いところから文が落ちていた。が、こたびはちがう。誰(だれ)も空から降る様子を目にしていない。つまり、密(ひそ)かに熒がばらまいたのだ。それでもって人が踊らされるのはいい気がしない。まるで、御霊合戦の落とし文まで偽物だと断ぜられたかのようだ。

「しかし、宗全殿、大丈夫なのですか」

「はて、大丈夫とは」

「いえ、くだらないことです。捨ておいてください」

「我らは同志。ささいな疑念を残すと、南帝擁立にどんな瑕疵(かし)を与えるかもわかりませぬ」

去ろうとする政弘の前に立ち塞がる。

「あ、ああ、些細(ささい)なことなのです。いえ、落とし文には、他にもいくつかありまして」

「何が書いてあったのですか」

「その……〝南主偽帝なり〟と」

「ほお」と、思わず低い声を発してしまった。

「さらには〝猿王、落樹〟とも」

猿の王の山名宗全が木から落ちる——つまり栄華から転落するということか。天狗の落とし文は新兵衛らの仕業かと思ったが……

「それは杉めの落とし文と一緒に」

問いつつ、後ろを確かめた。新兵衛と山城守がかぶりを振って答える。熒の仕業ではない。別の誰かの捏造だ。たちの悪い悪戯である。

「いえ、つい先日です」

「その落とし文は、神慮とは程遠い代物ですな。南主偽帝などの出鱈目が書かれているのがその証左。きっと書いた者に神罰が降りましょう。御霊合戦の本物の落とし文とは比べるべくもない」

「ならば、よいのですが」

なおも政弘の顔色はよくならない。宗全は一礼して立ち去ろうとした。

「待て、青入道」立ち止まった。振り向くと、杉七郎の生首がこちらを見ている。声でわかる。義教である。杉七郎の首を借りて、語りかけているのだ。

「御霊合戦の落とし文が神慮など、傲岸不遜もはなはだしいぞ」

「悪御所め、久々よのお。仏像の次は、杉七郎の首とはご苦労なことだ」

口に出してから後悔した。「え」と、まだ近くにいた政弘が問い返す。

「周防介殿にいったのではない。考えごとが口をついたまで」

そう誤魔化して、宗全は馬上の人になった。

戸惑う政弘を取り残すようにして、自陣を目指す。

「さて、座視してよいものか」と、宗全は考えた。

「一応、手を打っておくか」

「落とし文のですか」と、新兵衛と山城守が声をあわせた。腹心だけに察しがいい。落とし文は人心を惑わす。人の手によるものは特に厄介だ。

「お主らが天狗の落とし文を偽造するなら、どうやって撒く」

「それは、高いところから」

「ふむ、であろうな。この都で一番高いのは」

ふたりが見たのは、相国寺の七重塔だ。夜、あそこから落とし文を撒かれると厄介だ。

「そんなに急ぐ必要はない。よき日を選んで、塔を焼け。無論のこと、我らの仕業とわからぬようにな」

そうしてしまえば、あとは東西の陣にある櫓程度しか高いところはない。櫓で落とし文をまけば、西軍の陣ならばすぐにわかる。東軍の陣にも伏士（間諜）を何人か潜ませているから同様だ。

三

雷雨の中、相国寺の七重塔から火の手が上がった。

「雷が仏塔に落ちたぞ」

そんな声を、西軍の陣の奥深くで山名宗全は聞く。とても気分がよかった。隅には熒が控え、茶を点てていた。

「どうぞ」と、茶碗が差し出される。燃える仏塔を見つつ、ゆっくりと味わう。全ての謀は順調だ。南主は、西軍に加担する大和国の豪族越智一族の所領に入っている。

「南主の上洛ですが、陰陽師に吉日を撰ばせたところ、来年の八月八日が佳日とでました」

「ちと長いな。あと十月も待つのか」

「少々、よくない卦がでました。北への遷御は大凶である、と」

「方違えは」

北への旅程が凶の時、一旦、東に出てからしばらくして北西に進路を向けることだ。

「方違えの場合は、伊勢への東行の後に、美濃近江経由で都に入るが吉とでました。美濃は西軍の所領ですが、近江や伊勢は情勢が混沌としており、いかに吉の卦が出たとはいえあまりに危険です」

「順調すぎると足をすくわれる。この程度の手筈の狂いは呑みこむしかないな」

その間、様々に根回しをできると考えればいいだろう。

「そういえば、また落とし文が落ちていたそうです」

「偽物か」

「降っているところを見た者はおりませぬゆえ、偽物かと」

「なんとあった」

「朝倉様が東軍と内通している、と」

朝倉孝景は斯波義廉配下で、西軍きっての猛将だ。

「朝倉様は力を持ちすぎました。斯波家中でそれを妬む者もいるとか。この落とし文の中身は虚偽でも、結果は同じことになりかねません」

「その時はその時だ」宗全は息を吐き出す。

「青入道」

また、呼ぶ声がした。首をひねると、床の間の達磨大師だった。

「青入道、そんな小細工で余を超えられると思うのか」

低い声で、宗全に語りかける。

「いかがされたのですか」

「いや、なんでもない」

自身の声がかすかに上ずっていた。そんな己が忌々しい。手で籤の位置をさぐり、心を落ち着かせた。

「あと、いくつか捨ておけぬ噂が広まっております。恐れ多いことですが、宗全様のご体調が優れぬ、と。仏像や絵に語りかけている姿を見た者がおるようで――」

焚は言葉を濁らせる。

「わしが、錯乱したとでも」

「狐憑きでは、と口の悪い者は申しております」

「青入道、お前は狂っているのだ」

達磨大師が義教の声で嘲笑った。

「焚、その絵を他のものにかえろ」

「お気に召しませぬか。わかりました。少々お待ちを」

焚が達磨大師の絵を巻き取る様子をじっと見る。稲光が閃く。七重塔は紅蓮の中から柱や梁を浮かび上がらせている。その様子は骨が浮かぶかのようで、まるで巨大な人が焼かれているようにも思えた。

四

瓦礫ばかりの池田の城に、仮の御殿が建っていた。瓦もなく、板屋根と板壁の邸である。

高野藤七が入り口をくぐる。中に窓はない。棚が壁一面にあり、そこに茶器や香炉、唐物の壺などがぎっしりと並んでいた。布で大切そうにひとつひとつを拭くのは、池田充正である。

「どうだ、お前たち、池田の城が戻ってきて嬉しいだろう。今はこんな掘っ立ての御殿だが、いつかすんげえお邸を建ててやるからな」

頬擦りしつつ、宝物たちに話しかけている。気持ち悪いことこの上ない。

大内家を裏切ったことで、その猛攻を受けて池田城は灰塵に帰した。が、東軍の赤松勢の活躍で奪還できたのだ。

「随分とご機嫌だな。まだ、おれたちは何も成し遂げちゃいないぞ」

珍しく、今日は藤七が充正を諫めた。

「南主だってまだ健在だ。大和国の越智郷に続々と兵が集まっている。このまま、お宝の手入れをしていても南朝の皇子の首なんかとれないぜ。何より本字壹號の宝はどうしたんだよ。おればっかり働かせるなよ」

茶器を磨く手を止めて、充正がじろりとこちらを睨んだ。

「ほお、吉野で南主を討ちとり損ねた男が偉そうに」

真板という女騎と戦った時に受けた傷が、ずきりと痛んだ。

「なら、あんたが吉野へ行けばよかったんだ」

「池田の城が戻るか戻らないかの瀬戸際に、吉野みたいな山奥にいけるわけないだろうが」

茶器を棚に戻し「よし」と満足気な声をだす。

「これで、池田の城を発つ支度はできた」

「次はどこへ行くんだ」

「ご命令が下った。都で仕事だ」

「じゃあ、軍は動かさないのか」

合戦は、もう京を離れている。それをいいことに、将軍の義政は御所で能を催しているとも聞いた。ご丁寧に東軍の諸将を招待までしたという。だが、応仁の乱が終わったわけではない。京以外の地では、激しい戦いが繰り広げられている。

「一応、野武士どもを連れていく。が、軍を采配するようなことはないだろうな」

「けど、都にいたら、南主は討てないぞ」

「都に、南主たちを操る奴がいる。まあ、黒幕ってとこか。そいつを殺せとのおおせだ」

「宗全を殺すのか」

南主擁立に、最も積極的なのが山名宗全だ。が、暗殺は難しいだろう。討つならば、大軍が必要だ。足軽や疾足たちが暗躍してくれたおかげで、鼠一匹忍びこむ隙がないほど今は警戒が厚い。

「殺すのは宗全じゃない。南主擁立を考えるより前に、動いていた奴がいる。日尊って野郎だ。門跡寺院の住持らしい。また赤松家と一緒に動く。乗り掛かった船だ。やるしかあるめえ」

どうやら、また藤七をこき使う気だ。

「殺るのは日尊だけか」

「いや、もうひとりだ。日尊の走狗となって動きまわっている小僧がいるらしい」

「小僧ということは、餓鬼か」

「ああ、稚児上がりらしい」

また、左肩の傷がうずいた。吉野での襲撃を思い出す。真板の近くに稚児上がりと思しき少年がいた。ぞっとするほど美しかったのを思い出す。

五

冬の太陽が、京の空を明るくしていた。が、藤七の気分は浮きたたない。見慣れたものがなかった。相国寺の七重塔だ。応仁の乱の戦火を耐えてきた仏塔だったが、二月ほど前に雷で焼亡してしまったという。仏塔が一つなくなっただけだが、まるで別人になってしまったかのように京の空は他人行儀だ。

ここが日尊の門跡寺院か——藤七は気を取りなおして前を向く。目をしばたかせた。夏でもないのに、茣蓙や御簾が幾重にもかかっている。尋常の心の有様でないのは確かだ。こんな奴が南主擁立に暗躍していたとは、莫迦に振り回されていたようで、気分がよくない。

「藤七殿、いくぞ」

声をかけたのは、顔に傷をもつ赤松家の武者たちだ。だけでなく、畠山政長（まさなが）の郎党たちもいる。畠山政長が家督争いをする西軍の畠山義就（よしなり）は、南主擁立のために郎党などを紀伊（きい）へ派遣していた。これを危ういと感じた畠山政長が、日尊誅伐（ちゅうばつ）を自ら名乗り出たのだ。

具足を鳴らして、畠山政長の手勢が寺院を囲む。門番が慌てて逃げていく。南主擁立の謀を練りながらも、警戒が厚いとは言い難い。黒幕だとばれない自信があったのか。

「行くか」畠山家の郎党が合図をする。足軽たちが丸太をぶち当てて、扉を開けた。三十人ほどの武者が入っていく。藤七と赤松家の武者たちは先頭を走った。

「日尊、出てこい」

遮る茣蓙や御簾を太刀で斬りつけ、道をつくる。

踏み込んだ一間は真っ暗だった。見れば内側からも厚い紙を貼（は）って、窓の光を遮っている。手で破り、窓の戸に手をかける。

「よせぇ、陽（ひ）に当たるではないか」

一間の隅から声がした。

「日尊か」

「やめろ、戸を開けるな。私を穢（けが）す気か」

目が慣れてきた。暗がりに袈裟（けさ）を着た僧侶がいる。突き出されたのは、政長の郎党が捕まえてきたこの寺の小坊主だ。

「ま、間違いありません。日尊様です」

日尊の体つきを見ても、武の心得があるとは思えない。油断はしないが、過度に警戒するのも莫迦らしかった。

「南主擁立の罪で、そなたを討つ。こられよ」

ここでは暗すぎる。日尊の僧衣の襟を摑み、有無をいわさずに引きずった。

「ひいいい、やめろ、陽に当てるな。わしは穢れた陽に当たりたくない」

半狂乱になって抵抗する。

「藤七殿、早く連れてこられよ」

莫蓙ごしに見える庭では、畠山家の武者が大勢待ち構えていた。

「往生際が悪いぞ」

ずるずると日尊を引きずる。鴨居から垂れる莫蓙を刀で斬り、道をつくる。日差しが一気に差し込んだ。

「ぎゃあああ」

日尊が叫び声をあげた。体をちぎらんばかりに暴れ狂う。が、所詮は武人ではない。

引きずっていると、急に日尊の体が重くなった。

「うん」思わず足を止める。

「どうしたんだ」と、武者たちが怪訝そうな顔をする。

「いや、まさか……」

目の前で起きたことが信じられない。近づいた武者も顔をしかめた。

「もし、日尊殿、日尊殿」

敵ではあるが南朝の皇胤なので、丁寧な口調で武者が語りかける。が、反応はない。白目をむき、口から涎(よだれ)を垂らしていた。武者が胸に耳を押し当てた。

「なんということだ」武者が天を仰いだ。

「絶命されておられる」

やはりと思うと同時に、嘘(うそ)だと心中で叫んだ。この程度のことで死ぬというのか。恐怖のあまり憤死(ふんし)したというのか。一体、こ奴は何に恐れ慄(おのの)いていたのだ。

空を見上げる。冬の太陽が燦々(さんさん)と光を落としていた。

穢れた陽——とこの男はいっていた。まさか、太陽に当たるのを恐怖していたのか。陽を浴びて穢れることの恐怖のあまり、憤死してしまったのか。

背後を見ると、何重にも垂らされた御簾や莫蓙があった。冬の風にゆらされて、不快な音が藤七の耳をなでる。

六

「日尊様が私を」

焚は使いであるという小坊主に目をやった。

「はい、さようでございます。至急、ご相談したいことがある、と。南主擁立に容易ならぬ事態が出来したとも」

小坊主が顔色を窺いつつも言上する。焚は窓から外を見る。先ほどまでは晴れていたのに、厚い雲がかかり雪もちらついている。

「詳しいことは聞いていないのですか」

「拙僧ごときには教えられぬ秘事だと申しておりました」

焚は舌打つ。厄介だと思った。日尊誅殺の謀は進んでいる。いつ東軍が日尊を襲ってもおかしくない。できれば、足を踏み入れたくない。だが、訪れなければ怪しまれる。下手をすれば、日尊が謀に気付きかねない。

自嘲の笑みが自然と唇を歪めた。何を悩むというのだ。稚児灌頂を受けたあの夜から、日尊の宮刑を受けたあの時から、己の命など鴻毛よりも軽くなったではないか。

「わかりました。すぐに支度をします」

焚は馬に乗り、西軍の陣を出た。護衛の兵は連れていかない。いつものことだ。日尊が血の穢れを嫌うから、兵は連れていけない。よほど寒いのか、案内する小坊主の体が震えていた。

焚の口からも、白い息が吐き出される。ふる雪の量が増えつづけている。うっすらと地面に積もりはじめていた。瓦礫に挟まれた道を行く。

行く手を塞ぐ男たちがいる。数は五十人近い。手には薙刀を持っていた。背後を見ると同様に武者たちが壁をつくっている。甲冑には白い雪が積もっており、かなり前から潜んでいたことが察せられた。

小坊主が逃げ出す。武者たちの壁に吸い込まれた。その様子から、騙されたのだと焚は悟った。

前から何人かの男が歩み出る。顔に傷をもつ武者たちと蓬髪の男だ。吉野で、焚らを襲った一団ではないか。

「見覚えがあるな。貴様、吉野にいた稚児崩れではないか。そうか、貴様が焚か」

顔に傷のある武者が笑いかける。

焚は馬から降りた。

「ほう、随分と潔いな」

「別に命が惜しいとは思わないからね」

何より、半ば覚悟していたことだ。

「日尊様は」

「お隠れになった。今日の正午のことだ」

答えたのは、蓬髪の武者だった。

「そうか」と、白い息を吐く。

「気に食わんな」

顔に傷のある男が睨みつけてきた。

「もっと取り乱してくれぬと殺し甲斐(がい)がない」

嫌らしい目でこちらを見る。

「残念ながら、期待にはそえない」

さらに武者の顔が歪んだ。

「そうだ。お前には女の従者がいたな」

それだけで、焚の全身が硬くなった。

「奴を殺したのはわしだ」

傷のある顔に誇らしげな笑みが広がった。「よせ」と制止したのは、蓬髪の武者だ。

「藤七殿、黙ってもらおうか。誰のおかげで、池田の城を取り戻せたのだ」

止めようとした腕を振り払い、男が焚に向きなおる。

「あの女が、死ぬ間際に何といったか教えてやろうか」

心臓が高鳴り、こめかみが汗で湿った。

「命乞(いのちご)いをしたぞ。だけでなく、無様にも体を売る、とな。売女(ばいた)のように卑しくも――」

「だ、黙れ」

殴ろうとした拳が空を切った。足を払われて、大地へと倒れこむ。男の爪先が急速に近づいてくる。衝撃が、顔を撥ね上げた。口と鼻から一気に血が溢れでる。

「あの女は、抱いてくれと泣いて命乞いをしたぞ。なんでもするとわめいた」

声が痛みを忘れさせた。立ち上がろうとすると、腹に蹴りが深々とめりこむ。たまらず、胃の中のものを吐き出した。

「ま……真板を侮辱するな」

睨みつける。男の背後には藤七と呼ばれた武者がいる。なぜか苦しげに目をそらす。

「侮辱じゃない。あったことをいったまでだ。自分から服を脱いで、頼むから抱いて――」

飛びかかったが、拳の一打でたやすく地面へと転がされた。男が馬乗りになって、拳と罵声を繰り出してくる。

「お前も稚児崩れだろう。あの女のように命乞いしてみろ」

「嘘……だ。真板は、そ、んなこと……は――」

拳が頬にめり込む度、言葉が途切れる。熒が叫べば叫ぶほど、打擲の拳が残酷さを増す。目や鼻や喉を容赦なく殴りつける。視界が血で彩られ、歪みだす。喉が血で詰まる。

「抱いて下さい、とあの女のように泣いてみろ」

男が拳を振り上げた。

「真板はそんなことは言わない」

男の拳が止まった。「誰だ」と顔を巡らせる。発したのは、焚ではなかった。

「誰がいった」と、大きく叫ぶ。

「真板はそんなことは言わない。あいつは、そんな女じゃない」

焚はまぶたをこじ開けた。ひとりの少年が瓦礫の上に立っている。一若（いちわか）が、全身から凄（すさ）まじい怒気を発していた。降る雪さえも溶かしかねないほどに。手に筒状になった武器を持っていた。確か、あれは――

「誰だ、貴様は。賊か」

馬乗りになった男が立ち上がった。刹那（せつな）、雷が生じたかと思うほどの大音響が響く。厚い甲冑に覆われた男の胸に孔（あな）が空いていた。血が迸（ほとばし）る。

「な、なんだ、面妖（めんよう）な武器を使いおって」

武者たちがざわめいた。

一若が構えていた鉄製の筒からは白煙が棚引いている。

「てつはうだよ。どうだ、鉛弾をぶち込まれた気分は」

一若はてつはうを投げ捨て、両刃（もろは）の剣をすらりと抜いた。

「貴様、そんなものをどこで手に入れた」

武者のひとりが怒鳴る。

「四年前、琉球の使節が御所の門でてつはうをぶっぱなしたのは知ってるか。珍しがった公方がもらいうけ蔵にいれていたのを、小栗宗湛様から譲ってもらったのよ」

「嘘つきなさい。盗んだんじゃない」

そういいつつ弓を引き絞ったのは、一花だ。弓鳴りの音が響き、武者のひとりの喉に矢が深々と突き刺さる。

「気をつけろ。奴は、一若だ。ただの賊や足軽じゃない。油断するな」

蓬髪の男——藤七が警句を飛ばした。それが合図だったかのように降り注いだのは、礫だ。左右の瓦礫の山から次々と石が飛んでくる。

「おのれ、童の石遊びと合戦を同じと思うなよ」

そう叫んだ男の顔に、一際大きい石がめりこんだ。巨軀の少年——千が放った礫だ。

朱色の小袖と藍色の小袖を着た若者が、瓦礫の上から飛びでる。朱昆と藍峯が手に持つ撮棒で、狼狽える武者たちの頭蓋を次々と潰していく。

「賊めが」

藤七が抜刀し、朱昆と藍峯へと向かう。礫を刀で叩きおとし、間合いをつめる。

朱昆と藍峯がふたりがかりで迎え討つが、たちまちのうちに劣勢に追い込まれる。藤七の刀が、ふたりの体を次々と斬りさいていく。

「藤七っ」

一際、疾い影が叫んだ。一若が礫を掻い潜り、藤七へと迫らんとしている。

剣と刀が激しく打ち合わされた。後退ったのは藤七だ。剣技では一若が劣るが、礫が的確に援護していた。

「熒、立てるか」

傷だらけの朱昆と藍峯が、熒の両脇を抱えた。引きずられて瓦礫の下までいく。上にいた足軽が両手を持ち、一気に引き上げた。

「一若、もういいぞ」

朱昆の声に、後ろを向く。

瓦礫に挟まれた道の中央で、一若と藤七が戦っていた。押しているのは一若だが、体のあちこちから血が出ている。一方の藤七は甲冑で守られており、目立った傷はない。さらに目を巡らせると、礫と一花の矢を受けた東軍の武者たちが大勢倒れている。

剣と刀が激しく交錯する。剣が甲冑を削り火花を散らし、刀が肌をえぐり吹き出した血が赤い霧に変わる。

均衡を破ったのは、一若の剣だった。ただし、斬撃ではない。打撃だ。

一若は剣で飛来する石を打ち返したのだ。軌道が変わった礫が藤七の片目をつぶす。たたらを踏むようにして、数歩後退った。

「くそっ、卑劣な」

片目を押さえ、苦しげな表情で藤七が吠える。次の瞬間、藤七が渾身の斬撃を繰り出す。

一若が飛んでよける。反動をつかって瓦礫を蹴り、さらに大きく飛んだ。

「おおお」

足軽や武者たちがどよめいた。一若の剣が、藤七の額を割ったのだ。流れる血が、藤七の足元の雪を彩っていく。

「おのれ、卑怯な詐術ばかりを使いおって。それが武者の戦い方か」

「うるせえ。こっちは足軽だ。これが足軽なりの戦い方よ。負け犬が吠えるな」

一若は怒鳴りつつ背を向けた。地面を蹴り、瓦礫を登っていく。たちまちのうちに焚の横へと並ぶ。汗と血で、全身は濡れそぼっていた。

「逃げるのか、まだ勝負はついていないぞ」

怒声を飛ばしたのは藤七だ。

「阿呆、お前と遊んでる暇はねえ。命拾いしたのを喜びな」

一若はてつはうを拾いあげてから、瓦礫の上の味方に号令を発した。

一若が背をむけた時だ。焚の視界の隅に、ひとりの武者の姿があった。藤七ではない。顔に傷がある武者だ。礫で鼻を潰されている。手に持つのは弓だ。矢を引き絞っている。狙っているのは――

目で矢尻の先を追う。一若の背中があった。

気づけば、瓦礫を蹴っていた。一若の背中にかぶさる。

「焚、何を」

一若の叫び声につづいて、鋭利なものが焚の体を貫いた。吐き出しきったと思っていた血が、再び喉から溢れ出てくる。矢に穿たれたのは背中だ。胸へと貫通しているのか。恐ろしく熱い鉄の棒を埋め込まれたかのようだ。同時に、手足が急速に冷たくなっていく。

七

やっとの思いでまぶたをあけることができた。

どこだ、ここは、と焚はいったつもりが声にはならなかった。まだ体が熱い。汗がとめどなく流れている。

「どこだ、ここは」

やっと声がでた。

「小栗宗湛様のお屋敷よ」

女の声だった。目を動かすと、一花がいる。そういえば、夢現で何度か粥のようなものを口に運ばれた。一花がやってくれたのだろうか。

「どうして――」

助けてくれるのだ、という言葉がつづかない。

「あなたはあたしを救ってくれたからね」

意味がわからない。

「覚えてないの。飢え死にしそうになった時」

ああ、そうか。一若が飢えた一花に握り飯を食べさせようとした時、粟粥(あわがゆ)にしろといったのだ。すっかり忘れていた。あの程度のことを恩に着てくれたのか。

「それに一若兄をかばってくれた」

ということは、一若は無事だったのか。問いただそうとしたら、また目の前が昏(くら)くなってくる。あっという間もなく、熒は眠りに落ちた。

次に目を覚ました時、僧形の男が枕元(まくらもと)に座っていた。小栗宗湛だ。

今度は頭を浮かせることができた。

「よかった。破傷風を患っていましたので心配しました」

心底からの笑顔でそういってくれた。

「どのくらい寝ていましたか」

「二月(ふたつき)ほどでしょうか」

顔が歪んだ。その間に、様々に介抱をしてくれたはずだ。己の無様な体を人目にさらしたことが悔しかった。

「あと数日で歩けるようになるでしょう」

宗湛の言葉は耳をすり抜けるかのようだ。

「熒殿に見ていただきたいものがあります」

興味などわくはずもない。

「能です。北小路第にて行われます。といっても、まだ二月ほど先ですが」

嘲りの笑みを浮かべることはできた。宗湛の顔が硬くなる。

「乱はどうなったのですか」

「まだ終わっていません」

「なのに能とは。公方様は途方もない阿呆だ」

北小路第は、将軍義政の幼い子が住んでいる邸だ。能を開くように指図したのは、間違いなく義政だ。熒の考えたことは図星だったようで、宗湛の表情に昏い影がさす。

「公方様の同朋衆として返す言葉もありません。ですが、ぜひとも見ていただきたい曲がございます」

ため息を吐き出した。不本意とはいえ、命を救ってくれたのだ。断ることなどできるはずもない。

北小路第は義政の息子の邸だけあり、名花銘木が華やかに庭を彩っていた。舞台のある広場には、人がひしめいている。能を楽しみにきた公家や僧侶たちだ。

応仁の乱は終わっていない。都は半ば以上が焼け野原になったままだ。にもかかわらず、いや、だからこそだろうか、北小路第は残酷なまでに美しかった。鳥たちのさえずりは、あまりにも耳に優しい。

「熒殿、まずはこちらへ」

小栗宗湛が一室へと誘う。

「体調はいかがですか」

「おかげさまで」熒は深々と頭を下げる。

「こたびは、私のようなものを能の催しにお招きいただきありがとうございます」

歓声が聞こえてきた。最後の曲です。どうやら能が始まったようだ。

「見せたいのは、最後の曲です。その前に、面白い絵が手に入ったのです。先年、遣明船が堺に到着したのは知っておりましょう。そこで手にいれたものです。ぜひ、熒殿にも見ていただきたい、と思いましてな」

棚から取り出したのは、一幅の掛け軸だった。

「以前、お話ししたでしょう。明国へ渡った弟弟子が、絵を贈ってくれたのです」

「ああ、拙宗殿ですか」

「さようです。明国の旅は無駄ではなかったようです」

ゆっくりとした手つきで、掛け軸を広げていく。

息を呑んだ。

これは――

叩きつけるかのような筆致が目に飛びこんできた。山や岩の輪郭を描いている。淡麗とは真逆の太く濃い線。かと思えば筆の穂先が割れているのもかまわずに、あえてかすれた線をひく。恐ろしく大胆だ。

左上に揮毫があった。目が吸い込まれる。絵師の名前を思わず焚は口にしてしまった。

「雪舟――」

拙宗ではない。そうか、〝拙宗〟の音は変えずに文字だけ変えて〝雪舟〟としたのか。

小栗宗湛もたびたび雪舟と口にしていたが、拙宗と音が同じなので焚は気づかなかった。

「これはまだ習作と申したとか。わが弟子ながら、どこまで画業を突き詰めるつもりか想像もつきませぬ」

小栗宗湛が老いた顔を撫でた。

「いかがですか」

しばらく無言だった。言葉が思いつかない。

「すごい……としか今はいいようが」

「驚くべきは、新天地を求める絵師の心でしょうな。雪舟め明国の画壇には見るべきものはないと嘯いているようですが、かの地の風景をいかに肥しにしたのかは一目瞭然」

気づけば、小栗宗湛は絵ではなく熒を見ていた。

「熒殿、僭越ながらご提案いたします。あなたも変わるべきではないか」

「私が……ですか」

「仔細は存じませんが、かなり危うい橋を渡ったようですな。ですが、それがあなたの本来の業でしょうか。あなたの業は今いる世界にはない。雪舟のように、新しき画風を追いかけてみるのはいかがか」

この絵をみていなかったら、失笑していただろう。

「今さら、私に引き返せというのですか」

胸が苦しくなった。どれほど手を汚したのか。どれだけの人を地獄に突き落としたのか。

「何より、私には描きたい絵はありません。人の心を打つ描線は引けません。今、私が絵師になっても、きっと雪舟殿の模倣で終わるでしょう」

「そうですか」

残念そうに小栗宗湛がため息をついた。目差しには未練が濃く滲んでいる。

「とはいえ、描きたいものがないのならば仕方ありませぬな」

あっさりと宗湛は折れた。腰をあげる。

「さあ、行きましょう。もうすぐ能が終わります。こたび、公方様に無理をいったのです。ぜひ、最後の一曲の趣向をお楽しみください」

宗湛の老いた背中についていく。もう客はいなくなっている。同朋衆と思しき人々が、二十人ほど残っていた。

異相の僧侶が座っていた。骸骨に皮を貼り付けたような顔をしている。ぼろぼろの僧服を着て、腰には長い刀を帯びている。朱鞘(しゅざや)でやけに目につくが、軽く揺れているので作り物の刀のようだ。なぜか、目を離し難い。

「あちらの方は」

「こたびの件で少なからぬ骨折りをされた方です。村田珠光(むらたじゅこう)様の禅の師になります」

宗湛は名前までは明かす気はないようだ。

笛の音色が貫くように響いた。

「はじまりますな」

訳もわからず、立ち尽くした。こんなまばらな客の前で何をやるのか。橋掛かりからひとりの男が歩んでくる。顔には面をしていた。大人の男だ。あれは、もしや堺の能役者の西鬼丸(ゆうきまる)ではないのか。体つきでわかる。腰から垂れる長い布が何本も床をする。

つづいて現れたのは少年だった。面はしていない。顔には、朱の顔料で隈取(くまど)りがほどこされている。

「一若」と、小さく声に出してしまった。手には両刃の剣を持っている。面をかぶった西鬼丸もだ。拍子の速い曲が奏でられる。ふたりの持つ剣が翻った。腰につけた長い布も旋回する。

布が、舞うふたりが持つ両刃の剣によって次々と断たれていく。色とりどりの布片が、風と踊る。本身の刀剣を使う具足能だからできる趣向だ。

舞っているのは、秦始皇だ。毎年一回、多武峰（談山神社）で具足能が開かれる時の演目である。

「あ」と叫んだ。

面をつけた酉鬼丸の剣が、一若の胴を薙ぐ。まっぷたつにされたのは、残像だった。

一若が飛んでいた。そして、宙で一回転する。

焚の体に雷のようなものが走る。一若が回転した軌跡が、太く荒々しい筆の描線に変化したのだ。

美しい、と呟いていた。

なぜ、あんな動きができる。数年もの間、具足能を離れていたのに。

「一若殿は、堺に戻ったそうです。そして、様々な人にあった」

「様々な人」

「そうです。昨年、遣明船が堺に戻ってきました。明国の商人も何人か乗っていました。一若殿は、彼らから様々なことを聞いたようです。秦の始皇帝とはいかなる人物か。どんな逸話があるのか。私めも一度、多武峰で秦始皇を見たことがあります。それとは味わいがちがう。一若殿は、独自の所作の解釈をされたようだ」

やがて、酉鬼丸の剣が一若の胸に刺さる。いや、刺さったように見せた。ゆっくりと一若が舞台に倒れ伏す。

舞う布片が、舞台の余韻を香りに変えるかのようだった。

酉鬼丸はしずしずと橋掛かりを歩み消えていく。異相の僧侶が伸びをひとつして、見所（けんじょ）から去った。同朋衆も次々と消えていく。いつのまにか、小栗宗湛もいなかった。

舞台で伏す一若へと近づいていく。

「ひでえ、顔だな」と一若が倒れたままいう。熒は顔をくしゃくしゃにして泣いていた。

「どうだった、おれの具足能は」

「すごかったよ。綺麗（きれい）だった」

「だろうな。お前を助けてからは、ろくに足軽働きもせずに稽古（けいこ）したからな。好きでもねえ具足能をだ」

脳裏に山水の景色が浮かんだ。霜のようにそそり立つ山と岩壁、蛇行する川、架かる橋。幽幻の場に、猿や兎（うさぎ）や馬がいる。ひとりの少年が彼らの前で、宙返りする。滝のような荒々しい描線とともに。

描きたい、と思った。けど——

「私はもう後戻りできない」

あまりにも多くの人を騙し殺した。

「真板も描いてほしいっていってたぞ」

焚の心臓が今までにない音を奏でた。

「お前に描いてほしいって。おれが初めて土一揆(つちいっき)に参加した時だ。おれが真板と初めて会ったのもそこだ。絵を描いてほしい童と一緒に京まで来たっていってた。その時は、お前のこととは思わなかったけどな」

むくりと一若が起き上がる。

「焚、おれは堺へ帰らないといけない」

一若の目差しは余りにも強かった。首や頬にある傷は、きっと足軽として戦いに明け暮れるうちについたものだろう。

「焚、お前は明国へいけ。おれが堺から送ってやる」

「どうやってさ。明国なんか、簡単には――」

「おれは堺に帰った。湯川宣阿(ゆかわせんあ)は覚えているな。あいつと組むことにした。宣阿は細川(ほそかわ)家と組む。細川家は明国と交易したいができない。大内家が邪魔をしている。琉球を経由した南海航路しかない。堺と細川家は、琉球国に交易の使者を送ろうとしている」

「驚いたな、一若がそんな企(たくら)みに加わっているなんて。出世しちゃったね」

洟(はな)をすすった。

「お前に散々振り回された余禄みたいなもんだ」

笑おうとしたが、うまくいかなかった。

「南海航路が開いても、画龍点睛(がりょうてんせい)ってやつだ」

「本字壹號だね」

一若が肯(うなず)く。明国への航路ができても、勘合(かんごう)がなければ密貿易しかできない。それでは倭寇(わこう)と変わらない。

「わかったよ。本字壹號は任せてくれ。私が奪ってくる」

腕で目を荒々しくこする。

「そして、私なりに後始末をする」

一若が、目だけで後始末の中身を訊(たず)ねた。

「この大乱の後始末だ。かき乱した、せめてもの罪滅ぼしさ」

八

「青入道、噂というのは実に面白きものだな」

無人のはずの部屋から声がした。宗全が目をやると、掌(てのひら)ほどの大きさの蜘蛛(くも)が一匹いる。

「上皇が死んだのは、日尊の祟りだと噂しているそうだ。それを信じて病に臥せる公家もおるとか」

日尊が討たれ、追いかけるようにして上皇が病没した。日尊の祟りだと、京中の人々が恐れ慄いた。日尊を東軍の手で始末させるのは謀の内である。さらに日尊の祟りでもって、東軍と北朝を揺さぶる。これも成功した。誤算だったのは、日尊が討たれた日に、煢も襲われたことだ。幸いにも命を取り留めたと、煢の使者が報せてきた。回復を待って、また宗全のもとに出仕するという。

「東軍や北朝だけではないな。西軍も噂によって朝倉を失った。青入道、味方を噂で失った心地はどうじゃ」

蜘蛛の姿をした義教が笑う。落とし文の悪戯が続いていた。朝倉孝景、東軍内通というものだ。結果、それは真になった。孝景は東軍に越前守護の座を確約され寝返ったのだ。今は越前で、西軍の斯波義廉らと激しく争っている。

「うるさい亡霊めが」

宗全は蜘蛛に怒声をぶつけた。小姓らは離れた別室にいる。聞かれる心配はない。

「それほどまでに、わしの覇業が妬ましいか」

宗全の謀は順調だ。とうとう南主が上洛したのである。北朝の呪詛を恐れ、女房姿であったのは面食らった。さらに、尼寺に身を置くといったのも意外だった。そこまで呪詛が恐いのかと呆れたものだ。

今は、宗全の妹が住持を務める安山院という比丘尼寺を仮の在所としている。

「青入道よ、南主を擁立していい気になるなよ。京雀たちが、南主偽帝と噂しているのを知らぬわけではあるまい」

今日の義教はひどく雄弁だ。甲高い声が心を苛つかせる。

「いや、南主の噂だけではないな。他ならぬ青入道よ、お前の噂もそれ以上に喧しいぞ」

義教がいうのは、宗全錯乱の雑説である。中には、宗全が切腹を企てたなどという荒唐無稽なものもあった。

「恐かろう。噂を人々が信じれば、一体誰がお主についていこうか。青入道よ、噂とは人を殺す最も恐ろしき凶器よな」

「噂ごときで人が死ぬものか」

「余は、噂がきっかけで人を殺したぞ。一色めが謀反を企てている噂を耳にしたゆえ、奴を武田めに殺させた。これでも噂で人は死なぬというか」

「その噂で殺されたのは、義教よ、他ならぬ貴様だ。赤松は、お主に誅伐されるという噂を信じて、宴の席でお主を殺した」

蜘蛛が高笑いする。

「宗全よ、お主、先ほどその口で噂ごときで人が死ぬものか、とのたもうたではないか。にもかかわらず、余が噂によって殺されたというのか」

八本の足を震わせて、蜘蛛はさらに笑声を大きくした。

「宗全、お主は面白い男だ。矛と盾をその身で戦わせている。知っているぞ、まだあの籤を捨てられぬことを」

「黙れ。すでに何かの姿を借りねば、語りかけられぬ幽鬼めが。身の程を弁えろ」

蜘蛛の姿を借りた義教が、壁を這いずり回る。その動きがやけに宗全の癇に障る。

「いいだろう。わが覇業をとくと教授してやろう。貴様はもちろんのこと義満公でさえ成せなかったことを、わしは成さんとしている」

宗全は語る。太田垣新兵衛や行木山城守にも伝えていないことを。熒にさえ秘している大望を。己が朝敵の血を乗り越える、最後にして最大の秘策だ。

果たして、蜘蛛に乗り移った義教の動きが止まった。

「どうだ。これが、わしにとっての〝天下を破る〟だ。まったく違う形に、この日ノ本を造り替えてやるのだ」

がたりと音がした。見ると、小姓が立ち尽くしていた。両手には盆があり、菓子を載せている。

「も、申し訳ありません。聞こうとした訳では……」

小姓がガタガタと震えだす。

「気にするな。ただの独り言だ。持ってこい」

小姓が菓子を宗全の膝の前に置く。

「わしが何をいっていたか聞いていたか」

「い、いえ」

「そうか。ならば、よい。聞いていれば、忘れることだ。今後、耳にしても素知らぬふりをしつづけよ」

懐にある短刀を握った。

「両統迭立」

義教に語った言葉のひとつを放つ。果たして、小姓は体を硬く強張らせた。

躊躇なく短刀の鞘を払い、刃を小姓の鎖骨の間へとめりこませる。

「くぁ……」

獣が鳴くかのような声を、小姓が絞りだした。口から血が迸る。

「いったであろう。聞いたとしても忘れろ、と」

この大業だけは、まだ誰にも知らせるわけにはいかないのだ。

小姓が両腕を使って抗おうとする。まだ死なない。宗全の息が切れていた。老いた掌がぶるぶると震えていた。

これしきのことで。宗全は内心で己を叱咤した。歯を食いしばり、掌に力をこめて、さらに深くめりこませる。

根元まで刃が沈んだ時、小姓の瞳から命の色が消えた。

九

山名宗全は兵を引き連れて、西軍の陣地を出た。すでに先行していた一色畠山の軍勢のおかげで道は硬い。馬蹄(ばてい)が軽やかな音を奏でる。

京の道を歩いていると、あちこちの壁や瓦礫に札が貼りついていた。天狗の落とし文だ。明らかに悪戯と思しき拙い筆致のものも多い。宗全重篤、宗全狐憑きなどと書いているものもあった。

「京雀とはよういったものよ」

応仁の乱は終わっていないが、都を焼く戦乱は少なくなった。その反動ではないだろうが、雑言(ぞうごん)や流言飛語(りゅうげんひご)が盛んになってきた。

宗全らが目指すは、北野(きたの)社である。今日、ここで謀の仕上げをする。南主が、とうとう即位するのだ。新元号を掲げる南帝として、西軍の錦(にしき)の御旗として、正式に擁立される。

すでに北野社の境内は、南主に心をよせる公家たちで溢れていた。雅楽の音が鳴り響いている。南帝を寿(ことほ)ぐ歌や踊りがあちこちで催されていた。

誇らしい気持ちで、宗全はその様子を見ていた。神官や陰陽師に守られる南帝が、ゆっくりと歩いてくる。今日はさすがに女房の姿はしていない。衮衣(こんえ)と呼ばれる緋色の服を身にまとっている。両袖の前後に、衰という神獣が四体、刺繡されていた。姿形は龍とほぼ同じだ。ちがうのは指である。四本の手足のうちひとつが四本指で、残るみっつが三本指だ。左肩に日輪を負った八咫烏、右肩に月を負った兎、背には北斗七星が刺繡されている。衣の下部には、智勇を示す虎と猿の姿もある。

しずしずと、南帝が歩いていく。神殿へと向かって、一歩二歩と歩みを進める。

空から白いものが一枚二枚と舞い降りた。

なんだ、これは。宗全は手をかざす。

はるか天上から、札が何百枚も落ちてくる。

一枚が宗全の腕にまとわりついた。指でとる。天狗の落とし文だ。

首が折れんばかりに天を睨む。かつてあった相国寺の七重塔よりもはるかな高みから、札が降ってきていた。都にある東西両軍の櫓のはるか上から落とし文が舞い落ちる。

どうして、今、この時に神慮が出来するのだ。

なぜか、宗全の手が震えてくる。

唾をのみ、文面に目をやった。

刹那、天地が逆転する。

――猿王、偽帝擁立し、落樹す

「嘘だ」と呻く。そんなはずはない。南帝が、偽帝なわけがない。

何より、どうして猿の王たるこの宗全が落樹せねばならぬのだ。

周囲がざわつきだした。

「南帝は正統ではないのか」

「猿の王が落樹するとはいかなることなのだ」

「やはり、南主を擁立したのは間違いだったのだ」

動揺が次々と大きくなる。人々の不安を食んで、急速に肥えていく。

「ちがう、南帝は正統だ」

宗全は大喝した。

「見るな、天狗の落とし文を見るな。これは、偽の文だ」

「ですが、宗全様」太田垣新兵衛が青い顔で近づいてきた。

「先ほど、陣から報せが来ました。我らの櫓にも落とし文が降り注いでいる、と。この都で一番高い櫓のはるか天上から文が舞い降りている、と」

大地が激しく傾いた。たたらを踏み、宗全は何とか踏みとどまる。

両肩を上下させて息をするが、肺が悲鳴をあげるかのようだ。

「ちがう、こんなのはまやかしだ」

落とし文をつかみ、引きちぎろうとした。

「青入道、往生際が悪いぞ」

「誰だ。誰がいった」

振り向くと、朝服を身に纏った公卿たちがいた。

「貴様か、義教が取り憑いているのは貴様か」

「そ、宗全殿、何をなさるのだ」

「殿、おやめください」

「宗全様が乱心された」

「青入道、無様だな」

震える公卿を突き飛ばし、声の方を睨む。

「貴様か、貴様に取り憑いているのか」

「そ、宗全殿、わしじゃ。周防介じゃ。無体はやめよ」

摑みかかろうとしたら、郎党たちに阻まれた。

「青入道、往生際が悪いぞ」

どこだ。どこに取り憑いている。郎党たちを振り払った。声を追う。

宝冠を着た、南帝だった。

「貴様か、貴様に取り憑いたのか」

一歩二歩と近づく。南帝の体が震えだす。宗全の殺気を受けて、顔が蒼白になっていた。

「青入道よ、貴様の負けなのだ」

すぐ下からだった。袞衣の裾（すそ）に刺繍された智勇を示す一方の猿が嘲笑っている。

「青入道、これが神慮なのだ。猿の王よ、どんな気分だ。偽物を神輿（みこし）に担ぎ踊る気分は」

十

一体、どれほど寝床に臥していただろうか。山名宗全は上体を起き上がらせた。ひどく喉が渇いていた。指でかきむしるが、空をなぐ。いつのまにか、喉の肉が落ちている。

「お目覚めですか」

障子の向こうから聞こえてきたのは、太田垣新兵衛の声だった。人影はふたつあるので、行木山城守もいるのだろう。

「いかほど、わしは寝ていた」

「三日ほどになります」

愕然（がくぜん）とした。そんなにも、か。

「わしとしたことが……。こんなことでは、東軍の細川京兆（けいちょう）に勝てぬ」

無理やりに力を振り絞ろうとしたが、やってきたのはどうしようもない疲れだった。

「宗全様、東軍に派遣していた伏士が吉報をもって参りました」

「申せ」

「細川京兆の本陣に通じる抜け穴です。ここをたどれば、容易（たやす）く京兆の首をとれます」

「ならば、すぐに手筈を」

「伏士が、宗全様にしか明かせぬ秘密があると申しております。ご足労願えませんか」

この声は行木山城守だ。

「わかった」と答えて、不寝の番の小姓に着替えを命じた。

新兵衛と山城守に連れていかれたのは、山名陣にある小さな蔵だった。

「こちらで伏士が待っております」

新兵衛が重い扉を開けた。ふたりを伴って中へ入る。誰もいない。どころか、何もない。ただの空っぽの蔵だ。

「これはどういうことだ」

振り向いて訊いた。

「お許しください」新兵衛が頭を垂れた。

「何を許すのじゃ」

「主君押込でございます」

絞りだすようにいったのは、山城守だ。

「しゅくん、おしこめ」

その言葉の意味を思い出すのに、しばしの時が必要だった。鎌倉の世からある、暗愚な主君に対する方法のひとつだ。内容は至極、簡単である。家臣たちが主君を牢に閉じこめる。たったそれだけだ。

新兵衛が天井から垂れる縄を引っ張る。どういう絡繰(からくり)なのか、格子でできた壁が天井から降りてきて、重い音とともに宗全とふたりの間を分かつ。

「これは」

太い格子を手でさわる。入り口も出口もない。窓は、ない。宗全が蔵から入ってきた出入口がひとつあるが、それは格子壁の向こうだ。

「新兵衛」と、目を赤くする腹心に声をかける。

「申し訳ありませぬ。山名家を救うためには、これしか――」

「伏士はいつくるのだ」

え、と新兵衛が顔を上げた。

「東軍に潜ませていた伏士だ。いつ来ると聞いているのだ。まだか」

「宗全様ぁ」苦悶(くもん)の声で呼び掛けたのは、山城守である。

「まあいい、待ってやる。ふふふ、京兆め、とうとう決着の時が来たぞ。奴をわしの前に跪(ひざまず)かせてやる。わが大望の走狗として使ってやるわ」

暗い蔵の中で、宗全はただひとり笑いつづけた。

十一

宗全の陣にある蔵には、新しい漆喰壁が厚く塗りたくられていた。

「ここに宗全が閉じ込められているのか」

背後から一若が訊いたので、焚は肯いた。蔵は静かだ。一日に何度か飯が運ばれているが、宗全はほとんど取り乱すことがないという。牢屋の中の鼠に〝よしのり〟と名付けて、しきりに語りかけているそうだ。鼠を愛玩しているわけではないらしく、時折、口論しているともいう。

ただ、数日に一度、正気に還ることがある。その時は凄まじい怒声を放つ。格子や壁に体当たりするのか、蔵がかすかに揺れるほどだという。声が漏れるのは具合が悪い。他家の者に、宗全が錯乱したと知られてはならない。今は、病のために療養中ということにしている。そのために、新たに漆喰壁を上塗りしたほどだ。おかげで入り口は洞窟のようになっており、奥まった鉄の扉が随分と不気味である。

「さあ、人が来ないうちにやろう」

一若がかぎ爪を取り出して、蔵の庇へと投げる。ぴんとはった縄をするすると伝っていく。焚も続いた。鍵を借りることはできるが、それでは付き添いの武者がつく。本字壹號の在り処を聞き出すことはできない。

一若が瓦をはぎ取り、板を破る。焚が穴から覗きこむ。いた、宗全だ。蔵の隅にいて、虚空にむかってぶつぶつと呟いている。縄を垂らして、一若、焚の順番で降りる。

やけにゆっくりとした動作で、宗全がこちらを見た。痩せこけていて、着衣が体に余っている。薄い髭がだらしなく伸びていた。腐臭のようなものが熒の鼻を強くついた。

しばらく呆然と見ていた宗全が「ああ、やっと来たか」といった。

「遅かったではないか。待ちわびたぞ。さあ、早う申せ。京兆の陣への抜け穴はどこにあるのだ」

「抜け穴、なんのことだよ」一若が吐き捨てる。

「貴様らは、京兆の陣に紛れこんだ伏士ではないのか」

熒は一若と目を見合わせた。格子の向こうに燭台が一本あるだけで、恐ろしく暗い。

「宗全様、熒です。お忘れですか」

熒は跪いた。が、宗全の瞳は濁ったままだ。

「本字壹號は覚えていますか」

熒の胸に不安がよぎる。それさえも忘れてしまっては、本字壹號の隠し場所がわからない。なんとか場所を聞き出すか、かなり危険だが宗全を連れて隠し場所まで案内させるしかない。

「ほんじ、いち……ごう」

宗全が首を傾げた。熒の体に不安の風が強く吹きつける。

「なんのことだ」

「おい、惚けるな」

一若が宗全の体を摑もうとしたので、「よせ」と焚が制止する。向き直り、着衣の襟を開けた。足のついた蛇の痣を宗全にさらす。

「焚です。覚えておりませぬか」

目脂がこびりついた顔は、口が半開きのままだ。

「焚です。この痣をあなたは知っているはずです」

思わず怒鳴ったが、宗全からは反応はない。ぶるぶると焚の手が震えだす。

「けい……とはどういう意味だ」

「あなたの子です。一休宗純和尚の娘とあなたの間にできた焚です。父よ、私のことを忘れたのか」

血を吐くかと思うほどの声を張り上げた。一若が「静かに」と小声で窘める。

「焚」と、宗全がつぶやいた。

「焚なのか。本当に焚なのか」

宗全の瞳の焦点が焚をとらえる。

「おお、焚ではないか、傷はもうよくなったのか」

その声はあまりにも優しかった。宗全が惚けているからだろうか。

それとも――

確かめる暇はない。熒は首を激しくふり、雑念を振り払った。

「教えてください。本字壹號の在り処です」

「本字壹號」と、確かな声で宗全が復唱した。

「そうだ。お主に教えておかねばならぬことがある」

正気を失った瞳のまま、しかし声はしっかりと宗全は続ける。

「もうすぐ伏士がくる。京兆の陣への抜け穴を知らせにだ」

熒のことは理解できるようになったが、いまだ宗全は閉じ込められていることを理解できないでいた。

「だが、抜け穴は、安易に使ってはならぬ。軽々に京兆を殺すなどとはゆめゆめ考えてはならぬ。それは最後の手段ゆえな」

「熒、早く聞き出せ」一若の声には焦りが滲んでいた。

「もし、山名家の跳ね返りが抜け穴を知り、京兆めを亡き者にしてしまえば、せっかくの我が秘策が台無しになる」

「秘策ですか」

「そうだ、まだ誰にも知らせていない。熒よ、お主にもだ」

宗全が目を優しげに細めて「聞きたいか」と問う。熒は肯いた。無理やりに本字壹號の在り処を聞き出すのは危うい。話の流れで探るべきだと判断した。

「わが秘策とはな、山名家と細川家をひとつにすることだ」

一若が失笑し、それを宗全が惚けた目で睨みつけた。

「小僧、そんなに可笑しいのか。だが、無理もない。わが策はあまりにも荒唐無稽ゆえな。が、細川と山名をひとつにする方法はある。それはな、この山名宗全が山名家の当主の座から退くことじゃ。そして、山名小次郎を廃嫡するのだ」

「やっぱり、狂ってやがる」小さな声で一若がいった。

山名小次郎は、宗全の嫡孫で山名家の次期当主が確定している。その男を廃すという。

「では、誰が次の当主になるのですか」

慎重に熒は訊ねる。

「我が孫である、細川聡明丸だ」

背に刃を突きつけられたかと思った。細川聡明丸——細川勝元と宗全の娘の間にできた子である。勝元のひとりしかいない男児で、まだ数えで六歳の童だ。ちなみに勝元は一族から細川勝之を養子に迎えており、もともとは彼が細川京兆家を継ぐ手筈だったが、聡明丸の誕生でその約束は反故にされる見通しだ。

「こりゃ、傑作だ。敵である細川家の男児に山名家を継がせるのか」

一若の嘲笑とは逆に、熒の全身の血管が脈打った。怒りが湧き上がる。一若や宗全に対してではない。聡明丸に山名家を継がせるという策を思いつかなかった己に、だ。

細川家を滅ぼす必要などないのだ。併呑してしまえばいい。勝元のひとり息子であり宗全の孫である聡明丸に山名家を継がせ、宗全が操る。

そして、同じように細川家は勝元を隠居させ、これも聡明丸に継がせる。その上で、隠居した宗全と勝元が、細川家と山名家を継承した聡明丸を操る。

無論、容易な策ではない。逆に、細川勝元に山名家を乗っ取られるかもしれない。かなり危うい橋を渡らねばならない。だからこそ、勝元もこの提案を無下には断れない。山名家を乗っ取る絶好機だと思うはずだ。

「おい、焚、どうした、怖い顔して。まさか、こいつのいうことを信じているのか」

「ああ、決して夢物語ではないよ」

応仁の乱で敵味方に分かれたが、山名家と細川家は犬猿の仲ではない。山名家にとって決して相容れぬのは、播磨国を取り返さんとする赤松家だ。細川家にとっての仇敵は、日明貿易で敵対する大内家だ。事実、応仁の乱が始まる直前には、山名家と細川家は手を組み、伊勢貞親や真蘂ら強敵を排斥することに成功している。

焚の脳裏に浮かんだのは、二匹の蛇が互いの尾を喰みあう姿だ。聡明丸が山名家と細川家を継ぐことになれば、隠居した宗全と勝元は院政をしき、互いの家を蚕食せんと画策するだろう。尾を喰みあう二匹の蛇のように。

が、その反面で、伊勢貞親らを粛清したように、宗全と勝元は力をあわせて敵に当たることができる。大内家や赤松家など、仇敵を屠ることも可能だ。宗全と勝元のふたりの頭脳が聡明丸を操る様は、別の蛇の化物を想像させた。

ひとつの胴体にふたつの頭を持つ――双頭の蛇だ。

「けど、南主はどうするんだ。細川は北朝を支援しているだろう」

「両統迭立」

宗全と燊は一若の問いに同時に答えていた。

両統迭立――家系がふたつに断裂した時、それぞれが交互に家督を継承していくことをいう。平安の世、天皇の家系が嵯峨流と淳和流のふたつに分かれた時、交互に皇位を継承した。後に嵯峨系に統一されるが、また冷泉流と円融流のふたつに皇朝が分かれ、両統迭立の時代をへて円融流に一本化された。鎌倉の世には、持明院統と大覚寺統の両統迭立があった。何より今の北朝と南朝である。足利義満の時代に両統迭立で合意したが、それを一方的に破棄したのが北朝の後小松天皇――すなわち一休宗純の父だ。

「一若、吉野に逼塞する南朝が滅びなかったのは、南朝もまた正統だという思いが公方や幕臣、公家たちに強くあるからだよ」

いかに吉野の山が峻険とはいえ、北朝を擁する幕府が本気を出せば、一月とかからずに殲滅できる。それに踏み切らなかったのは、南朝を滅ぼすのが恐ろしかったからだ。

「燊のいう通りだ」惚けたまなこの宗全がいう。

「その思いは無論のこと、京兆にもある。ならば、山名家と細川家が一体となり、その力でもって南朝と北朝の両統迭立を実現させる」

細川家も一時期、南朝に与していたことがある。両統迭立であれば、勝元の面目も十分にたつ。宗全の野心は南朝擁立ではなかった。北朝と南朝をひとつにすることなのだ。

熒の心音が激しくなる。興奮が全身を支配した。

惚けてなお、これほどの大略をその頭脳で育んでいたのか。

「そして、この大略を成就させるには必要不可欠な鍵がひとつある」

「本字壹號ですね」

宗全がうなずくと、涎が一条垂れた。

本字壹號を餌にすれば、勝元は宗全の誘いを断り難くなる。

何より――

本字壹號を使って明国皇帝に正統なる王朝と認めさせれば、大義名分は宗全のもとに転がってくる。

天下を破り創り変える、一大壮挙だ。

「お見事です。感服いたしました」

熒は深々と頭を下げた。己が世を破壊せんと画策している時に、宗全は新たな秩序を生み出さんとしていた。ただ、惜しむらくは――

熒は宗全を上目遣いで見る。

涎を垂らし、垢にまみれた体をさらす宗全には、かすかな正気しか残っていない。その顔色から、すでに死病にも冒されているとわかった。

「私は宗全様の大略の僕として動きたくあります」

「うむ、頼りにしている」

「ならば、本字壹號の在り処をお教えください。本字壹號の何枚かを持って、京兆様の陣へ赴き、宗全様の大略をご提案いたします」

しばし、宗全は沈黙していた。あるいは、熒が偽りを述べたことを悟られたか。

ぬるい唾を呑みこみ、ただ返事を待つ。

「いいだろう」と、宗全の弛んだ口から言葉が溢れた。

「お主は南北両朝の血をひく一休宗純和尚の孫であり、我が子だ」

全身が心臓になったかと思うほど、体が震えた。

「わが大略の使者に相応しかろう。本字壹號は、わが部屋の仏壇の背後にある。わしのかわりにとってくるがいい」

「なんだ、そんな当たり前のところかよ」

一若が苦笑とともにいう。すでに半ば背を向け、天井から垂らした縄に手をかけていた。

「ありがとうございます。必ずや京兆様を説得いたします」

そういった時、蔵の隅に蠅がたかっていることに気づいた。目をこらすと、何匹もの鼠の死骸が転がっている。奇妙なのは、どれも首がねじ切られていることだ。誰がやったかなど問うまでもない。

慌てて、宗全を見る。涎がまた一条、垂れ落ちた。何事かをぶつぶつと呟いている。背筋が冷たくなる。その声には、先ほどまであった正気の残滓が完全に抜け落ちていた。

「黙れ、義教っ」

突然、叫び、熒に指を突きつける。

「性懲りもなく、またもわしの前に現れるか。何度、首をねじ切れば貴様は滅ぶのだ」

「相手をするな。さっさと行くぞ」

一若が両手を縄にかけた時だった。

「きぃえええええぇぇ」

奇声をあげて、宗全が突進してきた。ぶつかられた熒は地に倒れ、縄を摑んでいた一若は壁に吹き飛ばされた。強かに蔵の壁に頭を打ち、「ぐう」と一若が声をだす。

「おのれ、義教ぃ」

宗全が、熒に馬乗りになる。細くなった掌で首を絞める。気道が一気に狭まった。

「今度こそ、貴様を滅ぼしてやる。亡者のくせにわしを愚弄しおって」

宗全の指が熒の首にさらに深く喰い込んだ。視界が一気に昏くなる。一若と助けを呼ぶ声は音にならない。必死に目をやると、一若は酩酊するかのようにふらついている。その間も指は肌を破る。喉仏が潰されてしまう。

「ぎゃあああぁ」

馬乗りの宗全から悲鳴が上がった。温かい血が、一気に焚に降りかかる。首が解放された。必死に咳き込む焚の手には、懐刀が握られていた。刃は根元まで血に染まっている。なんとかして息を整え、宗全を見る。視界が歪む。腹から臓物がはみ出していた。焚が刺した刹那、宗全が暴れたために傷口が広がったのだ。

潰された虫のように、宗全の四肢がもがいている。もう悲鳴はあげていない。どこからやってきたのか、鼠がはみだした臓物と血をぺろぺろと舐めていた。

「も、もう助からない」

背後から声がした。振り向くと、こめかみから血を流す一若がいた。まだ手足が痺れるのか、尻を落としたままだ。

「留めを刺せ。また、声をあげられたら厄介だ」

焚は首を横に振っていた。そのことに驚いた。

「焚と宗全との因縁は、おれも知っている。が、苦しませないのも人の道だ」

一若が立ち上がろうとするが、まだ両足が震えていた。どさりとまた倒れる。

「わかっている」

震える唇で、熒は何とかそう答えた。

「じゃあ、すこし待てるか。おれが殺る」

「いや、私が殺る」

一若を見た。意外そうな顔をしている。黙って両刃の剣を差し出したので、受け取る。

「お前の力じゃ首は切れない。喉を刺せ」

立ち上がり、熒は宗全に近づく。何も考えなかった。座禅を組むような心地で剣を構え、ただ下へと突き刺した。新たな血が吹き上がる。よろめいて、一若の隣に倒れるようにして腰を落とした。

がたがたと体が震える。吐き気がやってきたが、なんとかこらえた。

蔵の中は、しんと静まりかえっている。

「よし、行くか」一若がやっと立ち上がった。もう体は痺れていないようだ。

「熒、まだ仕事は終わっていないぞ」

「そうだね。本字壹號を探さなくちゃ」

まず、一若が縄を伝い昇っていく。熒が縄を手にとろうとした時、腕に紙片が貼りついていることに気づく。何だろうか。籤のようだ。指で剝ぎ取る。目の前にやった。何かの字が書かれているようだが、血で汚れて読むことはできなかった。

十二

西の山に夕日が没していく様子を、熒はじっと見ていた。

荒涼たる内野（うちの）では、一若の手下たちが毬杖（ぎっちょう）という遊びに興じている。ふたつの陣に分かれ、杖（つえ）を持ち木製の鞠（まり）を打ち合って点数を競う。正月の恒例の遊戯で、大人も楽しむ。時には喧嘩（けんか）で死者がでるほどに熱中する。

藍峯、朱昆らが杖を持ち汗だくになって駆けている。ちなみに相手は、御厨子（みずし）某（ぼう）という足軽の頭とその手下らしい。昔、一若が世話になったことがある男だという。足軽同士の縄張り争いで一若の一味と喧嘩になり、毬杖で決着をつけようということになった。

山名家の陣にある蔵に忍びこみ、宗全と会ったのは半月ほど前のことだ。宗全の息の根を止めた。が、宗全死去の噂こそは流れたが、山名家や西軍の様子は常と変わらない。その死を秘匿（ひとく）しているのだろう。もともと、主君押込で閉じ込めていたので、生きていようが死んでいようがそれほど問題にはならなかったようだ。

一時は多くの公卿がなびいた南帝は、天狗の落とし文があって以来、西軍の陣深くに逼塞し人前に姿を現さなくなったという。強力な支持者の宗全が没したので、いつか西軍から放逐される、というのが熒の見立てだ。

「畜生が、どうやらうちらが負けそうだ」

一若がどさりと熒の横に腰を落とした。

「一若はやらないのかい」

「興味ねえよ。本字壺號は無事に手にいれた。おれはもうすぐ堺に行くからな。残った奴らで決めればいい」

千と一花も毬杖には混じらずに、喉を嗄らして藍峯や朱昆に声を送っている。あのふたりも、一若と堺へ同行する。勿論、熒もだ。

「それにしても、本字壺號を奪うのに随分と手間どっちまったな」

熒が一若に助けられてから、ちょうど一年ほどが経ってしまった。

宗全が半ば錯乱していたことを、熒は知っていた。〝よしのり〟なる目に見えぬ人物に何度も語りかけていたからだ。狂う故だろうか、誰よりも力強く覇道を進んでもいた。

天狗の落とし文の小細工を弄して、主君押込で宗全を蔵に閉じ込めさせた。しかし、肝心の本字壺號が見つからず、仕方なく宗全の囚われた蔵に侵入せねばならなかった。

「それにしても納得できないのは、天狗の落とし文だ」

一若が不機嫌な目を向けてきた。

「どうしたんだい。何が不満なんだい」

「まさか、空から降る天狗の落とし文があんなにくだらない種だったとはな」

「くだらない、はひどいな。あれは伊勢神宮に古くから伝わる古式ゆかしい方法だよ」

「何神宮だろうが、関係ねえ。楽しみにしてたんだぞ。お前が宗全を錯乱させるって聞いて。その方法に、天狗の落とし文を使うっていって。七重塔のはるか上から降る天狗の落とし文の秘密がわかるって期待してたんだ。すげえ秘術を使ってるにちがいないって」

なぜか一若は拳で地面を乱暴に叩く。

「なのに、手妻の種は鳥だと。鳥に袋をくくりつけて、天狗の落とし文をいれて飛ばすだと」

「そうだよ。そして、鳥が天狗の落とし文をばらまく。相国寺の七重塔より高いところからね」

「がっかりだ。そんなちんけな技だったのか」

「莫迦にする奴に限って、よく騙される。面白いくらいにね。伊勢では神送りの踊りの時に、鳥に神符をばらまかせる。そうやって神慮があるかのように見せかけているんだ」

「鳥を使ったイカサマを神慮なんて大層にいうな。けど、わからないこともある。お前の撒いた天狗の落とし文は、応仁の乱が始まる前に人の死を予言していた」

「大した種じゃない。私は応仁の乱が始まる前に、死体を漁った。病で死んだと思しき骸から手足を切り取った。真板に見つかったことがあって、呪いの儀式だと誤魔化すのに大変だったよ」

「気味悪いことするなよ。どうして骸を漁るんだ」

「疫病の種を得るためだよ」

熒は一若に説く。寛正二年（一四六一）の飢饉の時、義政は施行所を建てた。そこで飢民を救済するが、万全の支度を整えたのにもかかわらず、次々と飢民が死んでいった。だけでなく、施行する僧侶たちも死んだ。果ては、施行所を率いる願阿弥という僧侶も病床に臥す。

「何のことはない。飢饉ほど目立たなかったけど、すでに疫病が広まっていたんだ。疫病は伝染る。体の弱っている人たちからね。飢饉で弱った人々に病が次々と伝染った。けど、施行所の人は、飢饉のせいだと思い込んでいた。飢民を救うために必死だったのが裏目に出たんだろうね。結果、施行所は恐ろしい疫病の巣窟になった。何か変だと思い、施行所を閉鎖したけど、時すでに遅しさ。逆に施行所で疫病に罹患した人々が、都中に散った」

「それで、たったの二ヶ月で八万人以上が死んだのか」

熒は静かに肯く。

「寛正の災禍を、小さいながらも再現しようとした。疫病は下火にはなったけど、まだ完全には封じ込めていなかったからね。施行所での死に方を、堺の慈済寺にいる時に色々と調べた。どうも、死体から伝染った病人も多いとわかった。死穢がひとつの目安だと当たりをつけた。死穢の間は、疫病の種は骸やそれに触った人に残り続ける。無論のこと、目には見えないけどね」

骸は、死穢という穢れをまとう。潔斎（けっさい）するまで三十日が必要で、その死穢に触れた者は乙穢（おつえ）として十五日ほどの潔斎、次の丙穢は七日ほどの潔斎が必要だ。

「死穢は、死体の欠片にも存在する。五体不具穢（ごたいふぐえ）は知っているだろう」

一若が肯く。五体不具穢は、手足などの骸の一部に触れた時の穢れだ。過去、野犬が骸の手足を貴族の庭に持ち込む、五体不具穢の騒動が何度もあった。

「骸の一部にも疫病の種は残っている。でないと、五体不具穢なんてものは生まれない。肌の色なんかをみて、疫病で死んだと思しき骸を切り取って、公家や土倉の庭に投げこんだ」

「えげつない真似（まね）をするな」

「できるだけ、悪徳と評判の公家や土倉を狙ったよ。やはり良心が痛むからね。そうやって種を仕込んでから、天狗の落とし文を鳥たちにまかせた。何人かは予言通りに死んで、何人かは病床に臥した。名前を書いた主人じゃなくて、召使が病にかかることもあったけど、だからといって誰も天狗の落とし文が予言を外したとは思わない。呪いの矛先がほんの少しずれたと感じるだけさ。逆に、本人だけでなくその周囲も危ない——そう思わせて恐怖を大きくすることができた」

仕上げが、御霊合戦だ。〝猿の王、天下を破る〟の落とし文を大量に撒いて、山名宗全に約定（やくじょう）を破らせた。

「幸運だったのは」熒は自分の手を見た。己が疫病には罹患しなかったことだ。運がよかった。別に病に罹(かか)ってもいいと思っていた。その結果、野垂れ死んでも後悔はない。野犬の血肉になるだけだ。慈済寺で僧侶たちの慰みものにされるより、よほど徳の高い行いに思えた。

が、熒は生き延びた。

撰ばれた——あの時、強烈にそう思ったのは、やはり己も宗全の血を引いていたからか。

「けど、わかんねえのは」と、一若はいう。

「噂や予言詩だ。あれも全部、お前がやったのか。野馬台詩(やまたいし)なんて、ぞっとするほど今の状況を予言している。猿犬二王が英雄を称す、とかさ。それに落とし文は、お前が慈済寺にいる頃にも都に落ちていた。あの時も、人の死を予言して当てていた」

だから、熒はその手法を真似たのだ。

が、一若の疑問はもっともである。噂や誰が撒いたかわからぬ落とし文が、未来を予言していることが多々あった。

「意識って言葉を知っているかい」

「いしき、知らねえな」

「仏教の言葉さ。人間は六つの根(こん)（感覚器）からなる」

「頼む、わかりやすくいってくれ」

人は六つの根――感覚器を持つ。目、耳、鼻、舌、身（肌）の五根の他にも、あとひとつが心だ。心も外界をとらえる根だと仏教では教えている。

「人は目や耳でとらえたものを、燭台の明かりで壁に影を映すように、心で受けとめる。そう考えれば、心も目や耳と同じ根だ。心もあわせて、人間には六根がある」

心という根でとらえたものを〝意〟といい、心以外の目や耳などの五つの根でとらえたものを〝識〟と呼び、あわせて〝意識〟となる。

「つまり、意識ってのは、魂みたいなもんか」

「そう理解してもいいかな。けど、歴史を学ぶと奇妙に思えてくる。人間の意識って奴は、とても不思議なんだ」

「はやく、結論をいえ。理解する自信はないが、どんな内容であれ納得はしてやる」

「意識がつながっているとしか思えない事象があるんだ。会ったこともない人同士の意識が、だ。応仁の乱がそうだ。私の知らない誰かが、偽の天狗の落とし文や予言詩、あるいは噂を流した。まるで、私がやるように、だ」

過去の日ノ本の歴史にも、人同士の意識がつながっているのではないかと思しき事件が起こった。踊りが各地で大流行した時だ。言葉による伝搬では説明できないほど、猛烈な勢いで広がった。いくつかは、離れた場所にもかかわらず同時に流行した。そして、決まって政変が出来する。古くは、永長元年（一〇九六）の大田楽踊りの流行。約四百年前の出来事だ。白河（しらかわ）上皇が出家する騒ぎがあり、後に平家の台頭につながった。さらに、元弘（げんこう）三年（一三三三）の田楽能の大流行は、鎌倉幕府執権の北条（ほうじょう）家の滅亡と時を同じくする。声聞師（しょうもじ）らを呼んで新年を言祝（ことほ）ぐ松囃子（まつばやし）が流行したのも、将軍足利義教の暗殺とほぼ同じ頃だ。

「人同士の意識はつながっている。あるいは、夢もつながった意識の一部かもしれない」

「つまり、おれと獏の意識もつながっている、と」

「そういうことになるね。だけでなく、未来や過去ともつながっているのかもしれない」

「頭、大丈夫か」

「けど、そうじゃないと野馬台詩は説明できない。私たちが慈済寺にいた頃にも天狗の落とし文は降っていた。その理由の説明もつかない。まあ、私の説が本当かどうかなんて、証（あかし）の立てようがない。とにかく、そんな不思議なことが世の中にはある。どうも、意識が関（かか）わっているようだ。私はつながっている意識を使うことにした。天狗の落とし文で意識を導き、この世を滅茶苦茶（めちゃくちゃ）にしてやろうと思った」

「ふーん、やっぱりわからねえな。要は悪い噂を流して、気に入らない奴を破滅させたってことだろう。そんな話ならどこにでもあるぜ」

「そういっちゃうと身も蓋もないね」

二人でくつくつと笑う。

「けど、お前の理屈でいうと、ひとつ傑作なことがある」

「なんだい、それは」

「お前は気付いていないかもしれない。意識って奴がつながっているとしたら、だ。それに真っ先に踊らされたのは、熒よ、お前自身ってことだ」

目を瞬いた。

「人を踊らせていると思っているお前が、実は誰よりも先に踊らされていたんだ。意識って奴にだ。違うか」

「私が踊らされていた」

「お前だけじゃねえ。宗全や京兆、公方もそうだ。あるいは、帝もな。みな、踊らされていた。敵を踊らせようと躍起になっているけど、実はそいつらが真っ先に踊っていた」

「参ったな」

目の前にかかっていた紗を引き剝がされたかのようだ。もちろん、だからといって熒の罪が消えるわけではない。背負っているものが軽くなるわけでもない。あの時の、どうしようもない衝動の正体の輪郭がほんの少しわかっただけだ。

「一若のいう通りだ。踊らされているとは知らずに、必死に踊っていたんだ」

ただ、己のちっぽけさがおかしかった。

「すぐに感傷ぶるのが、お前の悪いところだ」

一若の声はいつもと変わらなかった。

「踊っているのがわかったなら、最後まで踊りぬけ。まだ、終わっちゃいねえ。舞台を降りるには早すぎる。おれは堺に帰る。本字壹號を持ってだ。お前は、明国へ行け。小栗宗湛様もそれを望んでいる。犯した罪を背負って、画業にその業をぶつけてみろ。都一の女騎だった真板を描くにふさわしい絵師になってみせろ」

大歓声が起きたので慌てて首をやると、御厨子某らが両腕をあげて喜んでいる。藍峯や朱昆がへたりこみ、項垂れている。

どうやら毬杖の勝負は、御厨子某一味の勝ちのようだ。御厨子某がこちらに手を振っているのは、勝負を挑むためか。「面白え」と一若が立ち上がった。手下から杖を受け取り、勝負の場へと駆けていく。

終章　彼方へ

一

海の底から社が生えているかのようだった。摂津国の港に、大内家の軍船が何隻も停泊している。海面に揺らぐ月はまるでくらげのようだと、一若は呑気なことを考えた。

「い、行くよ」

千が小舟の櫓を操り、その内の一隻に慎重に近づける。一花がかぎ爪のついた縄を手渡してくれた。舷にかけて一若は静かに、しかし素早く登っていく。

人気はない。見張りはいるが、俯いているので眠っているのだろう。獣の声がした。ゆっくりと近づく。甲板の上には、厩があった。中にいるのは馬ではない。

「お前が水牛か」

一若の目の前には、異国の獣がいた。日本の牛とちがい、随分と角が大きく湾曲している。毛も黒々としていて美しい。応仁の乱の戦局が膠着したからだろうか、大内政弘は自国からとうとう水牛を運ぶことを決意した。今は、京の途中にある摂津国の港にいる。あとは、陸路で京へと運ばれると聞いた。

「今日、来たのは他でもない。こいつを大内周防介に返そうと思ってな」

取り出したのは、本字壹號だ。龍の透かしが入った本物である。ただし、九十一号から百号の十道だ。

「お前にいってもわからんかもだけど、土一揆には分一銭ってのがある。債権を土倉に手放させるかわりに、十分の一の額を幕府に納めるんだ。だから、本字壹號も一割の十道を返しておくぜ。周防介によろしくな」

勘合は一号から使うので、末尾の十道はまず使われることがない。誰かが確かに盗んだという、大内政弘への挨拶状のようなものだ。
焚には反対されたが、これが一若なりの悪党の流儀である。

水牛の前に置いて、石で重しをした。星がいっぱいに広がっているから、雨は降らないだろう。朝になれば誰かが気付くはずだ。その様子を想像すると、顔がにやけてくる。

突如、一若のうなじが強張った。

大きく舌打ちを放つ。

しくじったかもしれない。背後から届いた音に、一若は激しく後悔する。己はとんでもない失態を犯してしまった。堺を脱出してから六年、幾度も危機があった。そのたびに乗り越えた。

しかし、こたびばかりは無理かもしれない。覚悟を決め、恐る恐る背後を向く。

やはり、だ。

嗚呼(ああ)と、らしくない声を漏らしてしまう。

水牛が食(は)んでいた。

本字壹號を。

涎(よだれ)で濡(ぬ)れた本字壹號を、水牛がもぐもぐと口の中に吸い込んでいく。

もう、最後の一枚だった。百号という印字がちらりと見え、すぐに大きな水牛の口の中へと消えていく。

しつこく咀嚼(そしゃく)した後に、水牛は一若へと目をやった。

「もうぅ」と、日ノ本の牛とよく似た声で鳴く。

もっと食べさせろといっているように、一若には聞こえた。

二

「一若兄、遅いじゃない」

飛び降りた小舟で、待っていた一花がまず叱声(しっせい)を浴びせた。まるで古女房だなと、出発前に酉鬼丸(ゆうきまる)にからかわれたのを思い出す。

「ちょっと、思わぬ事態があってな」

「ふーん、水牛はどんなだった」

「でかくて角が立派だったよ」

さすがに、本字壹號を食べられたとはいえなかった。きっと物凄く一花に怒られる。

「じゃ、じゃあ、行くよ。潮の流れも風も申し分ないから、早く堺に帰れそうだ」

千が力強く櫓を動かした。小舟が、素早く大内家の軍船から離れていく。

夜が明けるころ、堺の港が見えてきた。きらきらと海面が輝いている。大きな船が一隻ある。琉球へといく船だ。

「ありゃ、荷積みをしてるぞ」千が呑気な声をあげた。

艀では人が忙しげに行き来していた。船に荷を載せているのだ。陸で待つ少年が、大きく手を振っている。焚だ。

「一若、無事だったかい」

「ああ、まあな。本字壹號を置いてきただけだし。それより、もう出るのか」

「いい風が吹いているらしい。逃したくないって船頭がいってる。荷を積み次第、出港するって」

一若も艀へと飛び移る。焚は琉球へと旅立つ。幕府や細川家の正式な使者としてではない。湯川宣阿らが、三年後に派遣される予定だ。焚は、その先遣として送られるのだ。状況によっては、明国に渡ることも許されている。ちなみに、遣明船はきっかり十年間隔での出航ならば二年後になるが、まだ応仁の乱が終わっていないので少し延びそうな気配である。

港に集う見物客から、異相の僧侶が現れた。髑髏をひとつ、腰にくくりつけている。一休宗純和尚だ。

「縁起が悪そうなじじいが見送りに来てるぞ」

一若の悪態に、一休宗純は嬉しげに笑う。

「かわいい弟子の見送りじゃや。師として当然のことをしたまでだ」

「あんたは、焚に何も教えてないだろう」

「真弟のようなものだ。教えてなくても、師弟よ」

真弟とは、実の親のもとに仏門入りした子のことだ。

「そうやって、あんたは誰かれ構わず弟子扱いして、名を揚げてるんだろう。下手な策だ」

「うるさい足軽め。お前は引っ込んでおれ。焚や、餞別だ。名前をくれてやる」

「名前ですか」

「そうだ。弟子にするのであれば、仏号が必要だろう。ほれ」と、紙切れを渡した。

「なんて書いてあるんだ」

のぞきこむが、一若には〝足〟という字が書かれていることだけしかわからなかった。

「じゃそくだ。わしがやったこの名前で画業を極めるもよし、この名前を書いた紙切れで尻(しり)をふくもよし」

「じゃそく、ってどういう字だ」

「蛇に足で、蛇足だよ」

「そりゃ、だそくだろう」

「蛇足(だそく)と書いて〝だそく〟と呼んでは興が乗らぬだろう。蛇足(だそく)だと悪い意味だが〝じゃそく〟と読むことで、良い意味に転じるのがわからぬか」

「ややこしいだけだ」

「なるほど、蛇足か」

穏やかな声で、熒が首元をさすった。意外にも、晴れやかな表情をしている。

「一休様、蛇足という名前、気に入りました。あなたの真弟になる気はありませんが、この号はしかと刻み画業に励みます」

ほれみろ、という意地の悪い目で一休宗純が一若を睨(にら)んだ。

「じゃあ、達者でな」

案外にあっさりと一休宗純は帰っていく。見ると、杖(つえ)をついた女の手をとった。肌を絡ませて、よりそって歩いていく。

「おい、宣阿、あの女は何だ」

荷積みを検分していた湯川宣阿に声をかけると、渋い顔をした。

「森女という、住吉薬師堂の歌唄いの女だ。昨年、堺や住吉に和尚が遊ばれた時、そういう仲になったらしい」

「なんだよ、見送りじゃなくて、女が目当てじゃないか。ひでえ坊主だ。それはそうと、女は杖をついていたけど」

「森女は盲目だからな」

「ふーん、あのじじい、何歳だっけ。女は随分と若いけど」

「確か、御年、七十九かな」

「あのじじいの業も相当なもんだ」

一若と熒がため息をつく。

最後の荷が、とうとう船へと上げられた。

「お別れだね」

風がふたりの間を吹き抜ける。

「ああ、そうだ。熒、いや、もう蛇足と呼んだ方がいいか」

「そうだね」熒は空を見上げた。

「もう、見えないや」

「見えないって」

「熒惑星だよ。ずっと見えてたのに」

「そうか、じゃあ、もう蛇足だな。熒惑星が見えなくなったら、熒の名前も捨てろ」

「気が早いな、一若は」

熒が目を前に戻す。

「それよりも、一若、一緒に行かないか。琉球までになるか明国までになるかわからないけど」

「悪いが、それはできない」

「即答はないだろう」

くしゃりと熒こと蛇足の顔にしわがよる。啼いたのか笑ったのかはわからない。

「おれは約束したんだ。行きたくないといえば、嘘になるけどな」

「約束」と訊かれたが、黙っていた。そう、姉のお輪との約束だ。

堺で再会すると、一若はお輪と約束した。もう、ずっと前のことだ。

「そろそろ、出港するぞ」

船頭が怒鳴った。

友人が船へと歩いていく。その背中は寂しげなようにも、期待に焦がれているようにも見えた。舫に巻いた綱が解かれ、船が港を離れる。

手をふる友はすぐに見えなくなり、水平線の彼方に船が消えていった。

「い、今なら舟で追えば間に合うよ」

千が声をかけてきた。

「何いってるの。一若は堺に残るっていったでしょ」

一花が怒鳴りつけた。

「け、けど、酉鬼丸さんもいってた。一若は、外の世界を見たほうがいいって」

なぜか胸が痛む。後悔が広がっていく。

「ありがとう、千、一花、もういいんだ」

港に背を向けて、ゆっくりと歩む。小高い丘で、腰を落とし広がる大地を見た。今いるのは、和泉国(いずみのくに)と摂津国の境界だ。東にずっといくと隣国の河内国(かわちのくに)がある。かつて、一若が生まれた国だ。

陽光が背中から差し込んだ。いつのまにか、陽(ひ)が傾いている。もうすぐ夜になる。

それでも一若は待ち続けた。

星が空に瞬(またた)く頃(ころ)になって、懐かしい匂(にお)いが漂いだす。

風上に人がいる。何かの送り火だろうか、堺の町人が火を焚(た)いている。

灰が目に入り、見える風景がぼやけた。なぜか涙が止まらない。姉の手拭(てぬぐ)いを取り出しぬぐう。桜色の柄はもうほとんど落ち、生地も薄くなっていた。ところどころに血も滲(にじ)んでいる。

風が吹いて、火を纏った紙が流れてくる。

黒から灰へと色を変えようとしていた。燃える紙片が、一若の手元に舞い降りた。

手拭いが吸いきれなかった涙を、灰が白く濁らせた。

参考文献

日本史研究叢刊3　足利義政の研究　森田恭二／和泉書院
堺の歴史　関英夫／山川出版社
堺の歴史：都市自治の源流　朝尾直弘他／角川書店
日本の歴史をよみなおす（全）　網野善彦／筑摩書房
闇の歴史、後南朝：後醍醐流の抵抗と終焉　森茂暁／角川学芸出版
日本の歴史12　室町人の精神　桜井英治／講談社
倭寇と勘合貿易 増補　田中健夫（村井章介編）／筑摩書房
無縁・公界・楽：日本中世の自由と平和 増補版　網野善彦／平凡社
現代語訳応仁記　志村有弘訳／筑摩書房
応仁の乱：戦国時代を生んだ大乱　呉座勇一／中央公論新社
日本中世への招待　呉座勇一／朝日新聞出版
室町時代人物事典　水野大樹／新紀元社
足利義政と東山文化 カラー版　河合正治／清水書院
山名宗全と細川勝元　小川信／新人物往来社
土一揆の時代　神田千里／吉川弘文館
戦国民衆像の虚実　藤木久志／高志書院
図説人物海の日本史3（遣明船と倭寇）　三浦圭一他／毎日新聞社

本書は二〇二一年一月に小社より単行本として刊行されました。

解説

田口幹人

歴史時代小説は、その題材ゆえに、読み手が歴史上の行きつく先をおおむね知っていることを前提に書かれている。だからこそ、史実を覆し、新たな結末を用意することで読者に驚きを提供するのは難しいジャンルと言える。読み手の持っている過去の出来事や、その出来事に関りがあった歴史上の人物たちの記憶を、書き手の想像力を介して、史実の隙間となっている部分と繋ぎ合わせることで、これまでとは違う視点で歴史に触れることができるのが、歴史時代小説を読む魅力だと僕は考えている。

本書は、デビュー作から短編集の出版が多かった木下昌輝氏がはじめて挑んだ書き下ろし長編小説である。そんな記念すべき作品に選んだ題材は、応仁の乱である。かつて、「人の世むなし（１４６７年）、応仁の乱」という語呂合わせで覚えた方も多いのではないだろうか。細川勝元と山名持豊（山名宗全）とをそれぞれの大将に、諸国の守護大名が東西両軍に分属し、１４６７年から約11年間に亘って京都を主戦場として戦ったこの大乱は、やがて全国各地にも争乱を生み、これ以降日本は戦国時代に突入していく。

京都を焼け野原とした末、１４７７年に足利義尚と足利義視の和睦によって終わりを迎えるが、勝者なき大乱と呼ばれているように痛み分けと言える決着だったとされている。まさに「人の世むなし、応仁の乱」である。

本書は、有名な武将ではなく、無名の童や足軽などの視点で応仁の乱が描かれている。荒廃する京の町で、戦乱に巻き込まれた弱い子どもたちの運命が狂っていく。

こんな大乱の時に、悲劇の矛先は、弱者である老人や女性、そして童たちに向けられる。しかし、多くの弱者の悲劇は記録されることはない。童たちは、必然的に修羅とならねば生き抜くことができなかったのだ。そんな狂った時代背景の世界に、読者を一気に引きずり込む筆致は、氏の真骨頂と言える。

主人公は、稚児である一若と熒という二人の童。動の一若、静の熒という対極的な彼らは、ともに囲われた場所から旅立つが、それぞれ別の道を歩んでいく。戦で荒廃した京の地で再会する二人。生きるか死ぬかの瀬戸際に追い詰められた時、生きていくためならどんな手段もいとわず、皆が己の欲を隠さず、むき出しでぶつかり合う様は、不思議と清々しささえ感じてしまった。

もちろん、応仁の乱の主役である山名宗全をはじめとする武将や大・小名が登場し歴史上の結末に向かって物語が進むのだが、歴史に残されていない空白となっている部分で、一若や熒が暗躍する様はまさに痛快である。多くを語ると興を削いでしまうので、ここは本編を読みお楽しみいただきたい。

　作家にはそれぞれ作品の特徴、カラーというものがある。氏のそれは、人間のドロドロとした「業」を生々しく深く描くトーンと角度なのではないかと思っている。これまでの作品も、「血膿(ちうみ)の臭いがかおるような作品だった」と評されることがあり、グロテスクで濃厚で凄惨(せいさん)な描写を突き詰めることで、人間の業の本質を表現している。

　これまでもその描き方は一貫していたが、本書で特徴的だったのは、当時の政(まつりごと)や祭り、そして風習についての場面で色濃く見られたことだった。当時は、それらと暮らしが密接に関係していたがゆえに、時代の空気感をより鮮明にする効果があったと感じている。三犯(さんぱん)と呼ばれる放火、殺人、盗みの重罪を犯した犯人を見つけるための神事である落書(らくしょ)裁きの場面での、弱きものに罪を擦(なす)り付ける残酷なまでの一体感。稚児を仏の化神とみなすための稚児灌頂(かんじょう)は、灌頂を受けた稚児を僧侶(そうりょ)の性的行為の対象とする屈辱的な儀式であるが、さらには男性器を機能不全にする宮刑にまで至る狂気と執着心の描き方は、まさに氏の面目躍如といったところだ。

　さらには、権力闘争に明け暮れる者たちもまた、穢(けが)れを極端に恐れ、一枚の紙きれに執着する姿は、恐れと不安の裏返しなのであろう。その紙きれ一枚に踊らされ、少しずつ歯車が狂っていく強者が描かれるからこそ、常識や風習さえも軽々と捨て去り、ただ生き抜くことだけを目指し、ひたすらに突き進む童たちの生き方が潔く感じるのだ。

悪童の悪とは、善悪の悪である通りほめられたことをした者たちではないかもしれない。しかし、本書に登場するのは、ただ自分らしく生き続けるために修羅となった童たちであり、まさに愛すべき、悪童たちの物語だと言える。物語としての構成の奥深さ、人物造形の面白さ、歴史上の事件や資料の組み合わせの妙とダイナミズムという氏の魅力が詰まった一冊である。

（たぐち・みきと／書店人）

き9-1

応仁悪童伝

著者　木下昌輝
2023年7月18日第一刷発行

発行者　角川春樹

発行所　株式会社 角川春樹事務所
〒102-0074 東京都千代田区九段南2-1-30 イタリア文化会館

電話　03(3263)5247［編集］　03(3263)5881［営業］

印刷・製本　中央精版印刷株式会社

フォーマット・デザイン＆シンボルマーク　芦澤泰偉

ISBN978-4-7584-4573-3 C0193

http://www.kadokawaharuki.co.jp/［営業］
fanmail@kadokawaharuki.co.jp［編集］ ご意見・ご感想をお寄せください。